TAIPINGDAO

# 太平道

杨小凡 著

中国文史出版社

# 目录

# 大　学

## 1

敲开大门的那一刻，马六指心中暗喜：孙子的大学有指望了！

马热闹把马六指领进客厅，丽娜指指二楼："他正在睡午觉呢。"

赵大嘴自去年从拘留所出来后，就落下睡午觉的毛病。那七天在拘留所一直没有合过眼，困到骨子里了，怎么补都补不过来。

马热闹知道这个时候打扰赵大嘴是不妥当的，但他实在是没有办法。一是，马六指到省城缠他几天了；再者，他觉得自己和马六指都是赵大嘴的发小，不看僧面看佛面，少睡一会儿天塌不下来，赵大嘴也不至于翻脸。

赵大嘴从二楼下来，见是马热闹和马六指，有些反感地说："你咋来了？"

马六指慌忙站起身，赔着笑："兄弟，俺不该惊动你，可俺是没有办法呢，真有难处了。"

赵大嘴从茶几上拿起烟，并没有给马六指和马热闹，而是自己抽出一根，点上。烟雾在客厅里弥散着，空气显得更加凝固了。他叹口气，然后才开口说："坐，坐吧。"

1

马热闹和马六指像得到大赦一样，半个屁股小心地坐在沙发边上。

赵大嘴又拿起烟，给他们都甩过去一支，看着马六指低声说："先声明啊，要是再说让俺回家乡投资，就别开口，张开嘴你也合不上！"

赵大嘴担心马六指是受镇里干部指派来找他的。

马六指舒展地向后挪了挪屁股，讨好地望着赵大嘴说："是俺家孙子的事。"

"啊，怎么了？"赵大嘴以为是孩子得了啥病。

这几年，村里人只要得大病都会来省城找他，让他给安排个医院或借点钱。

马六指叹着气："我这孬种孙子，生就的讨饭命可非要穿龙袍。明明刚过大专线，死活要上本科。你说说，这不明摆着要逼死我！"

"大学又不是自家开的，说上啥就上啥？这熊孩子，也真是。"马热闹在旁边骂道。

马六指看了一眼马热闹，也气呼呼骂道："孩子就仗着我跟他赵爷这打小的交情，非逼我来求呢！"

"咱大嘴兄弟虽说能耐大，可大学不是他办的，他也得求人不是。"很显然，马热闹和马六指是合谋好的，唱双簧呢。

"大嘴兄弟在外面混的人多，乡亲们都觉着他通着天呢！"马六指有些讨好地望着赵大嘴。

"你当混人容易啊，得拿钱开路打冲锋，人才能跟在后面混！"马热闹吐了口烟说。

赵大嘴看看马六指，又看一眼马热闹，停一下，才开口："六指哥，我赵某人哪能通天呢，只能找熟人帮孩子问问，但我可不敢打包票。"

马六指见赵大嘴开口，头点得像鸡叨米一样："兄弟，有您这句话，我的心就放肚里了。俺相信没您办不成的事儿。那俺就回旅社等您话。"

"别，六指哥，"赵大嘴又吐口烟，接着说，"你还是回白家屯吧，

2

成与不成我都电话告诉你。"

"嘁，就这样没把没握地回去，儿媳妇还不把我骂死！还是等着吧。"马六指黏胶一样地黏上了赵大嘴。

赵大嘴还想说什么，马六指已经站起身，掏出一卷钱放在茶几上："大兄弟，我先走了，这些钱就是一点心意。"

"你，你这可是打大嘴哥的脸！再说了，上大学这事，这点钱也办不成啊！"马热闹弯腰把钱拿起来，塞进马六指的裤兜里。

赵大嘴生气地说："六指哥，你这是逼宫吗？我尽力就是了。"

马六指走后，赵大嘴两眼盯着马热闹，咬着牙说："热闹，我赵大嘴对你不薄吧？你这不是明明坑我吗！"

"我，我哪敢呢。"马热闹一脸的委屈。

"我真是瞎了眼，被你坑一次还觉得不过瘾，又把你带到城里给我帮忙。你这是帮的哪门子忙？我上辈子欠你的吧？"赵大嘴指着马热闹骂。

马热闹并不生气，而是一口一个哥地赔着不是："哥，您消消气。您说我咋办？都是一个村长大的，而且是为孩子上学的事。他都缠我几天了，不带他来，他不回去啊！"

"啊，你有理了是吧？我赵大嘴有这能耐吗？刚过大专线就要上本科，我初中都没上完的人，有这个能耐吗？"赵大嘴怒气未消。

"哥，您就骂我吧，但您别生气。我知道您叫俺来公司帮忙，不就图咱哥俩说说话，生气的时候有个出气的地方吗。再说了，我寻思着您跟钱强这关系，兴许能成呢。"马热闹笑着脸说。

"唉，你叫我咋说你呢。你觉得我热脸碰冷屁股还少？咱不得求人吗？如今这世道，不求人，不花钱，连一泡尿都尿不顺溜！"赵大嘴掐灭了烟头。

话虽这么说，但事儿还得办。

凡事皆求人。现如今就是一个关系社会，无论大小事都要找熟人、托关系，这是正常得不能再正常的事了。

赵大嘴决定去找钱强，也只有去求他了。

钱强是江南医科大学的副校长，他分管附属医院。赵大嘴十几年前就开始给附属医院送药，那时，钱强还是附属医院的副院长。

赵大嘴与钱强的交情是很深的。这种深既有感情上的交往，更重要的是金钱上的往来。也正是因为有这种关系，赵大嘴觉得他是可以求钱强的。

赵大嘴与钱强之间已经不需要客套，有话都是直截了当地说。

"强哥，我又得求您老。"赵大嘴刚一坐下来就开口。

"我办不成的事，你也不会作难我。说吧，要我办啥？"钱强微笑着说。

"我一个发小的孙子刚过大专线，可非要上咱这医科大学。"赵大嘴故作轻松地说。

钱强略一愣，有些为难地说："这个，这个还真不好办。现在都是电脑录取，不过分数线提不出档案呢！"

"我也知道这大学不是哥自家的，但在您校长手上总是有办法的。"赵大嘴讨好地说。

钱强点上一支烟："你真是给我出难题了。省里一个大学因招生才查处一个校长，这风头上真不好办呢。"

听钱强这么一说，赵大嘴也不好意思起来："那，那我不能让哥犯错误啊。不过，还有没有别的办法呢？"

钱强想了想，就看着赵大嘴笑了："办法总是有的。比如，你能捐点钱设个奖学金，学校可以公开研究破格录取的。"

"啊，多少钱呢？"赵大嘴赶紧说。

钱强又笑一下："一个学校级的奖学金，少说也得三五百万呀！"

"啊，这么多呢。"赵大嘴心里盘算一下，我总不能为马六指捐这么多钱吧，脸上就一凉。但他马上又笑着说："就这一条道？不是条条大道通罗马吗？哥，您再想个招啊。"

钱强不说话了，一口一口地吐着烟。

赵大嘴知道，他又是在思考大事了。

过了三四分钟，钱强终于开口："兄弟，哥想帮你干件大事！"

"大事？我这能耐，也就倒腾点中草药，能干啥大事？别出我的洋相。"赵大嘴笑着说。

钱强盯着赵大嘴，一字一句地说："在你们药都市办所独立学院！"

"独立学院？"赵大嘴没有听明白。

"是啊。大学教育市场化这么多年了，完全可以依托医科大学办一所药都中医学院。"钱强停一下，又接着说，"现在学校也想办分院，你们市长前几天还来学校请求去那里办分院，这不正是天赐的良机吗！"

赵大嘴真是丈二的金刚摸不着头脑。他觉得钱强今天有些奇怪，过去一直都是很实际的，现在怎么说话云山雾罩的。

"我一个初中没念完的人办大学，这也太不靠谱了吧！"赵大嘴苦笑道。

钱强哈哈大笑起来："现如今，就没有不靠谱的事儿，春秋大梦都可以成真。你呀，不仅可以办大学，而且可以赚大钱！"

"哥，您今天没喝醉吧，怎么说胡话了？"赵大嘴虽然以开玩笑的口气说着，但他心里却怦怦地跳。他知道，钱强从来没跟他说过不靠谱的话。

"我还真有几天没喝了。走，喝几杯去！"钱强从高背椅上起身。

这场酒，赵大嘴没喝多，但他真的也是醉了，是心醉了。

钱强给他讲明白了：他可以与江南医科大学合资在药都市办一个独立学院，他不仅可以与医科大学分成学费，而且还能向药都市要一些商业开发用地用作房地产投资。这样一来，他就可以轻松地解决马六指孙子上本科的事，而且只要他愿意，他能把白家屯的孩子们都弄进大学。更让他心动的是，他可以轻松地跨入两个更赚钱的行业：教育和地产。

酒喝到一半，钱强就把其中的道道给赵大嘴讲清楚了。当然，钱强也承诺会在幕后帮他。

这是真的吗？赵大嘴还是不太相信，但他的心已经动了。

今晚，他才真切地认识到读书原来有这么多好处。书里真有黄金屋呢，自己如果像钱强一样有学问，肯定早就不是今天的赵大嘴了。

回来的路上，他不由自主地扯起嗓子，那久违多年的豫剧唱段便脱口而出：

> 少小读书不用心，
> 不知书中有黄金；
> 早知那书中黄金贵，
> 偷得烛光啊啊啊我也要苦用心；
> ……

## 2

汽车已经发动，马六指还站在车门前，不肯上去。

他拉着马热闹的手，狐疑地说："兄弟，你可别跟大嘴一道哄我啊！孩子重读一年可是一年的事，花钱不说，抱重孙子可都要耽误一年呢。"

马热闹扫一眼车站里乱哄哄的人群，不耐烦地说："六指哥，你就放一百个心吧。明年大嘴的大学就招生了，给孙子说，等一年一准儿上本科！"

马六指的头摇得拨浪鼓一样："嘁，他一个初中没上完的人能办大学，你说到阎王地府里，小鬼都不相信！"

"除了你自己，你还相信过谁啊？当年大嘴要说能成为亿万富翁，你信吗？我也不信。可现如今，我啥都信。这世道，只要敢想就没有办不成的事！走吧，走吧！"

马热闹把六指硬推进车门。

其实，赵大嘴开始说这事时，马热闹也不信。

大学是多神圣的东西啊，一个大字不识二百五的人说办就办了？你以为有点钱，脸朝上躺下，你就真能日天啊！马热闹不太相信赵大嘴的话，但他更怕赵大嘴上了大当。爬得高摔得狠呢，这要真是个当，那可够赵大嘴喝一壶的。

马热闹来到赵大嘴的办公室。

"热闹，有事啊？"赵大嘴正哼着小曲，抽着烟。

"哥，咱白家屯子老话说，山楂果子可从来都不是猪吃的。您千万别上了钱强那小子的当啊！"马热闹摸出一支烟。

赵大嘴笑着说："热闹，哥在江湖上闯这些年，虽然没吃过龙肉，但也听过龙的传说。你就别动摇我的军心，这事，哥干定了！听说国外不少大学都是没文化的有钱人办起来的。咱又不去上课堂，这是投资！"

马热闹见赵大嘴已变成拉不回头的犟驴，便改口说："谁说不是呢，办成大学也给咱白家屯子争个光。哥，学校办成了，您也给俺弄个保卫科长当当。"马热闹笑呵呵地讨着好。

赵大嘴哧地笑了："你就这点出息。大学里看大门的，那叫保卫处长！"

"好嘞，那我马热闹是处长了啊，这不跟县长平级了吗！"说罢，两个人都大笑起来。


钱强把一份协议草案拿给赵大嘴时，赵大嘴有点儿不知所措。他翻都没翻一下，就推给了钱强。

"哥，你让我看这个，不是难为我吗，这样的事我怎么能明白呢。反正还是那句话，赔了是我的，赚了三七分！"赵大嘴笑着说。

钱强没有笑，而是严肃地说："兄弟，话可别这么说。赚大钱是一定的，只是我不敢答应你刚才的话。"

"咋了？"赵大嘴不解地问。

"如果答应了，说不定哪一天我钱强就被定为受贿罪既遂进去了！"钱强说。

"你说的啥罪？我赵大嘴跟你交往这么多年，你该信我啊。如果你不信兄弟，这事我一准儿不会干。我也干不了啊。"赵大嘴也认真起来。

钱强笑一下，然后说："你说给我，我只要答应了，即使我没拿你一分钱，哪天你招了，法院就可以认定这钱我是能随时拿的，就能给我定罪。"

"啊，还有这事儿？那，那就不说了，都在不言中！"赵大嘴压低声音。

钱强也没有再提这事，而是给赵大嘴解释起协议的内容。

他说："学校初步研究过了，校方以管理方身份占20%干股，你以现金投入80%，总股本两个亿；分红是这样的，每年学费六四分，你六学校四，其他利润按股权分。"

赵大嘴没听太明白，但这事他还是必须要弄明白的。于是，他问钱强："干股是不是就出个牌子，不真出钱？"

钱强笑了："江南医科大学的牌子就是钱啊，不仅出牌子，还要派院长管理、组织老师上课。学校开始还要30%干股呢！"

"你不是说让我当院长吗？"赵大嘴听说派院长，心里打了鼓。

钱强笑了："不派院长学校咋上课？你是名誉院长。"

赵大嘴停了一下说："那，那就派吧。"

钱强看着赵大嘴，又笑着说："不仅派，而且还要派俩。一个管行政的，一个管教学的。"

赵大嘴对派人并不是真在意，他在意的是钱从哪里来。

他有些为难地说："这个我明白了。不过啊，我有多少钱你该知道吧，五六千万有，一个多亿我可是偷都找不到地方！我哪来这么多钱呀？"

"嘿，这还是第一期投资呢，你不拿出三个亿，这学院是办不成的。"钱强笑着对赵大嘴说。

赵大嘴呼地站起身来，手拍着凸起的肚子说："哥，就我这百十来斤，卖了也换不出这么多钱。你这玩笑跟兄弟开大发了。"

钱强给赵大嘴讲了具体运作的路径："要转换思维，你只要跟学校签下了，药都市就会无偿给你提供办大学的土地，同时还可能免费拿到上百亩的配套用地。地可生金呀，有了地，你就可以找银行贷款，就可以找建筑商垫资，学校很快就会拔地而起。学校起来了，仪器呀、设备啊，统统的一切都会找上门来给你供货。咱这干的是四两拨千斤的事。没听说过吗，给个杠杆就能把地球撬起来。"

"啊，钱原来可以这样赚呀！"赵大嘴吃惊得张大了嘴。

钱强又笑着说："想赚大钱，首先得把自己装成有钱人。现在有些地方政府就是嫌贫爱富，你没有钱，谁把资源白白地给你呢！"

"钱能装出来呀？再说了，政府这帮人图什么呢？"赵大嘴又一惊。

钱强有些不屑地说："你这就装上了啊！真不明白还是假不明白？政府要的是政绩，再说了，钱不从他手上过，他哪来的油水，这就是内动力！"

赵大嘴心里有些不踏实，钱强说的这些，他不是真正的通透。但开弓没有回头箭，就这么办吧。

好像有谁说过，许多人发大财，都是这么糊糊涂涂发起来的。

三天后，梦城大酒店。

赵大嘴、钱强与潘健市长见面了。

这次三方见面虽然有些私人性质，但其实敲定的是原则性框架协议。钱强代表江南医科大学，潘健代表药都市政府，赵大嘴代表药神集团。

在赵大嘴看来，江南医科大学和药都市是两捆干柴，他赵大嘴就是一团火，但钱强却是背后持火的人。

潘健市长很爽快地代表政府表达意见：药都市免费提供一千亩教育用地，用作建设药都中医学院；另外，再拿出一百亩地给赵大嘴的药神集团做商业开发，土地出让金是先缴后返。

赵大嘴在心里盘算着，觉得自己占了大便宜。但江南医科大学和药都市也都没觉得吃亏。这种模式在全国已遍地开花，是国家高教市场化所允许的。

虽然这样，但赵大嘴心里还是一直打鼓。这种钱来得似乎有些太容易，倒腾药材出身的他不太敢相信馅饼真能砸在自己头上。

他自然要给自己留着退路。

那次会面后，赵大嘴对钱强说他要去一趟北京，说是生意上有点事。其实，他是去北京找律师。

当律师审查过他与江南医科大学和药都市的两份协议草案后，他心里才踏实。踏实之后，心里便生出由衷的兴奋，他知道自己是真撞上大运了。这就是人算不如天算，天算不如不算，命中注定的。

按计划，第二年秋季就要招收第一届学生，时间真是不容再等了。

协议签订半个月后，赵大嘴就带着一帮人进驻了药都市。

这一次，他把妻子丽娜和马热闹都带了过来。丽娜负责参与学校的筹备处，马热闹是帮他跑腿，外加看着工地。

一周后，马热闹抽空回了趟白家屯。

这时，屯子里的人都从马六指嘴里知道赵大嘴要在药都办大学，几乎没有人相信。马热闹进了屯子就被人围着，都想探个究竟。

马热闹俨然以保卫处长自居，对屯子里人们的怀疑很是不屑，并不做多少解释。他说得最多的一句话就是：以后白家屯子的子弟都可以上大学了，不过，谁再要像上次建敬老院时坑害大嘴，我可真要跟谁拼命。

村里人对马热闹也是不屑：你就一副狗腿子相，国家办的事体，他一个初中没上完的人也能办？他赵大嘴要能办大学，那太阳就真打西边出来了。

怀疑归怀疑，不屑归不屑，但学校却轰轰烈烈地开工了。

工地围墙拉起来后，江南医科大学派来的院长贾谊、副院长周佐之就来到了药都市。贾谊负责总体协调和学校建设，周佐之负责筹划教学事宜。

赵大嘴以前并不了解这两个人，打听后才知道，这二位各有个性，都不是善茬。据说，贾谊是医科大学有名的"黄"教授，白天是教授，晚上是野兽；周佐之呢，听说是一个肯叫板的学究式教授，犟起来八头牛拉不回头。

但赵大嘴没当回事，这么多年他在江湖上行走见的人多了，任何人都有软肋，只要找准了穴位，就能治了他的毛病。

话虽这么说，但赵大嘴还是动了一番脑筋，他必须先要摆平这两个人。思来想去，他最终狠了狠心，把汝婷从省城的公司也调了过来。明里说是药神集团派给贾谊当助手，实际里是要给贾谊安下一颗定时炸弹，甚至是先掘个坑，以备后用。

至于周佐之，赵大嘴也自有打算，那就是以敬为主，神都能敬灵，何况人呢。

汝婷虽然是药神集团从人才市场上招来的，但这之前赵大嘴就在歌厅和她认识了。公司里不少人都传说她其实就是赵大嘴的"小情况"，但赵大嘴从来都没有承认过，而且也没有人看见过他与汝婷有什么苟且之事。开始的时候，丽娜是不放心的，但时间长了觉得汝婷对公司是很忠诚的，而且还很卖力，她们俩竟慢慢成了无话不说的姐妹。

汝婷来到药都市的第二天，马热闹见了赵大嘴，小声地开玩笑说："哥，你就真不怕汝婷让那个老色鬼给办了啊？"

"去，一边去。别再给我嚼舌头！"赵大嘴生气地说。

说归说，可赵大嘴心里还是有丝丝酸意的。汝婷是他的女人，他当然不愿意看到她跟任何男人在一起。但他没有办法，现在他最信任的人，除了丽娜就是汝婷了。这么大的事，他不能不给自己留一手。汝婷是大学生，把她安插在贾谊身边是最合适的。

前天，他跟汝婷谈这事时，她还气得眼泪汪汪的呢。

但赵大嘴自有他的一套，他说药都中医学院办起来了，你就顺理成章地成为校办主任啥的。其实，他心里想的是，舍不了女人套不住色狼，套不住贾谊就保不住钱财。

汝婷眼圈红红地离开赵大嘴办公室，赵大嘴的心里也着实一阵阵酸楚。

但他哪里知道，汝婷心里已经有了自己的小九九。


*5*


丽娜特别信这个逻辑：抓住每一点儿，就能抓住全部。

她从认识赵大嘴到与他结婚，就是这样一点一点拥有他的。

在赵大嘴的生意中，作为助手她也是这样做的。赵大嘴在外面大开大合地谈生意，而她却是一步一点地跟踪落实。他们的钱财就是这样积少成多，事业也是这样积小胜为大胜的。

现在，赵大嘴让她在这里盯着基建的事，她感到压力很大，生怕花多了钱，花了冤枉钱，她毕竟对这一行一点也不通。好在，现在有百度有搜狗，许多事的规则都可以从网上找到。然而，行行都有蔽，都有潜规则，哪是她能从网上搜得到的呢。这就让她心里仍然没有谱。

晚上，赵大嘴与钱强喝完酒刚回到家，丽娜就开始提醒："钱强找的设计公司报价比网上的平均价高得多呢！他开始黑咱了。"

赵大嘴扭头看了她一眼，不高兴地说："网上，网上，你当互联网真是万能的啊！"

丽娜也不高兴了："怎么了？我操心操错了呀？防人之心不可无。"

赵大嘴深吸过两口烟，有些不屑地说："你们这些老娘儿们啊，就看脸面前针尖尖那点事！"

丽娜有些不服气："姓赵的，你别忘恩负义啊。没有我的打理，哪有我们的今天！"

赵大嘴虽然没有上过几天学，但他有他的逻辑，江湖是乱的，但理是正的。钓泥鳅还得用半截蚰蟮，何况钱强是帮他采水的一条龙，没有水能养得住龙吗？赵大嘴前些天就觉得设计公司收费高了，他也暗地里去找另外的公司报过价，他这样做并不是怕钱强多收他的钱，而是他要知道多收多少。挨过板子，不能连板子的轻重都不知道吧。

见赵大嘴闷着抽烟不说话，丽娜就急了："你到底咋想的，哑巴了啊！"

赵大嘴掐掉烟，问丽娜："你小时候在割麦季节搂过麦吗？"

丽娜被问蒙了，一时接不上话。

赵大嘴就对她说："我赵大嘴就是在麦地里搂麦穗的笊子，地上都是麦穗，笊子把被钱强拉着，最受磨的是我。但最终搂到的麦子，我能摸到多少，还不确定呢！"

丽娜这才听明白赵大嘴的意思。

她略一想就觉得更不对劲儿，瞪着眼说："赵大嘴，咱可是敬的憨神，不能让姓钱的摆布啊！"

赵大嘴觉得丽娜就是头发长见识短的女人，大学真是白念了，人情世故上狗屁不通。看来不明说出来，她还是不明白。

于是，他边脱上衣边说："我问你，咱能有今天不都是老钱帮的忙吗？咱挣大头，人家落小头，咱还有啥亏的？人家是咱的祖宗呢！"

丽娜想了想，也是这个理，就觉得自己眼底浅了，关键时刻还是赵大嘴这个社会大学混出来的人知道什么是生意，怎么去挣钱。

女人对男人一有崇拜之心，就有温柔之意了。丽娜赶紧去帮赵大嘴放热水。她今天要用自己的身体对丈夫表达歉意和谢意。

其实，赵大嘴五点半就醒了。他翻过身子，看着枕边的丽娜一脸满足地熟睡着，就又躺下了。他想再休息会儿，毕竟身子还是有点乏。

赵大嘴躺在床上，手摸着丽娜的细腰，暗自苦笑一下，脑子里就想起一句老话：只有累死的牛，没有犁坏的地。自己毕竟五十多岁了，对付身边这三十多岁的娇妻还真是有点力不从心。

但赵大嘴还是心情很好地想：将来犁地得用巧劲儿了！


赵大嘴刚进办公室，汝婷就过来了。

赵大嘴瞅一眼门外的丽娜，装模作样地问："俩院长那边怎么样了？"

汝婷沉着脸不开口，似乎心里有天大的委屈。赵大嘴心里一酸，难道那个"野兽"真对她动手动脚了？

赵大嘴起身给汝婷倒一杯水，半哄半气地问："他到底怎么了？"

汝婷这时才打开手里的文件夹，叹了一口气，说："董事长，我看这个贾院长是故意跟咱找碴儿呢！"

"怎么了？他一个监工还想翻天？"赵大嘴有些不屑地说。

"你不是常说大江大海好行船，小阴沟里常翻船吗？你看看，你看看，他提出这五十多个问题！这不是明显要跟咱过不去吗？"汝婷越说越气。

赵大嘴接过文件夹，扫一眼，又递给汝婷。

他点上一支烟，叹气："这不合标准，那不合格，他娘的，办大学这些码子事我们哪懂啊！"

汝婷见赵大嘴叹气，就说："那怎么办？贾谊开出停工单了，说实验室得停建。"

赵大嘴抽着烟，一句话也不说，他是在想招儿。

这时，丽娜走进来。汝婷又开口说："董事长，您拿个主意啊！"

赵大嘴把烟一捻，望着丽娜说："能有啥主意？只有一个字，送！"

见丽娜走进来，汝婷就站起身，摇着头说："都送过十万了，现如今哪有院长缺钱的！"

丽娜看着汝婷，笑了："那他缺啥？现在还真有钱摆不平的事儿！总不至于给他送女人吧。"

这时，汝婷竟流着泪说："丽姐，我是没法再跟这老杂毛在一起了。"

赵大嘴见汝婷这个样子，心里不是滋味，就急急地问："他怎么你了？"

丽娜剜了一眼赵大嘴，上前扶着汝婷的肩说："妹子，男人都是偷腥的猫，我看这个老色鬼也是有贼心没贼力了！姐给你想法子应对。"

赵大嘴又点上一支烟，沉默了一会儿，才开口："他一个院长，而且一茬一茬地带着研究生，不会缺女孩子的。"

汝婷听赵大嘴这么说，突然哭出声来："昨天晚上，他突然拉着我的手说，那些女博士太傻！"

"这，这人真是白天教授晚上野兽！"赵大嘴愤愤地说。

丽娜显然对赵大嘴有些不高兴，大声说："好了好了，你一个大男人别问这事了！"说罢，丽娜拉着汝婷的手离开了。

赵大嘴又抽两支烟后，突然想起《西游记》里的一句话，暗自笑道：对付这个老妖精，有的是办法！

这个办法是有点儿下作，但对付下作的人只有如此。这时，他脑海里就蹦出钱强多年前对他说过的一句话——卑鄙是卑鄙者的通行证！

北方虽没有梅雨，但到了夏天，雨还是说下就下，有时也会哩哩啦啦下个不停，让人心烦得很。

赵大嘴看着停了的工地，心里着急。离招生还有四个月时间，在他看来，工期是无论如何也完不成的。

赵大嘴心里急着呢，几乎每天都往工地上跑。

那天早上，他刚一到工地，就看见周佐之也皱着眉头站在工地上。赵大嘴赶紧讨好地说："周院长，您看这教学楼盖得咋样？"

周佐之回头看一眼赵大嘴，又抬头看一眼高高的脚手架，一字一句地拖着长音说："所谓大学者，非谓有大楼之谓也，有大师之谓也。"

赵大嘴没有听明白啥意思，就一脸谦虚地说："周院长，您说的啥意思呀？"

周佐之并不理赵大嘴，而是背剪着双手，转身走了。

望着周佐之的背影，赵大嘴叹了一声："怪人！"然后，就向工地上的临时办公房走去。他心里急啊，得去找项目经理再催催。

其实，着急的不仅是他，江南医科大学、药都市政府比他还急。一拨接一拨的领导来检查、来视察，都把压力留下来：秋季必须招生！

赵大嘴真是没有了主意。他决定去省城找钱强，他想跟钱强说说，让他做做工作，招生能不能推到明年，现在太紧了。

他心里更担心这样赶工期，如果建筑有什么质量问题，早一年晚一年招生是小事，要是楼塌了砸死人可就事大了。都说大学是百年树人的事，别树不了人砸了人！

见到钱强，赵大嘴把自己的想法说了。钱强瞅着他，有十几秒没有说话。

赵大嘴心里没底地说："钱哥，您可是我的主心骨，倒是说句话啊！"

钱强这才开口："兄弟啊，推迟招生不是你我能做主的事。你们政府那边上报到省里了，学校这边也申报了招生计划指标、安排好了老师，这岂是说推就推的事呢？再说了，推一年招生少收一年的钱，今年计划招两千人，一人一万五就是三个亿，你不想要钱，学校还等着收这笔钱呢！"

赵大嘴没深想过这些。他听钱强这么一说，心里更怵，自言自语道："这样办的大学能成吗？"

钱强看一眼赵大嘴，苦笑着说："你以为大学真是神圣的殿堂？高教产业化后，大学成了赚钱的机器。"

"啊，老百姓说到大学就一脸地敬着，咋能会是这样呢？"赵大嘴不解地摇着头。

钱强就笑了："你呀，现在全国两百多所独立学院，有一多半是地产商办的。大学不赚钱，谁干？"

赵大嘴有些吃惊："那收学生就为了赚学费啊？"

钱强真是觉得好笑，这个赵大嘴今天是扭伤哪根筋，咋就转不过来了呢？

他点上一支烟继续开导说："现在的大学啊，某种程度上就是一个赚钱的系统。系统你明白吗？收学费、卖文凭、输出学生挣钱、学校办企业，每一个环节都是要挣钱的。"

赵大嘴想了想，竟笑着说："这么说，咱办的大学就是个养猪场啊，养猪赚钱，真是有点扯淡！"

"好了，不要再说推迟招生的事。我正准备推荐个人去帮你加快工期呢。"钱强无奈地摇摇头。

赵大嘴连忙站起身，有些夸张地说："钱哥，您真是'及时雨宋江'，俺的恩人。没有您在后面，俺就是个纸糊的人，风一吹就什么都没有了！"

"咱哥俩，不说这些。走，去吃饭，也正好让你认识一下林工。"钱强从沙发上站起身来。

"那太好了，今天我就接林工去药都。他这是救火啊！"赵大嘴笑着说。

这时，钱强收住笑，严肃地说："兄弟，我得先明告诉你，这个林工是我小舅子，这可是举贤没避亲，硬从别的工地上抓过来的！"

赵大嘴心里一咯噔，赶紧掩饰地大笑着说："那太好了，自家人肯定一条心，上阵还得父子兵嘛！"

钱强一虎脸："你说什么？父子兵？"

赵大嘴知道说得不恰当，一边佯装着要扇自己的嘴巴，一边说："啊，错了错了，我是说亲上亲，打断骨头连着筋。"

"你这个老赵啊，走吧！"钱强扶了扶眼镜。

"走！今天喝个痛快！"赵大嘴拎起自己的包。

## 4

主体工程终于通过了初步验收。

说是通过初步验收，但在赵大嘴眼里充其量也只能算个"半拉子工程"。

把验收组几位"大爷"安置到宾馆后，赵大嘴没有回家，而是和

18

马热闹一道直接去了校区。

赵大嘴走到教学大楼前，马热闹赶紧跑到前面去开灯，按了一溜子开关，灯竟没有一处是亮的。赵大嘴兀自笑了："这灯都不亮，咋能叫合格呢？"

马热闹解释说："可能没送电吧，这不算啥事。"

赵大嘴却不这样认为，他说："那应急灯也该亮啊。这教学楼可是大事体，哪天突然断了电，说不准会出现踩踏事故呢。"

马热闹现在正沉浸在要当保卫处长的兴奋中，他当然也想让赵大嘴高兴。他讨好地说："明天一早我就让人调试。咱到宿舍楼看看？"

赵大嘴没有答话，却随着马热闹向宿舍楼走去。两个人抽着烟，一明一暗地向前走着。

这幢宿舍楼的灯倒是一开就亮了。赵大嘴走进一楼的一个房间，灯光下的墙倒是白得刺眼，却有明显的高低不平，漆也刷得一片薄一片厚的。对着电棒光仔细看，白一块灰一块。赵大嘴就不高兴了，这工程做得也太粗了点儿。

墙角的立柜门张开着，散发出刺鼻的味道，马热闹竟咳嗽起来。赵大嘴试着关了关立柜门，关不进去，另一扇门虽然关进去了却锁不上。赵大嘴生气地骂道："奶奶的，这明显是劣质货，不知道拿多少回扣呢。"

这时，他突然想起一句戏文来，"眼看他起高楼，眼看他宴宾客，眼看他楼塌了"。他的心情更坏了。

马热闹见赵大嘴的情绪不好，就劝着说："哥，到这边水房看看，这屋里还有点刺眼呢。"

赵大嘴没说话，跟着走出来。水房就在楼道中间，没几步就到了。赵大嘴走进去，拧了拧水龙头，竟然有两个水龙头淌不出水。这次，他确实生气了，就大声地骂着："这群王八蛋，就只认钱了！"

赵大嘴从宿舍楼走出来,向实验楼那边去。刚走到花园的水池前,迎面碰到林工。

林工今天陪验收组的人喝了不少酒,这会儿怎么也来学校了呢?赵大嘴正要问他呢,林工便笑着说:"赵院长啊,还真操心呢!"

赵大嘴听出林工是在给他开玩笑,加上刚才看到那些问题,心里就更不舒服。他掏出一支烟递过去,然后才说:"林工,我正要找您呢。"

"赵大院长,您就吩咐吧。"林工依然开着玩笑。

赵大嘴想了想,最终还是开口说:"林工,这大学也是百年大计的事,你看灯也不亮,柜子也关不上,水龙头呢也不淌水……"

赵大嘴还想说下去,却被林工打断了:"老兄啊,就这也是硬抢出来的,验收组都通过了,你就别操心了!"林工显然有点不高兴。

赵大嘴今晚也喝了不少酒,放在平日他兴许不会直接跟林工这样说,他知道得罪了林工就等于得罪了钱强。但他今天却控制不住自己:"林工啊,这条件也试差了点吧。这哪是办大学啊!"

林工显然更不高兴了,声音变得硬邦邦地说:"延安时期的抗大是在窑洞里办的,不照样出那么多开国将军!"

赵大嘴被林工的话噎住了,一时不知道说什么好。这时,马热闹赶紧打圆场说:"林工辛苦。刚才赵院长还说,多亏了您来指挥才赶完工程呢。"

暗光中,林工笑了笑,说:"我是帮人家收拾好洞房看热闹的,白忙活!"

赵大嘴听出林工生气了,就强赔着笑脸说:"林工,这话说的,你同样是我老赵的大恩人呢!"

三个人都笑了,笑声有高有低、有粗有细、有软有硬。

赵大嘴回到家时,丽娜还没睡呢。

丽娜今天有些兴奋。验收通过了,眼看着就要招生,学生一报到,那花花绿绿的票子就来了。喜欢钱本是人的天性，更何况在她认为这钱是明挣来的呢，她没有理由不高兴。

但她看见赵大嘴情绪不高，就关心地问："今天你好像不开心？"

赵大嘴看她一眼："开什么心，我还担心呢！"

"担心啥？楼都盖好了，马上招生，你这些天是累着了。"丽娜安慰着说。

赵大嘴忧虑地说："盖一片大楼就叫大学了？我总觉得有点不靠谱。"

"好了，洗洗睡吧，你今天累了。贾院长明天还要找你说事呢。"丽娜边给赵大嘴脱上衣边说。

赵大嘴没再说话，就去了卫生间。

第二天一早，贾谊就给赵大嘴打电话，说是要商量教工宿舍价格的事。

赵大嘴坐上车，心里就盘算：这个贾谊，莫不是还要我降价？我都主动说每平方降五百元了。

教工宿舍楼建了一百套，原来商定的价格是四千元每平方。赵大嘴自己盘算过了，土地没有成本，每平方建筑成本也就不到两千元。他不想赚太多钱，这倒不是他矫情，而是他有些害怕。他曾经给丽娜算过一笔账，投资这个学院几年后就能赚几个亿，钱赚得太快太多了。

当钱赚得超出了自己的想象，他觉得早晚是要出问题的。

于是，他就主动给贾谊提出来每平方降五百元，主要是为了吸引好教授和讲师过来。房子便宜了，教授们有利可图才会从省城来这里，这才是根本。他虽然不懂办大学，但他知道，没有好教授是办不好学的。

难道自己小气了，难道贾谊还要自己再降价？还是教授们都不愿意到这里来呢？

赵大嘴在心里打着鼓，不知道贾谊要找他谈什么。

但出乎他意料的是，贾谊见了面竟是要求他不能降房价。

赵大嘴不解地问："房价降了，教授们都争着来不是好事吗？"

贾谊却笑了："来的都是讲师，最多几个副教授。你就是白送房子，那边的教授也不会来这里的！"

"啊！办大学没有教授咋整？"赵大嘴更不明白了。

"正教授都是牌子教授，来不了几次的，来的都是讲师。更何况，你这一降价，那边的年轻人都拥向这里，老校区怎么办？"贾谊说。

赵大嘴这才弄明白，独立学院说是江南医科大学分校，其实从校名到教授都是挂牌子的，真正来教书的都是些年轻人。

"给年轻讲师降点价，他们得实惠，教得认真了，有什么不好呢？"赵大嘴坚持自己的想法。

贾谊院长苦笑着说："秩序，秩序你懂吗？你这样是要乱秩序的。这是金校长的意见。"

赵大嘴无话可说了，而且在心里骂自己一句：没出息，真怕钱扎手了！

不过，没几天，赵大嘴的心里就渐渐高兴起来。大学毕竟是大学，这不，高考刚结束，江南医科大学那边就派过来一百多人。校区一下子热闹起来。

这些年轻人，有的调试实验室，有的不停地开会研究着什么。赵大嘴虽说挂着名誉院长的名头，但他却什么事都不问，一切都是周佐之在张罗。

看着周佐之有条有理忙个不停的样子，赵大嘴暗笑道：这犟教授，有板有眼的才真是个院长的样子。

汝婷这些天也很忙，赵大嘴有半个月没见她了。这小妮子忙什么呢？赵大嘴给汝婷打了电话。

半天的工夫，汝婷才来到赵大嘴的办公室。

汝婷一看赵大嘴的神态，就知道他想自己了。于是，就走到他跟前，搂着他的脖子，在脸上亲了两口。赵大嘴顺手搂住她的腰。

汝婷娇嗔地说："人家以为你不想俺了呢！"

赵大嘴笑着说："我还以为你被那个贾院长俘虏了呢！"

"你坏，你坏，你是个大坏鸟！"汝婷扭住了赵大嘴的耳朵。

两个人穿好衣服，又一本正经地坐好了。

赵大嘴才开口说正事儿："这大学招生不是国家录取吗？现在咋像卖药一样又是上电视、又是贴广告地吆喝起来了！"

汝婷半开玩笑地说："广告就是药。咱这学院虽说是江南医科大学的独立学院，但是新办的，考生也都不知道是个啥学校，当然得吆喝了。"

赵大嘴还是不太明白，高考分数还没下来，咋就开始往一些地方派招生组了呢？

汝婷是参与招生的，这里面的道道她也是才听别人说的。但她还是给赵大嘴解释起来："听周院长说，咱这学院今年计划招生两千四百人，担心第一次招生填报的少，所以准备自主招生一些备着。"

"自主招生？咋个自主法？"赵大嘴被汝婷的话弄糊涂了。

"咱这不是三本吗，但达不到分数线也可以降分自招。不仅可以多收钱，而且那些多交钱的学生和家长还把咱当恩人呢！"汝婷有些得意地说。

"啊，这样啊。那每年留点指标招没过线的学生，不是不仅可以卖人情，而且还可多赚钱了吗？"赵大嘴的精明让他立刻意识到了这些。

"那是肯定啊。而且啊，招生办的经手人还可以多收家长的中介费。"汝婷有些得意地说。因为，贾谊已经许给她十个指标。她早在心里盘算了，一个指标收一万，能收十万呢。

赵大嘴叹着气说："这么说咱骗了低分的学生，人家还把咱当恩人！"

汝婷的电话响了，她看一眼，赶紧说："您可不能说这是骗啊，将来会给他们发本科证的，这咋叫骗呢？"

赵大嘴又叹一口气，说："这分明是卖毕业证，我咋就没弄明白呢！"

汝婷站起身，在赵大嘴额头上亲了一下，然后小声说："今天吃个快餐，人家还没好呢，晚上老地方见！"

赵大嘴点了点头。

5

高考分数下来那天，赵大嘴立即想起了马六指的孙子马路天。

赵大嘴本来准备打电话问一问马六指，孩子考多少分，可他最终还是没有打。他觉得自己应该矜持点，说不定这孩子分数考得高，不想来这里上呢。

正犹豫间，马热闹过来了。他先是夸张地叹口气，然后才说："还条条大道能通天呢，这小子今年还没有去年考的分多！"

赵大嘴知道说的是马六指的孙子，就开口问道："多少分？他马六指咋不给我打电话呢？"

"他是觉得丢人啊。但他给我打电话了，说明天就过来。"马热闹摇头晃脑地说。

赵大嘴给马热闹甩过一支烟，摆着手说："你赶紧给六指打电话，别叫他来了，我正忙呢。孩子的事呢，让他想好，如果真想上咱这学院，就让他在家等信吧。"

马热闹点着头说："好，好！我得去门岗了，这保卫处的责任大着哩。"

让赵大嘴万万没有想到的是，招生竟出奇地顺利。

计划指标，光达线的学生都报了两千一百多人；自主招生根本没费劲就招到了四百多。但江南医科大学那边坚决不同意扩招，许多不够分数线的学生家长，你托我我托你，光找赵大嘴的就有四五十个。

赵大嘴以自己不管招生为由，推了不少。但马六指的孙子马路天，他是必须要保证的。要不是这孩子找他上本科，自己咋能在一年内弄出这般光景来。这么说来，马六指是自己的恩人了。他的一个小要求，使赵大嘴走上了一条从没想过的路子，而且挣到了大钱。

人的命啊，真是说不准，赵大嘴认为自己就是捡到了从天下掉下来的馅饼。这几天，他背着手在校园里转悠，眼瞅着来报到的学生和家长，心里比吃了蜜还要甜上万倍。

马六指领着孙子马路天来报到这天，马热闹早早地在大门口迎着了。

马热闹见到马六指和马路天，就笑着说："六指哥，这回你信了吧！"

马六指看着高大的校门，不好意思地说："这世道，太阳真能从西边出来呢！"

晚上，赵大嘴让人在药膳堂预订了一个大包厢。

吃饭的时候，丽娜、汝婷、马热闹和马六指爷俩都去了。

赵大嘴很是高兴地说："这是家宴，今儿没外人，都可劲地喝吧！"

上来的菜都是这里的招牌菜，酒是古井贡二十六年原浆。开席的时候，谁也没想到的是马六指竟从包里掏出来一样菜：叫花鸡。

这道菜是赵大嘴在乡下时的最爱。对于马六指的用心，赵大嘴在心里乐开了花，不一会儿，就喝得有点高了。

丽娜见赵大嘴老说五马长枪斩关杀将的事，知道他是喝多了，就劝着不让再喝。马六指和马热闹不依，吆喝着还要喝。汝婷这时站起来给赵大嘴挡驾，她给马六指和马热闹每人敬了三杯酒。

马热闹今天喝得更多，他端起酒喝了一杯后，摆手让大家安静。房间里安静下来，马热闹才对赵大嘴说："哥，这学生都报到了，您这也是院长，得上台讲话啊！先给我们讲几句听听。"

赵大嘴把马热闹的提议当真了。他清清嗓子，然后说："这个，这个大学嘛，也不算个啥，咱不是说办就办了吗。"

马热闹又端起酒喝下一杯，然后打断赵大嘴的话说："哥，我是说，您要给大学新生训话！"

"啊，给大学生讲啊？还真不会讲呢。"赵大嘴笑起来。

这时，马六指就指着孙子马路天说："这不是大学生吗，您就对着他讲！"

"对，对，就对他这小子讲！"马热闹更起劲了。

赵大嘴不顾丽娜的劝阻，又清了清嗓子，咳嗽一声，大家安静下来，他才开口："孩子们，大学不光是大城市、大楼，也不是养猪场，吃好了喝足了光长肉，这里有——有思想、有自由、有知识——"

汝婷端起酒杯说："好，董事长讲得好。我敬您一杯！"

赵大嘴这杯酒下肚，身子晃了一下。马热闹赶紧扶他坐下。

这时，马六指就说："讲个熊，咱哥几个唱一段吧！"

赵大嘴最喜欢家乡的豫剧，一听说唱两句，兴致更高了："好！好！"

马六指想了想，清清嗓子，开口唱道："白马紫金鞍——"

赵大嘴和马热闹立即和上了调子：


　　骑出万人看

　　问是谁家子

　　读书做高官

26

赵大嘴没高兴多少天，让他闹心的事就来了。

进入十一月，学生们开始闹起来。

先是女生们说女厕不够，后来又说热水供应不上。开始的时候，他们只是找辅导员闹，后来竟发到网上去，再后来，突然罢课了。

这下，贾谊和周佐之都重视了。贾谊连着给辅导员开两场会，要求一一做工作；周佐之却背剪着双手，嘴里不停地骂着：岂有此理，岂有此理！

但已经晚了，场面已很难控制，几百个学生竟扯着标语上街。最让赵大嘴害怕的是，标语竟打着"骗子大学"之类的话。

市政府也紧张起来。江南医科大学那边也来人了。

但最终还是通过跟学生谈判平息了下来：政府要求学院承诺，再投资两千万改善条件！

赵大嘴知道，这钱最终还是他掏。这时，赵大嘴开始担心了：如果将来学生再闹呢，教师再闹呢，最终不都得他掏钱吗？

这事，他有点吃不准了。他得去找钱强讨计策。

赵大嘴让钱强给出主意。钱强说："还能有啥主意。这学校一不长粮食二不生银子，羊毛只能出在羊身上。"

赵大嘴不明白钱强话里的话，就直接说："你就给我支个明招吧。"

钱强想了想，最后说："政府不是把责任搁咱肩上了吗？解铃还得系铃人，这事还得由政府买单！"

"咋个买法？"赵大嘴一听这话，觉得有希望了。

钱强又点上一支烟，想了想才说："在大学里这羊就是学生，现在这羊不让拔毛了，那只有借地生财来堵这个窟窿。"

"钱哥，你就别卖关子了，直说吧！"赵大嘴其实是个急性子。

钱强最后才给赵大嘴露出真招：先花钱把要改善的设施立即办好，

然后以给教授建别墅的名义把校园内那一百亩教育用地变成商业用地。理由就是大牌教授不肯来，只有给他们建别墅，而且这些教授必须要产权证，这要求政府会同意。只要土地变性了，你再把多盖的别墅卖出去，这钱不就来了吗，不仅补了这两千万的口子，而且还会再赚一笔……

"钱强的脑子就是好使，咋装着这么多鬼点子呢。"赵大嘴在心里感慨之余、高兴之余，更多的是庆幸。庆幸自己一开始就给钱强交了底：赚钱七三开。要不然，他真不知道这一步步该如何走过来。

"谁说知识无用，我看这知识就是白花花的银子。"赵大嘴从省城回来的一路上，都在感叹着。

现在，赵大嘴越来越明白，钱强给他说那些话的真正含义。

独立学院比民办大学优势大太多了：挂着名校的牌子，拉着政府支持的大手，享受着国家对高等教育的扶植政策，其他的都可以独立运作。

做生意做了快三十年，通过这次投资，赵大嘴才明白最赚钱的生意是要跟国家做。国家的钱遍地都是，当领导的每一句话都是钱。他妈的，怪不得商人都要跟掌握着权力的人勾搭呢。

但他也越来越害怕，越来越担心。

老话说，"苦挣钱万万年"，要是都这样挣钱，早晚会完的。赵大嘴没有什么学问，他对许多事也不太明了，但他信老话，比如"秋后算账"这句话。他担心将来要给他算账。现如今跟没有王法一样，没了秩序，中央不会眼看着就这样下去的。

后来，赵大嘴常常在心里想："独立学院原来可以这么办，外面的人是不知道的。都是钱弄毁了过去的规则！"

让赵大嘴更没想到的，是教育部评审团来验收评估那件事。

学校的资料造假，这是赵大嘴第一个没有想到的。评审团要来的前一个月，学院像打仗一样，在贾谊和周佐之的指挥下，讲师们不停地在电脑前补这补那。赵大嘴不知道他们都补的是什么，反正一本子一本子的，摞得老高。

赵大嘴直接参与的一项工作，就是贾谊分给他的任务：把一家药厂的车间改名为学校实习车间，把另一家大药厂的实验室挂上学院共用的牌子。

开始的时候，并不顺利。这两家药厂的老板本来就眼红赵大嘴发了大财，这下还要借他们的大腿搓绳，人家当然不愿意了。但赵大嘴有赵大嘴的逻辑，他认为最终还是钱上说话，他们不是不干，而是想趁机敲一笔钱。

其实，这事赵大嘴想简单了。人家根本不提钱的事，而且放出话来：钱是有良心的，造假是没良心的事！

赵大嘴没了办法，最终还是贾谊出的招：让市政府协调！

市长听过汇报，觉得如果这次评估过不了关，学院就得加上"职业"二字，药都市就没有本科学院了。作为药都，没有一所本科学院是说不过去，这是对药都几百万人交代不了的事。最终，市长把这事上升到这个高度，立即召开协调会，强行安排。

这两家药厂见市长发话了，只得老老实实地配合。现如今，民营企业要跟政府硬顶撞，那是要吃大亏的。这一点，没有一个人不明白。

专家评审团来的时候，市长和江南医科大学金校长都出面了。

不仅如此，招待晚宴后，还专门安排十几个女孩子到这些专家房间进行按摩。美其名曰是让专家体验一下"推拿专业"学生的学业水平，其实，这些女孩都是从市里十几家洗浴中心精心挑选的。

赵大嘴越来越觉得自己不是"大学这地里的虫"，真真是弄不明白。

这次事件对他震动很大。他常常在心里想，如果学生的家长知道孩

29

子来的是这样的大学，一定像咽下一个苍蝇，恶心但又吐不出来。

也就是从这次后，他越来越迷茫了。

6

现在，赵大嘴心里很矛盾。

他是想退出的，但这刚刚办一年，他的投资还没有收回；再说了，眼看着钱就像流水一样淌过来，他真是欲罢不能。

有时，他天真地想，自己要有能力把学校管好就行了，把这里办成真正的大学。但他又不知道真正的大学是个啥样子。

这么说吧，赵大嘴感到越来越烦心。

现在，医药公司的事他全交给丽娜打理了。他大多数时间都在学校里。虽然他并不管学校的事，但这个学校是他投资建的，他在这里看着，心里就踏实许多。

但在校园时间长了，他就越来越看不惯。尤其是，这些学生似乎没有几个真正读书的，才多大啊，都腻腻歪歪地谈起恋爱来。有几次夜里，他在校园里转悠，竟看到墙根暗处的学生们搂着啃着。他是想大呼一声或者大骂一声，但他最终还是忍住了，觉得惊动他们不合适。

这事他和贾谊说过，但贾谊却不以为然地说："大学是自由之地，都啥年代了，你还满脑子男女授受不亲！"

赵大嘴对贾谊彻底失望了，就去找周佐之。周佐之倒是也为学风的事发愁，但他在一声声地叹过气后，总是摇头说："我是一个副院长，副的，你知道吗？岂有此理！"

赵大嘴听懂了周佐之话外的意思，他知道周佐之是能够把学校抓好的，但周毕竟是个副的，没有位就没有威。这该怎么办呢？

有时回到家里，他也跟丽娜说这些事。丽娜却不以为然地说："现在的大学生有几个学习的，别说谈恋爱，就是生出孩子来也正常。要不然，国家咋能允许大学生结婚呢。"

赵大嘴想想也是，但还是叹气："这，这成何体统呢。"

丽娜看了他一眼，醋意十足地说："自己是老妖怪，就别说小猴子身上有毛。"

赵大嘴有些不高兴了："你，你这是啥话呢？"

丽娜就回应说："啥话？我还不知道你？吃一看二眼观三，你敢说你跟汝婷没有一腿？你敢说你心里没想着那个菱子？你当我傻子啊！"

赵大嘴知道，这种事别说没抓现行，就是抓了现行也得说女人强迫自己的。丽娜的这点小心思他是懂的，既想抓住他的把柄，又怕真的抓住了，她自己反而下不了台面，所以这些年她一直就是睁一只眼闭一只眼的。对待女人就两个字：一哄，二骗！

于是，赵大嘴一把搂住丽娜的脖子，嬉笑着说："你这块青沙地，快把我这头老牛给累死了。我就是有心也没有力了。"

丽娜是个聪明女人，杀手锏就是温柔刀。她顺势躺在赵大嘴怀里，嗔怪地嘟哝道："我这块地，都板结一个多月了！"

赵大嘴像头公牛，蛮力从身体里涌出来，他顺势把丽娜按倒在沙发上。

第二天，赵大嘴没有去学院，他想在家休息一天。

正在午睡时，电话突然响了。谁啊？赵大嘴不情愿地拿起手机。

刚滑开手机，汝婷的声音就传过来："快来吧，你都成微信上的名人了，还睡大觉呢！"

赵大嘴不会玩微信，他不知道发生了什么，就急切地问："咋了，一惊一乍的？"

汝婷就说："那个马路天给你闯祸了！赶快过来。"

赵大嘴赶到学院才知道事情的缘由。马路天为了一个女孩，把另一

31

个男生给打伤了，而且还口出狂言："我爷是院长，这里的女孩我想泡谁泡谁！"

打架的场面被在场的学生录了下来，并通过微信传到了网上。不仅如此，更让他没想到的是，马热闹赶到现场时，见马路天如此放肆，竟动手打了马路天。马路天并不买马热闹的账，硬是跟他对打起来。

这段也被在场的人录了下来，而且传到网上。一个小时的工夫，"我爷是院长，想泡谁泡谁""大学保卫处长手撕学生"两条信息被转发几万次。

这，这可如何是好？赵大嘴不知道怎么处理了。

这事发酵得特快，贾谊立即组织应对，以学院名义发了几条解释，但还是没有平息下来。

一直到了晚上，钱强才打电话给支了招：花钱找删帖公司。

删帖后，事情才算慢慢平息下来。当然，这件事是通过汝婷办的。

这件事后，赵大嘴就对汝婷更好了，关键时候她还是能帮自己的。

那天晚上，赵大嘴与汝婷温柔的时候，汝婷又告诉他："最近可能讲师们也要闹事，我听到了风声。"

赵大嘴现在最怕学生和教师闹事了。他不懂里面的道道，也没法去处理，但他知道现在媒体太厉害了。一个针尖大的事，能发酵出山一样的效应。

汝婷告诉他，就是待遇的事。现在青年教师嫌待遇低，他们上一周的课，还不抵那些省城来的教授上一天的课挣钱，心里就窝气。

"那让周佐之多发点钱啊。"赵大嘴觉得发钱的事是周佐之管。

汝婷就说："怎么可能呢。周佐之不管钱，只管业务。我看啊，这事还是贾谊捣的鬼。"

"他捣鬼？他不会自己跟自己找麻烦吧？"赵大嘴不解地问。

汝婷想了想，说："我私下里听说，贾是想故意为难周佐之，让周在讲师面前没威信，正想赶走周呢。"

赵大嘴点上一支烟，抽了两口，突然诡秘地笑着说："这个老杂毛，我赵大嘴还想让他滚出药都城呢！"

汝婷有些吃惊地问："你有啥办法能让他滚啊？"

赵大嘴只是笑，并不说话。这事下作，他不能跟汝婷说的，他要保持自己在女人面前的形象。

汝婷再怎么问，他只说一句话："真到那一天，你就知道了！"

其实，从贾谊来药都市后，赵大嘴就在他的办公地点和住处安了微型摄像头。贾谊与一些女人上床的录像，他都掌握着。不仅如此，还有两次他在办公室里收设备供应商钱的画面，他也无意中获得了。

有时，赵大嘴想，自己是阴险了点，但人在江湖不能不防啊。开始的时候，他只是想监视贾谊是不是调戏汝婷，或者汝婷会不会跟贾谊发生什么事。贾谊只是对汝婷调戏过几次，并没有动真的，但他却无意间掌握了贾谊的这么多证据。

凡是花钱能摆平的事，赵大嘴觉得都不算事。

第二天，赵大嘴就找到周佐之，说作为股东，他想开个青年讲师座谈会，听听大家有什么想法没有。

周佐之摘掉眼镜，仔细地看了看赵大嘴，半天才说了句："好！"

几天后的座谈会上，赵大嘴首先声明自己是不懂大学的，但他特别尊重教授，他决定每学期拿出一百万作为课时补助金。

参加会议的讲师们没想到赵大嘴会这样承诺，这着实让他们喜出望外。接下来，大家的发言都一边倒地夸起赵大嘴来，说他为学院是真操心、真投入、真热心大学教育。但赵大嘴的心里明镜一样，还不就是花钱能使鬼唱歌吗！

讲师要闹事被摆平后，赵大嘴心里舒展多了。

他现在似乎明白了一个道理，许多事都像自有定数，该来的必须来，该了的也自然会有了断。这样想着，他这些天轻松许多，心情也变得好起来。

俗话说，心静万事顺。还真是这样。这天，赵大嘴正在办公室喝茶，马热闹就兴冲冲地跑进来："哥，菱子有消息了！"

赵大嘴先是一愣，停了几秒钟才站起身子："你刚才说的啥？"

马热闹端起一杯茶，笑着说："菱子的下落俺打听到了，她现在黟县！"

"你，你是怎么知道的？"赵大嘴显得有些过于激动。

马热闹坐下来，又喝了一杯茶，才放缓了声音，神秘地说起来。

原来，几年前马热闹就开始替赵大嘴打听菱子的下落。

当时，只知道菱子出走后嫁在了黟县，但具体在哪里却弄不清楚。后来，他就让自家的一个亲友经常到黟县去打听。这个人昨天见到菱子后，连夜就赶回来报信了。

二十五年前，赵大嘴与菱子的奸情败露，被黑炮爷打跑后，菱子也觉得没脸见人，就出走了。她本是想找赵大嘴，但两个人没有事先约定，竟失联了。

她先是在黟县打工糊口，后来嫁了一个死媳妇的男人，并与这个男人生了一个女儿。可是没几年好光景，这个男人得病死了。菱子没有再嫁，就靠打工养着这个女儿。现在女儿都上高中了。

马热闹那个亲戚找到菱子后，菱子开始不愿相认，最后还是认了。她虽然从这人嘴里听说赵大嘴现在发达了，但她还是不愿意见他。自尊心就是女人的脸，没有自尊就没脸没皮了。越是他发达了，自己现在这个样子越不想见他。

第二天，赵大嘴就自己驾着车出发了。

有了准信，他很快就找到了菱子。

他找到菱子时，菱子正在一家超市里理着货。菱子平静地说："见了就好了，我们都还活着，你走吧!"

赵大嘴哪肯走，小声对她说："我在今世缘大酒店等你!"

赵大嘴走后，菱子的心里翻江倒海地乱。

她不知道自己该不该去见赵大嘴。一直到下班的时候，她都没拿定主意。

可当她骑上电瓶车时，车子却向今世缘大酒店的方向拐去。明明是不准备去的，怎么又向这个方向拐了呢？她觉得有些控制不住自己。

菱子虽然五十二了，可身材并没有多大变化。在赵大嘴眼里，她还是二十五年前那个样子。两个人在房间里面对面坐着，都不知道如何开口。

最终，还是赵大嘴先开的口："菱子，这些年你受苦了!"

菱子听到这话，竟用手捂着嘴抽泣起来。

赵大嘴站起来抱住她的头，菱子一挣一扯，两个人竟滚到了床上。

空气就这样静止了，好像火山喷发前的那一刻。不知什么时候，两个人都开始疯狂地抚摸着对方。

赵大嘴把菱子的衣服扯掉了，菱子身上像一团火，烧得赵大嘴浑身发颤。两个人都脱光了，赵大嘴突然挟住菱子的腰，他想从后面要她。赵大嘴对喜欢的女人都是这样要她们，他觉得以这种动物的方式要了心爱的女人，就像要了整个世界，男人的霸气和征服感才能体现出来。

菱子扭动着身子，拒绝他这样。她从来没被男人这样要过，就是当初他俩在麦地里偷情的时候，也是躺着的。赵大嘴的蛮劲上来了，与菱子较着劲儿，两个人都扭动着身子相互对抗着。

正在这时，赵大嘴的手机响了，不依不饶地响个不停。

赵大嘴叹气地放过菱子，拿过手机，见是钱强的电话，赶紧接通了。

钱强的声音传过来："兄弟，与新西兰联合办学的事拿下了!"

赵大嘴放下手机，自信地对菱子说："把闺女送到我那个大学先读本科，然后我把她送到国外留学！"

菱子听到这话，赶紧拉着被子把自己盖住。

她感觉眼前这个人有点不靠谱，已经不是原来的赵大嘴了。

## 7

新学期开学，赵大嘴就感觉到贾谊比以前更忙了。

赵大嘴的感觉很直接：贾谊一下子来了三个助手，整天在一起研究问题，这肯定是很忙的了。他们研究什么呢？赵大嘴并不知道，只是偶尔从别人嘴里听说这个贾谊还是有点道道儿的，是某个领域的专家，现在正在主持一个中药课题研究。而且，这个课题还是国家、省、市、院校四级支持的。

对于科研课题，赵大嘴虽是一窍不通，但他听说这是一个有好处有油水、名利双收的事。他自己就曾经为了帮助钱强申请课题而花钱送礼。赵大嘴弄不太懂这里面的事，但他从别人的议论中多少知道点，这里面的道道儿不少。

可不是吗，从贾谊带来的三个助手对他的称呼就能看出来。这些助手其实就是他的研究生，本应该喊贾谊为教授或老师的，但现在却一律喊他老板。

什么是老板呢？有人说老板是资本的所有者，或是资本的代言人；还有人说老板是拍板的人；也有人说老板是板着脸的人。在他赵大嘴眼里，老板就是有钱的人，就是说话算数的人。可现如今，把教授也称老板了，赵大嘴觉得这简直是一塌糊涂，岂有此理。大学嘛，里面应该只有两种人，教书的和学习的。

对这些事赵大嘴想不明白，可越是想不明白他就越是想弄清楚。

碰到这样的问题，他一般是找汝婷问个究竟的。一是，汝婷上过大学，应该知道些；二是，她是他的女人，不会笑话他的见识少。

那天晚上，他听到汝婷的解释，简直不敢相信。

汝婷告诉他，现在教授就是老板，研究生就是打工仔；教授搞到了项目，把任务分配出去让学生做，评审的时候花钱走走关系，剩下的一大部分研究经费就装进了自己腰包。

赵大嘴听后生气地说："这么说，在大学里不是老师给学生服务，是学生为老师服务呢！"

汝婷听赵大嘴这样说，就有些好笑："你呀，真是不了解民情。如今，别说大学里了，幼儿园的孩子都得为老师服务，不额外交这费那费的，行吗！"

"那是多收费啊，跟大学里的性质还不一样。"赵大嘴摇头说。

汝婷就又笑："怎么不一样了，都是你常说的一个字——钱！只是大学里更厉害罢了。现在有的教授自己开公司，让研究生到公司去上班，甚至还要打卡，一月就给几百块钱生活费，直接把研究生变成包身工了。"

赵大嘴点着烟，吸了一口，又沉思了一会儿，然后才开口："这么说，这个大学里的教授都是这样干的？"

但赵大嘴还是不太相信汝婷说的话，他的这种判断来自于对周佐之的认识。

周佐之是副院长，他整天就没有这么多杂事，而是天天趴在办公室或坐在教室后面听讲师的课，从来没有过赚钱的迹象。人与人肯定是不一样的，贾谊是贾谊，只是一部分人的代表，大多数教授肯定是像周佐之一样扑在教学上。赵大嘴在心里这样认定。

汝婷却不这样认为，她毕竟上过大学，见识过大学里的教授，她知道教授究竟是怎么回事。于是，她就不解地说："你今天是咋了？这问题有点小儿科啊。"

赵大嘴的脸色越来越凝重了。汝婷觉得他今天有点儿不对劲。

"怎么了啊？像做生死决定似的。"汝婷又笑着说。

"你得帮我！"赵大嘴突然两眼盯着汝婷，那神态怪吓人的。

汝婷静了静神，才开口："我能帮你做什么？"

赵大嘴又点上一支烟，吸了两口，然后才开口说："帮我把这个贾谊弄走！"

"为什么要弄走他？他走了，学院怎么办？"汝婷反问。

"贾谊不走，这个学院就安生不了。贾谊走了正好让周佐之当院长，他才是办学的人！"赵大嘴态度坚决地说。

汝婷不以为然："黄鼠狼窝里能找出不骚的吗？走个穿绿的来个穿红的，周佐之当了院长也是一样的。"

"你这么说，咱这类大学就没治了啊？我不想为了几个钱把孩子们给耽误了。"赵大嘴的犟劲上来了，这一点汝婷是清楚的。

汝婷现在只能从侧面劝他："这世道啊，不跟有权的人较劲、不跟自己较劲、不跟钱较劲，这可都是以前你教我的啊。"

赵大嘴的态度不但没有转变，从表情上看，应该是越来越坚定了。

他叹了一声气，开口说："小汝，你知道吧，我听说贾谊把几百个学生弄到两家药厂里去了，说是去实习，其实是上生产线给他挣钱。学生意见很大呢。"

"这正常啊，都这么干的。这是时局，你是改变不了的。位卑别忧国好不好。"汝婷看着灯光下的赵大嘴，突然感觉有些陌生。

在汝婷眼里，赵大嘴是个善良的生意人，也是个仗义的人，对生意上的合作伙伴、对女人都有情有义。有时，身上虽然也有生意人的狡猾和贪婪甚至算计，但把他放在大多数生意人堆里，也不是一眼就能看出来的另类。可是今天，他展现出来的却是另一个形象。

汝婷的心里生出从没有过的感动和敬意。

赵大嘴把一支烟抽完，望着汝婷，郑重地说："小汝，我决定了，你一定帮我把这个贾谊弄走。明天我就把那些录像给你，你把它发到网上去！"

汝婷还想再说什么，赵大嘴就起身说："小汝，我今天累了，早点休息吧！"

两个人各怀心事地躺下了。

汝婷是个聪明的女孩。她拿到录像后，首先选择了两段贾谊与两名女教师调情交欢的镜头，她并没有选择贾收贿的那一段。

她这样做是有自己的考虑，她担心拔出萝卜带出泥，把纪委的人引到工程上来。如果是这样，说不定就会给赵大嘴带来麻烦。如果这两段不雅视频扳不倒贾谊，再拿出另外的录像也不晚。

这两段视频剪辑好后，汝婷买了一个新手机号，注册好微信，然后选择夜里十点首发。这个时间，人们多数是在刷手机的，转发率最高，而且一夜之间就会成为热点。

果真如汝婷所料，第二天上午，贾谊就成了热点人物。

不雅视频是最能抓住当下人眼球的。实际情况，比赵大嘴和汝婷预料的发展得更快。第二天，江南医科大学就宣布贾谊不再担任药都学院院长，并且接受组织调查。紧接着，宣布周佐之任院长，同时还派来个女党委书记芮露。

这中间，钱强给赵大嘴打过电话，他询问赵对这条微信视频是否知情。赵大嘴给钱强留了一手，他说自己大老粗一个，微信都不会玩，不知道是咋回事。钱强信了赵大嘴，挂电话前特意嘱咐赵说："新领导去后，情况肯定会更复杂，你就做你的校董，最好不要到学校去！"

赵大嘴听明白了钱强的话，一个劲地说："好的，好的。"

由于汝婷在院长办公室，赵大嘴虽然这两个月极少去学院，但他对

39

周佐之和芮书记的作为却一清二楚。

从汝婷反馈过来的消息，赵大嘴感觉到这个芮书记十分谨慎，她判断学院有内鬼，重点抓教师队伍的整肃；另一方面呢，芮和周两个人配合得非常好。周佐之想抓教学、抓教研，芮书记就全力支持，用她的话说教学是根本、党建是保证。

学院里的讲师都担心书记和院长两个人会不会两张皮，然而情况恰恰相反，他们配合得天衣无缝。

芮虽然是书记，但她却放手让周佐之做教学改革。大学嘛，就应该是教授作为教学和科研主角的。

听汝婷说，现在学校的学风比原来好多了，赵大嘴心里就特别高兴，但他不知道为什么会变得这么快。

还是汝婷的一番话，让他想明白了。汝婷给他分析说，《高教法》里规定大学是党委领导下的校长负责制，这表面上看可以理解为负责的不领导、领导的不负责，虽然大学推行的还是教授治校，但也必须党政协调才行。

汝婷的这番话有些拗口，但赵大嘴却听明白了：就是只要相信农民会种地，就行了呗！

对于学院的变化，赵大嘴心里是高兴的。但他现在最担心的是，贾谊的事会不会拔出萝卜带出泥呢？

越怕鬼鬼越来。这天下午，汝婷突然给赵大嘴发了条信息：省教育厅、税务局联合调查组突然来了！

啊，教育厅、税务局？这说明贾谊在里面交代出来了线索。但不是纪委来，说明应该还没有抓住实质的东西。但许多事都是由小事带出来的，他心里开始担心了。

赵大嘴意识到，事情正在向不好的方向发展。而且，他突然想到"出来混总是要还的"那句老话。赵大嘴就感觉不太好，他决定立即去省城，他要见一见钱强。关键的时候，姜还是老的辣。

赵大嘴开车去省城的路上，手机不停地响。他本来心情就不好，接电话，见是马六指打来的，情绪就更差了："有事吗？我在开车呢！"

电话那边停了足有三秒钟，然后才说："没事，马路天这孩子今年就要毕业了，他工作的事你记住就好了。"

赵大嘴气坏了，把手机摔在右边的坐椅上。

8

钱强在紫荆花园的这处房子，赵大嘴也是第一次来。

赵大嘴进门的时候，钱强正一个人听着古筝，品着茶。钱强示意赵大嘴坐下，然后给他倒了一杯茶。

"这个点过来，有事吧？"钱强不急不躁地说了句。

赵大嘴这些年跟钱强是没有客套的，钱强呢也就喜欢他这样直来直去地说话。于是，他就说："下午教育厅、税务局突然去调查了。"

钱强点上一支烟，看一眼赵大嘴，然后才开口："怎么能叫突然？半个月前我就知道了。"

"啊！"赵大嘴听到这句话，慌张的心一下子安定下来。

原来，这事都在钱强的控制之内，看来他是早有消息和应对的。这么想着，赵大嘴就想掩饰自己刚才的紧张，故作轻松地说："也不光是这事，还有件私事找您呢。"

钱强认真地看了赵大嘴一眼，笑着说："你的事对我来说就是公事，你在我面前还有私事吗？"

赵大嘴觉得刚才那话说得不妥，就自嘲地哈哈笑两声，拿起一支烟点上，才开口："在哥面前哪有私事。我说的私事，就是我的那么点事吧。"

钱强诡秘地笑了笑："哪点事？是那个小汝，还是那个菱子啊？"

赵大嘴把汝婷和菱子的事都对钱强说过。他这样做是有深意的，一是让钱强感觉到自己对他的信任，二是让钱强知道自己在他面前没有任何秘密。所以，现在他就可以摊开了跟钱强说这件事。

上个月的一天，菱子突然给赵大嘴打来电话，说女儿青荷回黔县了，要退学，不愿意在药都学院上了。

赵大嘴很吃惊，就问是什么原因。菱子似乎很为难，但最终还是遮遮掩掩地说，青荷说药都学院乱得很，跟野鸡大学差不多，坚决不上了。那时候，正是贾谊的事刚过去没几天，学校里乱哄哄的，难怪这孩子有了退学的想法。

赵大嘴不想在菱子跟前丢面子。他想了几秒钟，就对电话里的菱子说："你先劝劝闺女，我想办法把她转到江南医科大学去。"

话是这么说了，但这事他不找钱强是办不成的。

钱强听了赵大嘴说找他是办这事，想了想就说："兄弟，这事我不能帮你办，你得去找金校长。一呢，你现在是投资人，他会给你这个面子；二则，我要是出面帮你办了，那不就等于让更多的人知道我俩的交情了吗？"

赵大嘴想了想，觉得还是钱强想得周到。他决定明天亲自去找金校长，同时，要是有机会的话，还可以探探金校长对药都学院的态度。

赵大嘴在钱强这里坐了两个小时，离开的时候，钱强说："记住，凡事都不要慌，一慌出百错。以后啊，不要轻易来找我，有事我自然会找你。"

赵大嘴一个人下楼的时候，感觉钱强今天与平常有点不大一样。他比平时更谨慎，表面上虽然很淡定，但心里一定也在操着药都学院的心。

尽管如此，赵大嘴心里也开始盘算自己的小九九了。

42

赵大嘴从省城回来的那天晚上，给妻子丽娜说："可能摊上事了。"

丽娜有些紧张地问："啥事啊？刚进家就这么说。"

赵大嘴没有答话，而是不停地吸烟。丽娜心里更没有了底，焦急地说："到底咋了？你倒是说话呀。"

赵大嘴终于开口了："我感觉这样下去，学院早晚得出事，还是走为上。"

"走为上？咋走，咱的钱都在里面呢。"丽娜不解地说。

赵大嘴看着丽娜焦急的样子，叹着气说："咱不是这地里的虫，就甭想在这里把自己从毛毛虫变成花蝴蝶子！"

"那你说我们怎么个走法？"丽娜盯着赵大嘴的双眼问。

"你说咋走？拿钱走人呗。"赵大嘴说。

丽娜苦笑着摇头："你说得轻巧，咱能卷着钱跑到国外去啊？再说了，钱都变成大楼和仪器了，咱是一分钱也拿不走啊！"

赵大嘴看了一眼丽娜，然后说："跑了和尚，寺还在。跑到美国的人都引渡回来了，法网恢恢，你跑得了吗！"

"你别卖关子了可好，就直说吧。"丽娜是想尽快知道赵大嘴的葫芦里卖的到底是啥药。

赵大嘴躺在床上才告诉丽娜，这事他找高人指点过了，解铃还须系铃人，这事必须找钱强。由他出面运作，把学院评估后，咱的股份交给江南医科大学。这才是金蝉脱壳之策。

那天夜里，赵大嘴和丽娜谈了很久。

开始，丽娜心有不甘，但最终她还是想通了。她说，也许这些钱财本身就不是咱的。还是老话说得对呀，只有破财才可消灾。

赵大嘴是个情商绝对高的人，他心里已有了主意，只不过他认为现在该跟丽娜说了，让她心里先有个数。

从联合调查组调取的资料判断，是越来越深入了。

43

汝婷打听到的消息，也证实了这一点。赵大嘴心里有些急，他想和钱强联系，但他又记着钱强对他的交代，他也从心里把宝押在了钱强身上。钱强应该是蹚江过海的老沙鱼了，几次查他都丝毫未动。想到这些，赵大嘴心里又踏实一些。

电话终于来了。钱强让赵大嘴连夜赶到那个紫荆花园。

钱强这次依然没事人一样，品着茶，抽着烟。

赵大嘴也故作轻松，并不主动开口。他知道，钱强肯定有话要说。

钱强抽完一支烟，才开始说话："兄弟，把学院的股份卖了吧。"

"卖给谁啊，咋卖法？"赵大嘴装成什么都不懂一样地问。

钱强审视了赵大嘴几眼，叹了口气说："没想到这鱼被咱养这么大，咱的胃小，吃不下去了。"

"是儿不死，是财不散。不是咱的咱就不守了。哥，你说吧，一切都听你的安排。"赵大嘴表现出无所谓的样子。

钱强对着赵大嘴笑了笑，但明显流露出来的是无奈。

"我呢，给金校长说过了，如果你同意，可以先和学校签个框架协议。然后呢，启动评估，评估好了就把股份转给江南医科大学。"

赵大嘴的心里已经有数了，但他还是表现出有些意外、有些不肯的样子。钱强就又告诉他说："不仅如此，咱第一年只能拿到百分之四十的钱，剩下来的五年才能拿到呢。"

赵大嘴焦急地说："哥，这不是明着坑咱吗？"

钱强就笑了："啥坑不坑的。不做工作，金校长还不同意呢。更何况，这评估时学问大了，咱也未必就吃亏了。"

啊，原来还可以这样做。

赵大嘴觉得钱强就是高，凡事都有化解的招，这才真叫高人，能以招破招，逢凶化吉。

赵大嘴与钱强这次的谈话很深，也很细。

钱强把有可能出现的问题，都一一跟赵大嘴提示了。而且，两个人还把从认识到现在的事都理了一遍，不少事又重新统一了口径。

　　快天亮的时候，钱强又开口说："这事也不是小事了，你再想想。如果没有好办法，你就直接找金校长。记住，在他面前别提我。"

　　赵大嘴连声说："这个，这个是当然的。"

　　下楼的时候，不少人都在小区里开始晨练了。赵大嘴并没有多少疲惫。他决定先回自己的住处睡上几个小时，然后再去找金校长。

　　省城这栋别墅，赵大嘴有个把月没来过了。这里，有他请的一个六十多岁的保姆在守着。

　　赵大嘴按响门铃，保姆开了门，很吃惊，欣喜地问："赵总，咋这个点回来了？我刚熬好粥，喝一口再休息吧。"

　　赵大嘴笑着点了点头。

　　粥端上餐桌。赵大嘴刚喝一口，丽娜的电话来了。

　　"听说学院又闹上了，几十个被送到新西兰的学生家长打出标语，说学院是人贩子，把他们的孩子卖到新西兰做苦力了。"丽娜有些生气地说。

　　赵大嘴放下碗，冷静了一下，问："你听谁说的？明明是交换生，这跟人贩子、做苦力咋扯上了呢？"

　　丽娜说："还能是谁说的？汝婷说打你两个手机，一晚上都不通。"

　　这时，赵大嘴才想起来，他跟钱强谈话时不仅关了手机，而且手机电池都抠掉了。这是钱强和他的约定，是怕手机被定位了。

　　赵大嘴放下电话，叹了口气，在心里说：天要下雨，娘要嫁人！


　　事情并没有赵大嘴想象的那样糟。

　　联合调查组在学院调查了两个月后，不声不响地走了；股份转让的事呢，框架协议签订后，会计事务所就进了学院。

赵大嘴在心里庆幸地想，我赵大嘴是卖过假药、赚过黑心钱，但我没害过人，没丧良心，上天还是给我路走的。

这中间，他又跟钱强见过两次面，一次是调查组走后，一次是会计师事务所来之前。

钱强显然把自己藏得更深，赵大嘴从他脸上看不出什么大的变化。但仔细琢磨钱强的话，赵大嘴心里还是不安稳。

那天，钱强面对赵大嘴的兴奋，却提醒说："别看调查组走了，也没啥结论，但怕就怕的是没出结论。组织就是一片大海，越是表面平静越是大浪可能要出现的前奏。"

这话，赵大嘴是听明白了，但他还是觉得自己没有什么问题。我投资建学院是有协议的，我也真金白银地投了，学院也建好了，我还能有啥责任？就是说学院办学混乱，那也是你们江南医科大学的事，与我何干呢？

但钱强却不这样认为。他跟赵大嘴说："你听说过'欲加之罪，何患无辞吗'？想找你的毛病多了去了。就查你一条，偷漏个人所得税，足可办你个十年八年的；更何况，这些年你卖过多少次假药？"

这么一说，赵大嘴就变成泄气的皮球，瘪了。

但钱强又反过来安慰他不要怕，现在这事也是碰倒霉，如果不是那个贾谊出事了，也不可能牵出这些事来。不过呢，从他摸到的消息看，并没有什么大不了的。也就是说，从与江南医科大学合作办校的协议和建设过程来看，没有硬伤。

他安排赵大嘴一定要沉住气，记住即使事来了，也要知道说哪些留哪些，哪些打死都不能说。

*9*

现在，赵大嘴回想起过去的事，肠子都悔青了。

他当初是不该弄贾谊的，本来是想这个鸟人走了，学院就会办得更好，自己是做好事呢。现在看，是搬石头砸着自己的脚了。他当时怎么就没听汝婷的话呢？但这是打掉牙往肚子里咽的事，不能说也不能讲，就像石头压在心里。

这些天，赵大嘴常常做同样的一个梦：几条大花蛇缠着自己，吓得他喘不过气来。每次梦醒后，赵大嘴都在想这些蛇是什么变的呢，金钱、虚荣、欲望、阴暗，这些东西现在都变成了蛇在缠他，来吓他，让他没有半点开心。

有时候他也暗自苦笑：赵大嘴啊赵大嘴，你一个初中都没上完的人，挣几个钱也就罢了，千不该万不该你要办大学，这不是也太不拿这个社会当事了吗？

焦虑和紧张，让赵大嘴对汝婷越来越依恋了。

只有他们在一起的时候，他才会开心些。他们在一起喝酒，一起做爱，然后才能安稳地睡一个觉。只有他们在一起的晚上，他才不会做梦。他不知道这是为什么。

汝婷告诉他，做爱本来就是消除焦虑情绪的，更何况疯狂过后身体极度疲乏，当然就能睡安生了。

赵大嘴越来越觉得汝婷这女人不简单，心里的一些事总喜欢给她说说。但他心里还是有保留的，一些不能说的事，他从来没有涉及过。说出的话就像淌出去的水，水多了就成灾。这是娘小时候教育他的，他一直都记得。

汝婷当然也看出了赵大嘴这半年多来的变化。

但她也不多过问，只有赵大嘴主动说的时候她才提一些建议。她甚至在心里多次想过，自己虽然真的爱赵大嘴，但终究是见不得光的。男女两个人在一起相爱不是永恒的，能愉快地相处才是永远的选择。

这些天，赵大嘴真是够烦的了。

可马六指却像一块狗屎一样黏在了他身上，擦也擦不掉，而且让他时时想呕吐。马六指每隔两三天就给赵大嘴打电话，让他给孙子马路天安排工作。赵大嘴开始没好声气地回绝过几次，后来还是强忍着气给他解释，说："先让孙子自己找个工作，我现在有点麻烦事，等腾出手来我再办行不行？"

可马六指不相信赵大嘴的话，而且认为是在糊弄他，这天竟领着马路天，来到了学院里。

赵大嘴怕弄出来啥事，就赶过来给他解释。马六指很是生气地说："大嘴兄弟，这学院都是你的，你让孩子来这里工作，不是一句话的事吗！"

赵大嘴怎么给他解释，他都不听。坐在旁边的马热闹就生气地说："六指哥，咱做人得凭良心啊。大嘴哥对你咋样你不是不知道，可你现在非逼着他办不能办的事，咱这还是做人吗？"

马六指生气地指着马热闹说："你是站着说话不腰疼，你在这里当着保卫，俺呢，俺落着啥了？外面都说这是骗子学校，不然，孩子咋能找不到工作？"

马热闹也站起来，用手指着马六指："你这呲的还是人话吗！"

马六指更来气了，指着马热闹骂道："你别在我面前装大尾巴驴，把我逼急了，我就去上告！"说着，马六指竟从怀里掏出一块生白布，上面用黑墨汁写着"骗子大学"四个字。

坐在桌子后面的赵大嘴看到这块白布，气得呼地站起来。他颤抖地指着马六指，强压住怒火说："我叫你爷可行？我是上辈子欠了你的血债！"

马路天也觉得爷爷马六指做得过分，一甩门走了。

马六指见马路天跑了，怕有啥闪失，就跺着脚，追了出去。

赵大嘴躺在床上两天都没吃一口饭。

这到底是怎么了？马六指的影子总是在他面前挥之不去，让他回想起这五年变幻莫测的命运。马六指这个人，说他是自己的灾星，也是对的；说他是自己的福星，也有道理。

自己走到今天，不正是马六指为孙子上大学来找他引起的吗。但这又能怨谁呢？当初自己如果不听钱强的话，不想着挣面子、挣大钱，也不至于走到今天这地步呀。

赵大嘴想，如果学院是盘磨，自己就是被钱强牵着缰绳拉进来的一头驴；钱强是想收点介绍活计的中介钱，自己是想挣点出力磨面的钱。可没想到的是，面磨好了，主家却要卸磨杀驴，而且连牵驴的钱强都不放过。

这一切都是命中注定的。只有用这句话，赵大嘴才能说服自己，才能安慰自己，才能让自己稍稍平静下来。该死屌朝上，随他去吧。

这时，他突然想吼两嗓子小时候最爱的戏文。于是，他咳了两声，气流从丹田升起，冲向喉咙：

朝——为——田——舍郎——

暮——登——天子——堂——

本是——梦——中——戏——

何须——到——天亮——

赵大嘴不想再躺着了，他决定起床。丽娜见赵大嘴起床了，长出一口气，满脸挂上笑："想吃点啥？"

赵大嘴点上一支烟，强打着精神说："买个叫花鸡，再来半斤卤猪脸，我要喝点酒。"

第二天，赵大嘴又一脸的沮丧，破罐子破摔的样子。

还能怎么样呢？气也是一天，高兴也是一天，怕也是一天，不怕也是一天。反正是福不是祸,是祸躲不掉,不如过一天是一天吧。他虽是这样想,但脊梁骨还是时不时地发紧发凉,总觉得自己就是放在案板上的一条鱼,虽然现在还翻腾着,不知哪一会儿就被斩断。

这一天,终于还是来了。

赵大嘴听说钱强真出事了,开始是不愿意相信的。

他让汝婷用新办的手机号打钱强的电话,电话是关机的,再打钱强老婆的电话,也是关机的。

赵大嘴知道,这是真出事了。这一刻,他反而轻松起来,因为他不用再担心和幻想了,该来的马上就会来到。

这天晚上,赵大嘴趁着夜色来到了汝婷的住处。

有些事,他不能不先给汝婷交代。其实,也没有太多的话要交代了,许多事都是他们两个人合计着做下的,只是再提醒一下,互相统一下口径而已。

汝婷毕竟还是年轻,这时显得很害怕和无助。赵大嘴故作轻松地搂着她的肩说:"没啥大不了的。我老赵没杀人也没放火,大不了坐几年牢。"

见赵大嘴这么说,汝婷赶紧去捂他的嘴:"别这样说!"说罢,就把头埋在了赵大嘴的怀里。

今晚,赵大嘴和汝婷都变了个人一样,缠绵的时候像世界末日的两头狮子,都在拼命挣扎又拼命撕咬着对方,一个如雄狮下山,一个如母狮扑食,疯狂而恣肆。世界平静下来后,两个人都特别放松和快意,没有了做爱前的那些紧张和不安。

赵大嘴亲了亲汝婷的额头说:"别怕,噩梦醒来是早晨,一切都会好的。"

汝婷在赵大嘴怀里又躺了一会儿,便开口说:"回去吧,那边也要安排好。"

赵大嘴回到家里的时候，已经快十二点了。

丽娜正一个人坐在客厅里，心神不定地大口喝茶。她就是这个毛病，一遇到重大的事，就会不停地喝茶。

赵大嘴进了客厅，见丽娜正在喝茶，就说："我饿了。你去炒俩菜，咱俩喝两杯。"

丽娜立即起身说："菜炒好了，我去端。"可她一转脸，泪水却涌出来。

这顿饭吃了一个多小时。一瓶古井贡原浆喝完，赵大嘴把要交代的事情，也都一一给丽娜做了交代。

丽娜虽然心里担心得快要抽搐了，但有酒劲盖着脸，她看上去却也镇定和从容。丽娜觉得能瞒过赵大嘴，其实赵大嘴心里一清二楚。

赵大嘴点上一支烟，然后说："吃饱了，我得出去一下。"

丽娜看着赵大嘴说："这么晚了，能不出去吗？"

赵大嘴无奈地笑了笑，然后说："我想去学院看看。"

丽娜就不再作声，起身说："天凉了，我去给你找个背心。"


车子停在学院办公大楼前，赵大嘴关了车门，深情地望着路灯下寂静的校园，一股热流和酒气从胃里向上翻腾。这时，马热闹跟了过来："哥，我陪您走走。"

赵大嘴回头看一眼马热闹，掏出一支烟，递给他，然后说："去吧，把门守好了，这里有几千个孩子呢！"

赵大嘴独自来到三楼办公室。微白的灯光下，他开始烧水、泡茶，他想静静地喝几杯自己最喜欢的祁门红茶。

水完了再续，茶淡了再泡，烟熄了再点。在这淡淡的烟茶中，赵大嘴打开窗户，与这月夜下的校园融为了一体，已经感觉不到自己的存在。这是他几十年生命中，从没有过的舒展和放松，万物寂静，茶香烟袭，世界化零。

不知过了多久，猛然间，赵大嘴被咯咯的欢笑声惊醒。他站起来，走到窗户前向外望去，只见操场上几十个青春的身影正在晨跑。啊，天就要亮了。赵大嘴吸了一口从外面扑进来的清新空气，他决定下去走走。

东边的霞光洒满身边的绿篱，小鸟在青葱的梧桐树上鸣叫，凝在草尖上的露珠闪烁着七彩光芒。赵大嘴觉得，这一刻是全新的，像刚从梦中醒来一样，眼前所见与他以往的记忆都截然不同。

他继续向前走，操场的四周和花园里有捧读的学生们，书声琅琅，他们一个个都身披霞光，金灿灿的。

霞光渐淡，太阳终于露出了半个红球，火红的光线从天边射过来，明亮而温暖。

赵大嘴情不自禁地说："多么灿烂的阳光啊！"

（《人民文学》2016 年第 3 期）

# 冬 风 急

## 1

官场是忙的，每个人都像被鞭子抽打着的陀螺，团团转，一刻都难停下来。

但书法却是慢的，慢得使时间都长了起来，慢得看不到远处的方向，安心于不舍不弃的一年半载，也不见明显的长进。吴易东却抱持不放，他就是从这书写之慢中体味到了乐趣，消解了官场中另一个自己的不快与烦躁。砚是石的千古凝成，墨是松烟幽香淡溢，笔是竹和毛羽融为一体，纸是檀树浆抄的洁白柔软，运腕提笔墨纸相交，快适无比。在轻重提按、起承转合之间，书写便淡去了心中的浮躁与杂芜。

人的一生中，三十年应该是一段很漫长的时间了。这么长的一段时间里，专注地做任何一件事，按理说都会开花结果，大有斩获的。

吴易东却觉得自己是失败的。他三十年内专注做的两件事自己都不太满意。更多的时候他回顾这三十年，收获的却是沮丧和无奈。二十岁那年他阴差阳错地入了行政口，成为一名颠颠跑跑收收发发的办事员。那时候乡镇还叫公社，公社里的人文化都不高，说话也不太讲究，人们就喊他"打杂的""跑腿的"。他机灵、勤快，公社大院的人无论是谁

53

吆喝一声，他肯定是一叫就到，一到就干，一干就得干得好。当然，这些事无外乎是打打杂、跑跑腿。

后来，他在不知不觉中一步步向上走，五年前竟当上了惠济镇的书记。县里找他谈话的那一刻，吴易东突然觉得对自己有了点信心，像是黑夜里慢慢行走时看到了前面的灯光，他觉得自己弄个副县级应该不是什么问题。官场很多时候不就是论资排辈吗，再怎么说，也会有轮到自己的时候。可慢慢地，应该说是五年后的今天，他却又突然发现自己错了，自己五年没挪窝的现实就说明了这一点。上面并不都是论资排辈，要论的东西很多，比如上面有没有得力的人、有没有送礼，当然也包括有没有业绩。

吴易东是有些失望，虽然他心里也很不甘。但没有办法啊，在县里市里没有人替他说话，他也真没有给谁送过钱，业绩嘛，本来就是领导说了算的。说你行你就行，说你不行你还真就不行，这不仅仅是相声里的哏，现实更是如此。夜深人静时，回想自己在官场这三十年确实失败和无奈，沮丧便油然而生。

有时，吴易东也觉得是有快乐的，这个快乐被他称之为"腕下快乐"。三十年间，他几乎每一天都濡墨挥毫，临帖读碑。

吴易东研习和心仪的是板桥"六分半体"，隶、楷、行、草杂糅一体，基本达到了妙在能合、神在能离。可他依然不是中国书协会员，连市书法协会会员都不是。据说，北京一位书坛大家见了他的字，连声惊呼他的字已居板桥左右，逼近大成矣。可吴易东依然什么名头也没有，因为他从没参加过"兰亭杯"之类的比赛。他在看来，笔下惊蛇走虺确实是件快意之事，而参加比赛用字作为打败对手、获金银铜奖的武器，写字便弄成了剑拔弩张、你死我活，失去了闲情，也没有了惬意和风雅。但是，在现在这样一个什么都要贴标签量化的年代，这三十年吴易东所追求的晋风宋意、陶然以醉，就显得尴尴尬尬的。

他想到自己在书法界一点名号也没有，似乎觉得有些后悔和沮丧，甚至有时也认为是一种失败。

尽管如此，但书写在他心里还是神圣的。只要有时间，清晨、午后或者深夜，他的砚台总是湿漉漉的，还有湿漉漉的毛笔，雪白的宣纸铺开来，他便开始抽烟。抽了一支烟，有时是几支后，闲适的氛围和悠然的心境才徐徐而来，这时他才提笔蘸墨，腕下生风。

此刻，吴易东就像换了一个人一样，成了这个时段的自在神仙。

这个腊月，尽管惠济镇的人都盼着雪花飘下来，可老天爷就是不让雪下来。没有一场雪，这年就没有啥年味儿，少了许多东西一样。当人们都失望的时候，鹅毛般的大雪却突然遮天蔽日飘落下来。人们一阵欣喜欢呼后，便躲在屋里安静得没声没息，天地间一片静穆。

吴易东在镇食堂吃了饭，心情很好地回到自己的宿舍里。他抽了支烟后，就开始研墨。这样的时刻，不挥毫骋怀，真是说不过去。

今天，他临的是陆机的《平复帖》。《平复帖》是草书演变过程中的典型书作，虽隶意犹存，但又没有隶书那样波磔分明，字体介于章草、今草之间。此帖秃笔枯锋，刚劲质朴，高雅之间神采清新，字虽不连属，却洋洋洒洒，字里行间透露出书家的儒雅与睿智。吴易东提起笔，静心读帖，思绪万千，却久久不敢动笔。

这时，突然一阵敲门声，惊醒了吴易东。

谁啊，这个时候竟来敲门？他显然有些不高兴，但迟疑了一会儿便判断肯定是自己的搭档李渔镇长。他与李渔搭班三年半了，对他的脚步声和做派十分熟悉。这个时候，也只有他才会这样咚咚地敲门。于是，他一边向门的方向走过去，一边说："老李啊，雪天雪地的，咋从城里回来了呢？"

屋门拉开，李渔一头雪地冲进来。

吴易东笑着说："老李，你咋回来了呢？不在城里陪弟妹，这雪天雪地的。"

李渔一边拍打着头上的雪，一边说："这都腊月二十五了，我能睡稳吗！"这时，吴易东开始给李渔拍背上的雪，雪白白地落在地上，转眼间就成了湿漉漉的一片水。

"奶奶的，大雪年年有，不在三九在四九，这还真下了！"李渔跺着脚，骂了一句。

李渔是按吴易东的安排进城送礼去了。

每年，镇里都要拿出十来万块钱，给县里主管部门的头儿送送。在其他镇，一般都是书记和镇长一道儿去的，这种送人情的事一定是两个都参与的。吴易东却懒得去，就让镇长李渔一个人去。这当然也是因为他对李渔的信任。书记镇长一般都尿不到一块儿去，可他与李渔却团结得不错。一方面是因为他与李渔曾是市党校的同学，另外，两人脾气相投，李渔从来都没有争过权。用李渔挂在嘴边上的话说："书记，我就是你的跑腿儿的，家你当，事我办！"

吴易东泡了杯祁门红茶，递给李渔，两个人便坐了下来。

李渔端着茶，把下午到县里走动送礼的事说了一遍。说到最后，就有些激动了。他把茶杯往桌子上一蹾，声音很高地说："这些人都不守江湖规矩了啊，说好的送礼轻重都差不多，大周镇却送起现金了！"

吴易东一听，先是一惊，就问道："你见啦？"

"可不是吗，我进朱局长办公室时，大周的老张正要起身走。我一瞅，桌子上那个信封还在那里，足有两万！"李渔看着吴易东，又叹口气接着说，"官场也不论套路出牌了。我们这些镇说好的，给局长只送五千块钱的卡，他倒好，玩起了现金！"

吴易东叹口气，然后苦笑了一下说："唉，咱是穷镇，弄不到钱呢。"

李渔见吴易东这样叹气，就说："书记，咱不能充硬头鳖啊。说不准这个老张给一把手送多少呢。你得出马了，现在他老张是支着架子跟你竞争呢！"

吴易东明白李渔话里的话。明年怀副县长要转岗，他与大周镇的书记张达是呼声最高的人选。过了年，吴易东就五十岁了，如果这次再上不去，就彻底没戏了。年龄是把刀，过了年龄，就会被一刀切下来。吴易东要是这次上不去，李渔由镇长转为书记就基本没戏。他心里明白，李渔也是聪明人，只有自己走上去，他才有出头之日。所以，他们现在的目标是一致的。官场如战场，只有共同的利益才可能形成同盟。

吴易东与李渔想法不一样。他从没以个人的名义给上面送过钱，何况他也没有钱。儿子大学毕业又读研究生，妻子一个小学老师就那点可怜的工资，他又从来没收过别人的钱，平时就那点工资补助，他就是想送也没有。其实，他也知道自己没按官场套路办，自己不从下面收，咋有钱往上面送呢。

李渔见吴易东不停地抽烟，不再说话，就笑着说："书记，我知道你手头紧，但再紧，这场戏也得唱啊！"

吴易东苦笑一下说："老弟啊，你是让我唱空城计吧，我可没那本事。"

这时，李渔从怀里掏出几捆百元票子，往茶几上一放，笑着说："别愁了，我给你准备好了。你必须要到'苏一号'那里去一下，明天就去！"

吴易东被李渔弄愣了。他瞅着李渔有几十秒才开口说："你这是弄啥呢？这钱哪来的？我可不敢收啊！"

李渔肯定预料到了吴易东见钱后的表情，就笑着说："别怕。这钱也不是我送你的，也不是我偷的，是你自己挣的。"吴易东不解地盯着李渔，等着他把话说下去。李渔却故意把话停了下来，他吸了口烟，才接着说："这是宋伟托我买你的字，给的润格。"

吴易东立即明白过来。宋伟是李渔的妻弟，是个包工头，平时干着镇里的一些建筑活儿。这很显然是李渔让宋伟出钱，怕吴易东不收，就说是买他字的钱，要让吴给他写几幅字。吴易东在心里感激李渔的用心和好意，但他还是不能收这个钱。收了这个钱，他与李渔的关系就变味了，甚至成为李渔手里的把柄。

　　于是，他笑着说："兄弟，这你就见外了。我这字还真没卖过钱，脾气相投的我就写一幅给他，不相投的给再多的钱也不写。宋伟要字还说个啥，要多少我都写，不过，钱一分都不能收！"

　　李渔听吴易东这么说，气得猛喝一口茶，摇着头说："老兄啊，你、你真的是个异数。入乡不随俗，咋能行呢！"

　　吴易东笑得很苦，但还是笑着说："兄弟，现在官场毕竟还是有正义的。一号这几年用人，我看还算坚持了三个三分之一——三分之一的人提拔靠上面有人，三分之一靠跑和送，剩下三分之一还是靠工作的。我们哥俩就不能硬着头皮再拼他一年，干出亮点，成为靠业绩提上去的人吗？"

　　李渔了解吴易东的脾气和为人，知道吴易东是不会接受这钱了。没钱他就肯定不会去送，那只有靠工作亮点了。他想了想，就说："好，老哥，我听你的。那过了年，我们就启动新村建设，再苦再难也要做成亮点。但愿那时，老天能开眼，让我们成为靠业绩上去的那个三分之一吧！"

　　一个月前，县里决定在全县搞三个"新村整治"示范点，想让惠济镇在幸福里村试点，吴易东和李渔怕出力不讨好，一直拖着，一直下不了决心。现在，他们两个人终于下了决心。这也是没法子的法子。

　　吴易东看李渔支持搞这个试点，心里也高兴起来。他站起身来，走向书案。李渔站起了身，也走过去，笑着说："书兴大发了？想写什么？"

吴易东想了一会儿，就说："今天先为新村题个名吧！"于是，他提腕蘸墨，写下三个饱满的大字：幸福里。

## 2

现如今，日子越过越好，可年却越过越没有年味儿。

在吴易东看来，过年就剩下三件事了：贴春联、看晚会、赶酒场。

儿子腊月十六就回来了。贴春联、看晚会是儿子和妻子的事，吴易东只有一件事，那就是赶酒场。其实，他不喜欢喝酒，但不喝不行。一年了，亲朋好友在一起喝一场是不能拒绝的；比自己职位高的老领导叫喝，也是不能拒绝的；从外地回来的同学、老乡、朋友给你打电话了，你总得安排一场吧；人家请你了，你吃过了喝过了，总要回请一下吧。唉，每一场酒都有充分的理由，如果拒绝了，别人就会说你"大样"，下一次肯定也会拒绝你的酒场。

从除夕到初七，吴易东这八天赶了十七场酒。他觉得自己就是被泡在酒精里了，一身的酒气就没散过。虽然每天都换一套衣服，可那酒气还是缠绕着他，自己都觉得很难闻。他想，人的胃真是太神奇了，天天被酒精泡着，再加上酸甜苦辣鸡鱼肉蛋在那里作闹着，就是钢质的铜质的也被腐蚀坏了，可那肉的胃就是没问题。那就造吧，人在江湖，身不由己啊。

初八上班，吴易东召开了镇几套班子成员会。虽然每年的这个会都是例行公事，大家在一起收收心，交换一下春节这几天酒场战况或牌场输赢，但今年这个会却有一项重要内容，那就是布置幸福里新村整治工作。既然年初一那天他与李渔去一号家拜年时，一号表过态了，那就要真抓实干，保证在入冬前全面完成。

虽然班子成员也觉得这事不好弄，但大家还是有些兴奋，毕竟有事干了。现在乡镇的财权收到县里了，统收统支，不找点事干，连喝酒的钱都没有，更不要说发奖金了。所以，大家还是想找点事干的。更何况，省里下发的《关于推进农村危房改造和村庄整治意见》里有规定，可以整合各项资金，省里还"以奖代补"。不是说经手为富吗，这样一来，这一年大家有酒喝就不成问题了。乡镇里的一般干部要求其实也简单，想发大财是不可能，就图个在乡下有点面子，有酒喝有烟抽，工资省着不用再混个肚儿圆，一年年忍着熬着，到退休能混个副科正科就行了。

惠济镇的班子是团结的，这主要取决于吴易东和李渔。书记和镇长能尿到一起，下面自然不会帮帮派派的。会上，李渔主动承担这项工作。他说："吴书记虽然挂的是组长，但事还得我们干，总不能让老板事事跑到前面吧。我们在前面冲，真有难事吴老板去摆平就行了！"这样说着，大家就笑着表示了赞同。散会的时候，李渔看着吴易东说："老板，这年还没过去，我们还要拼着命地给你干，你得有所表示吧！"李渔说话是有分寸的，他这样说，既保持了自己作为镇长的尊严，又体现了他与吴易东的亲密，更充分衬托吴易东一把手的地位。其实，这场酒是他们俩节前就商量好的了，吴易东就笑着说："惠济镇是镇长说了算，你安排吧！"

李渔笑声很响，他用眼把会场扫了一遍，最后说："那我就安排了啊。今天咱升一级，喝古井贡八年原浆。县处级别的酒咱也喝一回！"

李渔是从基层摸爬滚打出来的，乡镇工作经验十分丰富。初九那天，他就把幸福里村的书记刘金和村主任杨德云喊到了镇里。他把幸福里新村整治的事说。村书记刘金六十多了，两个儿子都在省城工作，几天前就说不想干了，想到省城享福去。他当了一辈子书记了，现在越来越淡，又有哮喘病，基本不问事儿。主任杨德云就是幸福里村实际的一把手。她是民办教师出身，没出嫁时就是有名的泼辣女，喝酒骂娘侃大山，比男人还男人。她一听镇里把这事定了下来，县里也把幸福里村作为了试点，就很兴奋也很自信地答应了下来。

中午，李渔和吴易东几个人在镇食堂请刘金和杨德云喝了场酒。杨德云喝得差不多了，临走的时候非要去李渔办公室，说是要单独请教下一步工作。李渔就说："你不怕我酒后失态啊？"杨德云就笑着说："怕你？我倒要问问镇长你怕不怕我酒后乱性呢！"说着，两个人就拉拉扯扯地离开了食堂。这时，关副镇长说："都说他俩有一腿，今儿个我还真信了！"食堂里就爆出一阵有高有低的笑声。

其实，杨德云是趁着酒色盖脸来跟李渔讨价还价做交易的。杨德云的弟弟杨德草是个小包工头，她是想让弟弟把这二百多套房子的工程揽下来。可她知道李渔的妻弟宋伟也是个小包工头，这事得事先说明了。刚才喝酒的时候，她就想好了。所以，一坐下来，她就开门见山地说："镇长，你也知道现在村民并不都同意整治合并集中居住，就是硬捏着头皮同意了，可建设时也会很不顺利的。"

李渔刚听一句，便基本明白了她的意思，但还是不说透，只是笑着说："德云，你咋想的，别给我绕了，来直接的吧！"

杨德云喝了口水，说："镇长，这也算安居工程，事关八九百号人的安全问题，工程质量方面，我俩都得负起责来。"李渔突然糊涂了，这女人肚子里装的啥花花肠子呢？于是，他也不动声色地说："你是在给我谈情说爱啊，云山雾罩的，直说，直说。"杨德云就笑着说："那好，我直说。我是想，为了保证质量，你让宋伟供钢筋水泥，我让德草负责盖。这样，质量就有我们两个控制着了，我们放心呢。"

李渔对杨德云这番话多少有些意外，不得不佩服眼前这个女人。想了想，就说："工程的事可以让你弟干，但得走招标程序。至于材料的事让不让宋伟干，我还没想好。"杨德云望了一眼李渔，就说："镇长，咱俩也不是一年两年了，谁想的啥都知道。你要是不让宋伟供材料，我还真不让德草干了，这试点工期猴年马月还真说不准了呢!"

李渔猛地掐了烟，站起来，伸出右手。这时，杨德云也伸出了右手。两只手握在一起的时候，李渔开口说："就按你说的办，但村里的事你必须摆平!"杨德云用力握了一下李渔的手，笑着说："你就放心吧。我回去就先开党员会，摸摸情况。"

杨德云是有办法的，她回到村里先开了党员会。开会之前，她带领村里十一名党员重温了入党誓词。会场一下严肃起来。这时，她强调说，这是中央的决定、省里的任务、县里的主张、镇里的大事，是党安排下来的大事儿，共产党员必须无条件服从。谁不服从、不支持就是背叛誓词，上级必须处理。会开得很短，但效果很好，大家签了保证书，会就散了。

第二天，她又把村里十几个刺儿头召集在一起，说是开"座谈会"，听取大家的意见。她清楚，这十几个人如果拿下了，接下来就不会有事了。但这十几个人议论最多的是并村后腾出来的土地问题。镇里有了规划，村子整合搬迁后，原来五百多亩地准备引进一家工厂。按说，这是好事儿，有工厂了，村民就可以在这里做工。但老百姓关心的是，这地多少钱一亩卖，卖的钱咋分，这中间会不会有猫腻?

杨德云知道，在村里最难弄的是王必福。他七十多岁了，1955年参军，当了三年兵，1958年转业到合肥一家塑料研究所工作。1961年，响应"跨黄河、过长江"号召，主动写申请回家乡支援农业生产，说的是完成任务了再回原单位，结果再没有能回去。他天天上访，公社就让他当大队的民兵营长，后来降为大队会计，再后来降成生产队政治队长、生产队长，一直到1981年责任制了，他就成了村民。虽然如此，他的威信却很高，他家慢慢成了第二村委会。不拿他当根葱是不行的。

王必福对新村建设没啥直接的反对意见，就是觉得对这政策想不通。杨德云到他家征求意见时，他也许是碍着情面，没说啥难听的话。

他说，20世纪60年代城市乡村化，城里人到农村当知青，把农村年轻人的心弄乱了；二十多年后，乡村城市化，农村人到城市里去，农村盖小区，乡不像乡、城不像城的，人心都乱了，秩序也乱了。这几十年农村人被弄得在城乡之间飘来荡去地悬着，他想不通。杨德云那天从王必福家出来时，觉得事情可能不是这样简单，这老头子心里鬼着呢，从他的话音里听出来，他最主要的还是关心咋建设、咋分配、成本多少、腾出的土地咋卖。

对其他几个刺儿头，杨德云是不会一一造访的。她是村长，她只能去王必福家，一是表示尊重，二是堵住这老头子的嘴，她是给别人看的。接下来，她让几个亲信在村里放放风，听听议论。这是她的策略，摸清了这些人的真正想法，就可以对症下药了。另外，她自己在家里对这十几个人一一进行了分析，谁家计划生育超了，谁家孩子想参军，谁家有什么事可以作为把柄。这些都是她出手的底牌，也是这些刺儿头的麻骨，关键时候有用。

几天过后，村里议论纷纷，仨一堆俩一团地说着这事。杨德云觉得时机成熟了，不能再继续让这些人议论下去，就决定召开座谈会。

她把这十三个人都通知到村部，好烟好茶敬上后，就开始说话了。她先从中央到镇里，把政策说了，然后说："咱农民现在富了，不愁吃、不愁喝、不愁穿，图的就是一个好环境。新村盖好了，有娱乐室，有图书室，有花园，有广场，水冲厕所，楼上楼下电灯电话，这都是做梦都想不到的好日子。更何况，一家六万块钱就行了，其余的钱镇里筹、国家拨，我们还有啥说的呢！"

她一番话讲完，就让大家发言、表态。这些人一个比一个猴精，你瞅瞅我，我瞅瞅你，就是不开口。谁都知道，从明里说啥反对理由也说不出来。现在上面叫办的事不都是这样吗，从明里说理由一套一套的，可到最后经被歪嘴和尚念变样了。你有你的千条计，我有我的老主意，现在上面都说和谐了，我就是不同意你也不能捏着鼻子硬灌醋。

会就这样僵持着，没有人发言。这时，杨德云望着王必福说："必福爷，你一辈子经多见广，先打个头炮吧。"王必福本来不想说，可听杨德云这样一说，其他人又把目光一齐投向他，他只得开口了。他咳嗽了一声，然后说："这个新村整治，我没啥意见，这也是国家的主张。不过，我只要求公开、公平。"他看了一眼其他人，又接着说，"公开嘛，就是啥事儿都张榜公布；公平呢，也简单，大家心里都有一杆秤。我就不多说了。"

见王必福开口了，下面就开始喊喊喳喳地说开了。有的说房子成本太高，弄不起；有的说将来咋分；有的说那老庄子腾出来的地如何卖，钱咋分。说到底就是两句话，钱和地咋分公平。杨德云听着，心里就很不舒服，但她还是强压着火气。但心里却骂道：公平？这世道有多少是公平的事儿？如果事事都公平，那谁都不要张嘴闭嘴说"公平"这俩字了。

杨德云知道这样的座谈会要想统一这些人的思想是不可能的，这只算是一次交锋，也可当成是让他们出一出口中的怨气。现在，这几个人肚子里憋得像皮球一样，不放放气，一下子按下去不可能。看每个人都说了一遍，她就宣布说："感谢大家的理解和支持，既然你们的意见统一了，下一步工作就好办了！"其实，这是杨德云说话的艺术，这些人根本就没有统一意见，但她总结时就这样说，村会计记录了下来，将来就可以作为整治这些人的依据了。座谈会上都统一了，以后再不同意就是反悔。

她刚说到这儿，懒孩突然说："主任，我可没同意啊。房咋盖、咋分，地咋卖，钱咋弄，这要是不说明白，我坚决不同意扒房！我就不信，这共产党的天下，还能把我的房子炸平了不成！"

杨德云一听这话，两眼望着懒孩足足有一分钟没说话。会场静了下

64

来，所有人的喘气都听得真真切切的。这时，杨德云说："懒孩叔，你的房子我还真得拆。你儿子又超生一个女孩，你敢违法生孩子，我就要按法拆房子！你信不信？"

说罢这句话，杨德云站起身，声音很高地说："散会！"

## 3

在惠济镇政府大院里，人的待遇是分等级的。

镇食堂里的一日三餐就体现得最分明不过了。按规定，早餐稀饭、油条、鸡蛋、大馍、咸菜；中午和晚上，两荤两素。但只要是吴易东或李渔两个人有一个来吃的，就要加菜。早餐一般会加狗肉汤、牛肉馍；中晚餐就会加两个荤菜，凑成三荤一素外加一个汤，有时还会拿出两瓶古井贡，随意让人喝点。这规矩不知道是什么时候形成的，反正大家都认可，没有一个人觉得有什么不公平和奇怪的。

镇食堂的玉芬嫂，对镇里每位干部的口味都拿得准。但她也挺辛苦，每天晚上都要给吴易东和李渔打一个电话，问一问明天早上是不是在镇里吃早饭。当然，有时李渔也会直接给玉芬嫂安排的。李渔镇长的安排有时也很暧昧，高兴的时候他会在晚饭后给玉芬嫂开句玩笑："嫂子，今晚我一个人睡啊！"

这意思玉芬嫂心领神会，明天一定要提前跟老黄订牛肉馍。同时，也会以送茶送热水这样的理由到李渔住的那个小院坐一会儿。至于他们俩在一起谈什么，都做什么，时间长了，也没有人感兴趣了。现如今，男男女女那点事根本就不算个事了，大小干部都各有各的小秘密，谁也懒得问谁。

惠济镇的"黄记牛肉馍"全国独一份，已有五百多年家族单传历史。吴书记和李镇长爱吃牛肉馍这是有理由的。牛肉馍是清真食品，做工讲究。第一道是做馅儿，以上好的黄牛剔骨肉为主料，佐以粉丝、葱、姜及十八味作料拌匀后，其形状以不塌架为准；第二道是和面，面和好之后要醒好，然后用手按成薄皮，层层卷入肉馅，再把肉馅团按成直径35—40厘米、厚3—5厘米的圆形饼，直到皮薄如纸；第三道是炕，先把炭火生旺，再于旺火上盖一层炭灰，厚度以不露明火为准，锅是圆形平底锅，兑上芝麻油用文火细炕，且不断地翻转，约三十分钟即可。熟透的牛肉馍外壳油亮亮、金灿灿，入口时能发出脆响的声音，里面的馅儿分多层，层层鲜嫩而不油腻。

九点，余县长要来镇里调研新村规划。说是调研，其实就是来拍板，来督促，也是年后来镇里跟大院里的人见个面。

春节过后，县里头头脑脑下基层调研走访是一种惯例了，也是亲政亲民的体现。县电视台一播，全县人就都知道县里的头头们也不容易，都忙着呢，老百姓心里就舒服点儿。为了迎接余县长一行来镇里，从昨天中午镇里就忙开了，准备资料、图纸，清扫沿街道路，最重要的是安顿幸福里村，对那几个刺儿头采取镇里和村里干部一个人盯住一个人，坚决不能出岔子。镇里的所有干部全部住镇，不准回家。

这些事李渔负全责。他早早地起来，一走进食堂，老黄正好把牛肉馍送来。玉芬嫂给他切了一块，他满意地点点头，就吃起来。今天，他吃得有些急，筷子夹起来馍块有些大，进嘴的时候就不免沾着两个嘴角。尽管他吃完后，擦了擦嘴，但嘴角和嘴唇上依然油亮亮的。出食堂门的时候，玉芬嫂笑着说："镇长，你的嘴吃得油晃晃的。"李渔看了一眼玉芬嫂，也笑着说："噫，这会儿又没工夫给你亲嘴，不碍事。"

李渔出了镇大院，正见吴易东从街上回来了。他赶紧走了一步说："书记，你比我还早呢。快去食堂吧，牛肉馍我都吃过了。"吴易东笑了笑，说："我走一走，看卫生打扫得啥样。关镇长正在那边看着呢。"这时，李渔向前面一瞅，正见一个白色塑料袋向这边飘来，于是，他张口就说：“这个老关，长眼可是用来出气的，这塑料袋子还满天飞，眼装裤裆里了啊！”

吴易东看了一眼李渔，就说：“老李，嘴上要有个把门的啊。老关也不容易，这话他听到伤感情。”李渔也觉得话说得有点过了，就讪笑了一下：“书记，你快去吃吧。我再走一遍。这脸面上的事，无小事呢。”

出乎吴易东和李渔意料的是，今天余县长一行改变了原来的计划，没有先去幸福里村实地看，而是直接到镇大院来了。余县长和住建委主任方宏一行，坐到镇会议室就看幸福里村的整治和设计方案。幸福里新村设计方案是方宏主任推荐公司做的，主题为“生态旅游”，依托惠济河岸风光，以特色水果种植、农家乐为抓手，充分体现皖北民居特色，集水、电、气、道路、广场、游乐码头为一体。李渔介绍方案时，方宏不时插话称赞。方案汇报结束后，吴易东又补充了关于资金和建设方式的计划与实施方案。

余县长听后，点上一支烟，用激光笔指着投影屏上的图，先是表示认可。然后，又提出了几点小的修改建议，比如广场要增大点，公厕的外观再有特色些之类。最后，他说：“我这次来也是苏一把安排的，主要是来看看进度。现在，我放心了，因为你们可立即干了。但你们一定要记住，这村庄整治、新村建设牵扯几百户人家，老百姓的事无小事啊。你们不仅要干事，还得会干事，干成事，不出事。”

今天，余县长安排的还有一个行程，是去大周镇看养殖专业户，所以，十点半就把这里的会散了。临上车时，他握住吴易东的手说：“易东啊，立即干！这项工程不仅对惠济镇意义重大，也是全县的试点。试点成功了，下面就好推了。当然，事情办成了，惠济镇就在县里立了一个大功，对你和李镇长也是一件极有意义的事啊！”说罢，他向吴易东和李渔分别意味深长地看了一眼，才上车走了。

余县长走后，吴易东就给李渔说："这事开弓没有回头箭了，按方案进行吧。你安排明天去幸福里村开始丈量每户的房子，摸清实底才好算出细账来。"李渔点上一支烟，然后说："书记，你放心吧。明天让老关带人去，我下午给杨德云电话安排一下。这第一次进村，你我都不能出面，让老关带建管所人去探探虚实，试试村民的真正反应。"其实，吴易东也是这样想的，他觉得这事不会这么顺利，第一次进村如果能进能出，就说明这事阻力不会太大，如果进不去、出不来，就要慎重了。他听李渔这样说，满意地点点头。李渔肚子里是有几个弯弯肠子的，基层工作经验丰富，这一点他很放心。

初春的夕阳比冬天来得晚了不少。

李渔望一眼窗外红艳艳的落日，抓起电话拨了村长杨德云的手机。他先给杨德云说了明天关镇长带队去丈量各户房屋面积的重要性，又一条一条地安排如何防止村民阻止。他想得很细，如何开群众会、从村东第一家还是村西第一家开始、如何丈量等等，都做了细致的安排。杨德云听着，觉得李渔多虑了，似乎是对自己的驾驭能力有所怀疑。她有一张口吐莲花的巧嘴，虽然心里对李渔的话感觉不舒服，但说出来的却抹了蜜一样好听。她笑着说："李镇长，你真的太有经验了，我真的超佩服你，恨不能比着你塑尊像供起来，天天对你五体投地！"

李渔知道杨德云的实际心思，但他装糊涂地笑着说："你别供我了，你要是把这次村庄整治给我摆得四平八稳，我就照着你塑尊像，把你供在我屋里！"杨德云笑得嘎嘎地说："把我供屋里，你就不怕别的女人进去后不敢上床啊！"李渔是常和杨德云开玩笑的，就顺着她的话说："那就不要别的女人来了，有你了，以一当十，就够我用的了！"于是，两个人在电话两端笑起来。

挂了电话，李渔点着一支烟，边吸边向吴易东办公室走去。

第二天的丈量到底还是出了岔子。进村后，会议开得还算顺利，没有人敢站出来直接反对。关副镇长见状，就立即安排从村东第一家开始丈量。这家主人叫王满意，是个胆小怕事的老实人。从他家开始，也是杨德云的意见。王满意家顺利量好后，第二家、第三家接下来的就不好再说什么。快到十二点的时候，就已经量完了十一户。关镇长觉得大获成功，就安排一起来的七八人回镇里吃饭。他们开的建管所的皮卡车，车出来的时候事情却突然发生了。车子路过王六斤院子前时，后面的车斗碰到了院子外一棵泡桐树，桐树皮碰掉巴掌大一块。这时，王六斤就站在车头前，坚决不让车走。村里的人本来心里就有一股气，见有人出头便一拥而上围住了车子，不让走了。

杨德云开始想来硬的，但王六斤脖子一扭，就是站在车前不动。关镇长见这情况，就想赔点钱了事。结果王六斤就是软硬不吃，不要钱，非要个说法。事情就这样僵住了。几十分钟过去了，村民们就围着起哄。这个说镇里的车也不能拿老百姓财产不当事儿，那个说你以为你是谁啊，可以在村里横冲直撞。正在这时，关镇长的手机响了，原来是李渔见他们没回来吃饭，问问是咋回事。关镇长见是李渔的电话，就从人群中挤了出来，走到僻静处接电话。

李渔一听是这事，立即发起了火。他在手机那头说："老关，你猪脑子啊！这就没有办法了？车咋不碰别人的树，是不是他家的树靠路太近了？如果是太近了，就是占了村道，占了村道就有法子治他了！镇大院的人被扣了，这镇里的脸还往哪儿搁！"关镇长这时才突然有了对策，他挂了电话就往人群中去。

村民见关镇长又回来了，嬉笑着你一句我一句说得更欢了。

这时，关镇长大声咳嗽几下，然后对着杨德云说："村长，这条村道是多宽？"杨德云听他这一说，立即明白了。她向着路两边目测了一下，就说："王六斤你应该知道路是四米吧？你看看你这树栽在哪里了？你的门楼盖到哪里了？！你自己量量吧。"这时，村民都傻了眼，都向路两旁瞄。

建管所赵昂所长反应更快，他大声说："都给我让开，现场量！"

皮尺一拉，王六斤的脸立即寒了下来，像霜打的紫茄子皮一样。原来，这棵树在路半尺里面，树左边的门楼也占了路的半尺宽。这时，关镇长来了精神，他厉声说道："盖房栽树路后退半尺这是规矩吧？你说咋办！"王六斤一时答不上话来。关镇长又接着说："好啊，原来你就是村霸。门楼和树都占着路，你这是侵占群众利益，侵占国家财产。你要是识相，就立即跟我们一道去镇里说说，要是不识相就等着派出所来带你吧！"

王六斤和村民都成了哑巴。杨德云见状，就破口大骂起来："奶奶的，还不散开！"车前立即让出一条路来。关镇长看一眼散开的村民，又冷笑着对王六斤说："走吧！还要等派出所来抓你啊？"这时，王六斤的媳妇突然跪在了关镇长面前："镇长，树俺自己刨，门楼俺这就扒。求求你，别带六斤走了！"

杨德云见状，心里一喜，暗想必须给村民一个下马威，杀鸡吓猴，就对关镇长说："镇长，既然他媳妇求情了，就先别带王六斤了，让他在家刨树、扒门楼，把他媳妇先带走！"

关镇长点了点头。这时，建管所里的两个年轻人，架着王六斤的媳妇上了皮卡……

## 4

太阳还没露脸，懒孩就走出了院门。

风不大，雾蒙蒙的。夏雾雨，春雾晴。懒孩想，这几丈高的雾，等太阳一出来，温度一高，要不了多长时间，雾就会上升消散，天空立马一片放晴。于是，他急急地沿着村街向村外走。

70

村街上一辆摩托车嘟嘟着慢慢腾腾地从他身边驶过；再走又看到前面影影绰绰有两个人，一个背着包，一个拉着箱子，时而露出轮廓，时而又被雾裹成两个晃动的团团儿。这是谁家的闺女又出去打工吧，那个拉箱的肯定是她家大人往出送的。懒孩想，要是搁到往年，村里早没有青壮男女了，可今年不太一样，正在弄村庄整治新村规划，村里的男人有许多都没有出去。这扒屋建房的大事，谁到外面能放了心呢。这样想着，他的思绪就很复杂，但不知为什么，心里又有些空落落的。

出了村口，懒孩的脚步加快了。步子疾，他的上身就有些前倾，微风带动着雾团，人就矮胖了些。他恨不得一步就到自家的那块麦田里，他要再多看一眼那边绿油油的麦地，因为天一亮镇里的推土机就会来。

推土机一来，他家的那六亩麦子就会和别人家八十多亩麦子一样，被那个轰轰响的推土机瞬间吃进肚子里。夜里他翻来覆去地睡不着，他想过天亮了就反悔，就不同意那合同了。可他最终还是沮丧地不再这样想了，合同都签过了，青苗补偿金都揣进自己怀里了，也按下了那鲜红的手印，现在要翻脸确实不是一件容易的事。

但他对麦子的感情确实不一般，小时候麦田就是一种诱惑，他和他的小伙伴放肆地在麦苗间藏猫猫，顺着麦垄捕捉蝴蝶；疯累了就地一躺，麦田就会铺展出一大片来让他仰着脸看云天流动，他觉得在麦地里比在任何一个地方都舒服爽快。成年了，麦子在他的生命中占据的位置更重要了，他每年把所有精力都投给了麦子，为麦子把土地深翻，给麦子喂着适量的水、充足的肥，排除着虫草的侵扰，就是想让麦子舒舒坦坦地长。可这青绿的麦子马上就要拔节了，却要用推土机把它毁掉，他觉得好像自己被拦腰截成两半一样难受。

开始的时候，他想反对盖新村这事儿，可胳膊拧不过大腿，何况自己的儿子又超生一个女孩呢。违了计划生育国法，有小辫子在国家手里抓着，你只要一蹦跶人家就拽啊。更何况这整治老村建新村，又节约地，国家又补助钱，再反对似乎也找不出个正理来。

现在，国家也真不错，种地不交皇粮了，上面还有补助，治病有医保，娃儿上学不交学费，像自己六十岁以上的老人每月还发六十块钱的养老金，上面都这样待见咱老百姓了，再拧着劲儿不同意那还真做不出来呢。昨天，镇里吴书记的话让他也无言以对。吴书记说，现在我们干部就是以良心换真心、以真心换同心、以公平换太平，新村建设是给老百姓谋福利呢。上面都这样了，咱老百姓的心也是肉长的啊，还有啥理由不听上面的呢。

这样走着想着，不一会儿，懒孩就到了自己家那片麦田前。

他蹲下来，手在麦苗上轻拂着，虽然麦苗上挂着薄薄的露水珠，凉凉的，但他一点都没有感觉出来。左右拂动的手触着麦苗，通过胳膊传到他心里的感觉却是一股股暖流和爱意，他觉得自己就是在拂着小孙子的额头一样，心里舒坦极了。这样在地头蹲了不知多长时间，他实在太喜欢这片麦子了，竟想要抱着它们。于是，他索性躺在了麦苗上，一任飘动的春雾把他与麦苗埋在了一起。

春天的太阳升得快，一露脸儿没多长时间，就高高在上了。雾就开始一层一层地淡去。但懒孩没有感觉到这些，他依然躺在麦垄里，两手紧紧地攥着两把麦苗。当听到轰轰的推土机开来的时候，他才定神向远处望望。推土机像个巨兽，大口大口地吞吃着麦田。这时，他听到村长杨德云那尖厉的声音向他喊着什么。他没有起来，仍然躺在那里一动不动，任杨德云的尖声和推土机的轰隆声灌满他的耳朵。

懒孩一天都没回家吃饭。推土机推到他家那块麦田时，他被杨德云从麦苗上拉了起来。起来后，他眼里汪着泪站在地头，看着推土机把自己的麦苗吞吃完。快到傍晚的时候，推土机昂着头神气地走了，镇里的干部也散了，血红的夕阳下，只剩懒孩一个人，孤零零地在那里站着。

人们对麦子的感情并不都是一样的，村长杨德云与懒孩截然不同。

她见麦田被顺利推平，喜滋滋地给镇长李渔打电话，说是一会儿到镇里当面汇报。

这天晚上，李渔的心情也很好。他与杨德云还有关镇长几个人，没有在食堂吃饭，而是在镇上"一闻香酒楼"喝的酒。大家没想到新村用地推得这么快，这么顺利，在胜利的氛围下喝酒，自然就会多喝。

杨德云喝得不少，足有八两。其实，在场的人喝得都不少，一箱子古井贡原浆都喝光了才散场。散场的时候，杨德云跟李渔说："镇长，你别看这首战告捷，后来的难事还不少呢。我得去你那儿给你单独汇报一下。"李渔明白杨德云的意思，这个女人是无事不登三宝殿，肯定是为工程的事儿。于是，就点着头说："好啊，到我办公室吧，我可不敢在宿舍接待你。你不怕我，我还怕你酒后乱性呢。"

杨德云听李渔这样说，心里有些不舒服。她在心里骂道，你当副书记时，恨不得天天要老娘，现在当镇长了，又有其他女人了，嫌老娘了是吧，我还非得治治你这个喜新厌旧的主儿。于是，她就说："嘿，嫌我了是吧？我还非得到你那狗窝去不行呢！"李渔笑笑，望着前面先走的几个人，然后说："咱可说好啊，你可不能非礼我啊！"杨德云用手指推了一下李渔，暧昧地小声说："吃着鲜瓜就忘了干枣是吧，想得美！"

杨德云三十四五岁，是属于丰腴的那种女人，屁股圆滚滚的。这样的女人，这个年龄，正是由狼变虎的时节。屁股大床散架，她的床上功夫李渔是领教过的。从他们第一次开始，基本都是李渔先缴枪投降。

今天，他又喝多了点酒，更是感觉到力不从心。没几个回合，杨德云就骑在李渔身上说："哥哥，你是真不行了，还是被那几个嫩妮子掏空了？你这不是害人吗，让人吃个半饱不饱的！"李渔叹了口气说："女人三十如狼，男人四十变羊，你就放哥一马吧。改日我调整好了，再战你个丢盔卸甲。"

73

其实，这晚丢盔卸甲的是李渔。他从床上坐起来抽烟的时候，杨德云开始了另一场进攻。她直说了新村建设工程的事。她说："既然材料让宋伟包了，那工程你就得放宽点。你不能让德草喝不着肉汤吧！"李渔还能说什么，他心里知道与女人的胯下之盟比城下之盟还被动。于是，他就答应了杨德云的要求。

杨德云离开后，李渔躺在床上一直睡不着。

他觉得这事做得有风险。现在，宋伟靠着他在干一些工程，虽然挣的钱也给他，但给他带来的负面影响太大。这次新村建设工程，又加上杨德云的弟弟，工程造价肯定会高不少。村民现在对建新村就一肚子气，到时不知道又有啥反应呢。让他更为担心的是工程质量，羊毛永远不能出在狗身上，他们想多赚钱就必然降低质量。让国家和老百姓多花点钱，只要做圆了，招标合法了，别人也不好说什么；如果工程质量降低了，那可是老百姓一辈子的事儿。想到这里，再想想自己以前做过的那些违规的事，李渔一支接一支地抽烟。

过了十二点，李渔依然没有睡着。

他又想到纪委那个同学给他透露的消息，说有人举报过他。这一点，李渔过去并没放在心上。他是有底线的，他从没直接收过别人的钱，只是感觉没有风险时才通过宋伟间接弄点钱。烟酒礼品这些东西，他当然收过。又有哪个乡镇长书记没收过呢。现在，乡镇级领导一个月就两千多块钱收入，要是不收点外快，不弄点小钱，人情往来都不够，更不要说养家糊口，何况还要往上面送呢。不跑不送原地不动，又跑又送才能提拔调动，这就是潜规则。像吴易东这样认为只要工作干好就有机会的人可以说是太少了。

李渔想，自己将来要是出问题，首先得出在县委书记苏一把那儿。他感觉苏一把太贪，早晚得出事，他出事了就有可能带出自己来。就说春节前吧，自己把十万块钱送给苏一把时，他竟问起吴易东最近在忙什么。那言外之意很明显，是说吴没有来送。李渔就顺口说这是他与吴书记两个人的一点心意。其实，李渔这样说也是有准备的。那天，他说宋伟要买吴易东的字，虽然吴没有收钱，但他毕竟给吴易东说了。他是想给吴一个人情，同时也是为今后留点后路，这钱并不是自己一个人送的。

这事，在李渔心里盘算过许多次了。

现在身处官场，又想提拔进步，又想洁身自好，几乎不可能。但官场如战场，步步有危险，光如履薄冰不行，还得暗修便道，必须给自己多想几条退路。他现在是把吴易东当成推进器也当成了挡箭牌。吴易东只要上去了，他就可以顺着当上书记；如果将来苏一把出了问题把他带出来，那他吴易东也得给自己承担责任。

李渔这样想着，心里就安泰点了。加上酒劲力上来，一会儿就睡着了。

## 5

书法，是一个私人的雅好，是面对自己内心世界的。

吴易东认为这是养心性的最好通道。每到夜半将至，他把白天的繁杂和浮躁慢慢赶走，立在案前，身心便都平静了下来。在这静谧的夜间，他便可以通过书写把内心安放下来，行云流水，云卷云舒，或与古人神交，或抒写凌云高志，物我两忘。

今晚，吴易东的兴致很好。他临了一个多小时《石门颂》，躺在床上还沉浸在其中。于是，他又拿起这卷碑帖读了起来。这丰富而自由的线条风格与结构趣味，圆浑、奇肆而又含蓄，看似静态的书法特性中蕴含着变化。看字来字往，品神散神聚，真是一笔一精神、一字一世界。吴易东完全融进了这黑白意趣里。

正在这时，他的手机响了起来。这个时候打来电话真是败兴，吴易东嘟哝了一句，还是拿起了手机。号码显示是李渔，吴易东想，这个老李，都半夜了还有什么急事呢？虽然心里不高兴，但他还是没有表现出来，迅速调整了一下情绪，说："李镇长，这个时候打电话，有啥急事？"

李渔有些不好意思地说："书记，还真有急事，不然就不打扰你了。"

"那就说吧，客气啥！"吴易东说。

李渔给吴易东说工作时都直截了当，所以今天他也就直说了："书记，现在幸福里新村开工快三个月了，可这钱是件大事呢。上面补助的钱没下来，老百姓拿不到房子不愿交，工程队说明天就停工。这如果一停工群众肯定有议论，一旦村民趁机再掺和进来，这事可就麻烦了。咱不能老指望着那个杨德云，出事情她肯定孩哭抱给娘，到时候还是咱的事！"

吴易东一听便明白：李渔是在催旧村拆迁的事。只有旧村拆了，那地才能推平，引进的宏达电能公司才能进驻，镇里才能拿到土地拆迁费和土地出让金返款。这一点，吴易东明白。但他之所以一直在拖，就是觉得这个宏达电能公司是生产蓄电池的，污染问题解决不了，怕带来后患。

现在，李渔说新村工程明天要停工，目的也极有可能是与杨德云搅在一起的，材料是宋伟供的，工程是杨德草干的，他们是在一起逼宫，也是在逼钱。

想到这些，吴易东就顺腿又把球踢了回去。他说："李镇长，你的意思我明白。可是，宏达电能公司环境影响评估报告拿不出来，说掉大天我也不敢跟他们签合同。我们得对老百姓的未来负责呢。"

李渔其实要的就是吴易东这句话。只要他说宏达电能公司环评报告

76

通过就可签合同,那就一切好办。现在宏达公司已给县环保局做通工作,报告不几天就能下来。于是,李渔就回答说:"书记,你放心。他们的环评报告不出,这个企业咱不引进也不能让它污染了这惠济河的环境。你听信吧,我明天就催他们。"

吴易东放下电话,又拿起《石门颂》帖。可他再也没有了刚才的心境,只瞄了几眼,便又放了下来。

半个月后,吴易东代表惠济镇与宏达电能公司签了合同。第二天,宏达公司便汇来三百万的土地预付金。有了钱,吴易东就把拆迁的事交给了李渔。这是他们原来的分工,李渔也是做好充分思想准备的。

于是,他便主动来到幸福里村与杨德云商量方案。

幸福里村李渔过去是来过几趟的。但这次来,他突然有些新发现。

这确实是一个老村子。形成于何年何月,村里年龄最大的人也说不清楚。只是辈辈相传,他们是山西洪洞县迁徙来的,所以家家户户的房前都种一两棵槐树。可以想见,每到麦收前,村里一定到处飘散着槐花的清香。这个村子的院子都很规整,绝大多数是四合院,错落有致地融为一体。村道和村道下的水路,明暗通达,水都可以汇集到村前一个葫芦形的大水塘里。水塘四周有十几棵一抱粗细的柳树、杨树。每到傍晚,这里肯定是村民们聊天饮茶的好去处;要是夏天,那水声和着嬉戏,蛙声伴着笑语,一定惬意无比。

李渔这么想着,也觉得这一拆就等于拆去了幸福里村人多少辈子的生活呢。但不拆不行啊,社会总得进步,新村建好后那将是另一番风景。

他见了杨德云,便说:"这次真得党员干部带动了,你就带头拆吧。"

杨德云笑着说:"我不带头谁带头呢。为了群众利益,这个头我带了。"

77

于是，李渔、关镇长和杨德云三个人开始商量拆迁实施方案。

首先从她杨德云及她的至亲开始，然后就拆王六斤的。村长杨德云和她的至亲就主动先拆了，王六斤知道上次被整治的滋味，想想也抗不过去，就从了。主动领了居住过渡补助，自己动手拆了房子。

懒孩依然想不通，他说必须等新村盖好才能拆。于是，就被弄到镇里的学习班里。说是办学习班，其实就是把你单独关在一个屋子里，镇里的人轮流去做你的工作。村民们自由惯了，谁在一间屋子里关个三天五天的都受不了。第三天的时候，懒孩实在受不了，签了字画了押。于是，拆迁工作基本上没有钉子户了。整个村子，几天之内便成了炮炸的一般，到处墙倒屋塌，尘土飞扬。

但拆到第五天的时候，没拆的人家突然停了下来。理由很简单：王必福家不拆，俺们也不拆。都在一个村子上住，为什么不能与别人家攀比呢？

其实，王必福不是不拆，他是要等儿子王诚回来。儿子现在省城工作，是个处长，说是拆之前他要回来看一眼住了十几年的老院子。杨德云和李渔碍着王诚在省里工作的面子，就同意王必福推迟几天。没想到，他家一推迟，全村的拆迁都停了下来。不能让船抛锚在这里挡了航道啊。李渔与杨德云商量了一下，最终还是决定由李渔出面给王诚打电话，请他协助与理解。

王诚每年回村子的时候，镇里都要安排吃饭，所以，他也不好不给李渔这个面子。就说自己现在上海出差，三天后赶回去，看一眼，拍拍照，立马动员他爹拆。

给王诚打过电话，李渔觉得心里有底了，这事应该不难解决。他就把事情给吴易东汇报了。吴易东觉得事情都快办得差不多了，自己应该到村子里走一走，与村民座谈一下，兴许会更快推进。于是，他决定第二天上午到村子里去看看。一是想摸摸村民到底为什么又不愿意拆了，二是想做做王必福的工作。

第二天中午，李渔到县里开一个会，吴易东便在杨德云的陪同下，首先向王必福家走去。

到了王必福家门前，吴易东突然觉得这座院落在村里真是得风得水，独一无二。院子坐落在村子正中间，地势要比其他人家要高出一尺多。院门前就是最宽的村道，院子四周是十几棵梓楸和洋槐，都泛了新绿。小院的门楼是典型的清末样式，古朴而厚重。吴易东想，怪不得王必福不舍得拆，王诚非要回来看一眼呢。

他进了院子，看到王必福坐在堂屋里戴着花镜看一张报纸。报纸虽然有些泛黄了，但他却看得津津有味。进得屋里，王必福还算客气，倒茶，让座。

他与王必福谈得不错，这老爷子也算个通情达理之人，只是谈到拆迁和新村建设王必福仍然有些激动。他说，这是不是来得太早，太匆忙了？新村建设应该在土地全部集约化经营之后才合适。就是新村的楼房盖好了，但村民的观念、意识、文化素质达不到，社会化服务功能也不一定能跟上。吴易东在心里想，这老爷子想的是挺深的。于是，就说着好听的话儿，劝他早拆。临出门的时候，王必福摇着头说："这风那风，我真怕重演当年的冒进风啊！"

出了王必福家，吴易东就与杨德云一起来到了村部。那里已有三十多个村民代表在等着了。

村民们见吴易东来了，就都安静了下来。座谈会开始，吴易东开门见山地说："同志们，我这次来是想听听，你们对拆迁和新村建设还有哪些问题。问题像个疮，不能捂，必须划破它，才能解决。你们说说吧。"

开始几个村民发言，最担心的是新村如何分配、旧村子整理出的这三百亩地卖的钱咋分、新村建设成本要公开这几个问题。吴易东一一做了答复。会场上的人不满意吴易东的答复，认为这都是官话，非要村民代表参与其中不行。吴易东觉得这个座谈会没有按自己的导向在走，而是走向了另一端，问题越说越多。最后，竟有几个人说到新村工程招标有问题，实际上就是杨德云的弟弟杨德草在做。又过一会儿，又有人说建筑材料是李渔的小舅子供应的，这里面肯定有问题。

杨德云坐在那里，脸上一阵红一阵白。她想解释什么，又没开口，因为她知道话越说越多，越描越黑。吴易东一时也不好收场，尤其是工程的事，怎么说都不好。他想了想，才说："村民朋友们，现在是法治社会，说话要有证据，不然可是要负法律责任的！"他本想用话吓一吓这些人，谁料想现在的村民也不好缠。这时，懒孩站起来说："吴书记，你跟我们要证据？那你拿出证据来，说一说这工程到底是谁干的，材料是谁供的！"他这一起来说话，村民们便七嘴八舌地喊喊喳喳起来。会场乱成了一锅粥。

快到十二点了，吴易东说："你们的问题，我都听到了，我回镇里立即召开会议，然后给你们答复。现在散会。"

这时，几个精壮的年轻人从板凳上起身，站在了门口，将门堵上了。这阵势是不让吴易东走了。杨德云一看这场面，就厉声说："你们想干什么？书记是来开座谈会的。把着门不让走，这是非法拘禁，犯法的。快把门闪开！"

站在门口的几个年轻人一听杨德云这样说，就回道："我们也在会场，这咋是非法拘禁？书记是来解决问题的，解决不了问题就继续解决！"杨德云见局面不好控制，就想做最后的努力，她几步走到门口，拉着一个年轻人的衣服说："你给我闪开！"年轻人一甩胳膊，嬉笑着说："嫂子，你别跟我拉拉扯扯的。问题不解决，连你也休想出这个门！"

局面越来越僵了。吴易东拿出手机，给李渔县长发了条信息。信息发完后，吴易东镇定了下来，他大声说："乡亲们，都别激动，我们坐下来一个一个谈。只要你们不怕饿，我就陪着你们在这里，行不行啊？"吴易东这样说，会场气氛缓和了一些。刚才站到门口去的几个年轻人也回到了座位上。

会场静了下来。吴易东再怎么说，会场上的村民就是在那里抽烟，你看我，我看你，没有一个人再发言。这样过了二十多分钟，吴易东又说："你们都抱着葫芦不开瓢，问题总解决不了。"这时，杨德云看着懒孩，软下口气说："懒孩叔，你说说吧，有啥事都说出来，不知道你们心里都害了啥病，吴书记这边也开不了药方啊！"

懒孩看看其他人，就开口了，说的还是刚才那些事儿。懒孩说完，其他人又开始七嘴八舌地说起来。会场又热闹起来。

这时，吴易东的手机来了一条信息。信息是李渔发来的：书记，你别急，先在那稳着。我与县公安局六十多人，二十分钟即到！

吴易东合上手机，把会场上的人瞄了一圈。

## 6

吴易东一直都在担心，他知道民意靠强制是难以真正解决的。

别看那天通过强制手段抓了三个村民，风波总算平息了，拆迁工作也得以继续推进，但这事不会就这样结束的。许多事都是这样，按下葫芦浮起瓢，你是按下去了，可你一松手，那葫芦照样会浮起来。幸福里村的村民现在看是平静了，但说不定是在酝酿着一场更大的风波。群众看似贴着地面长的不起眼小草，可民意却真如那句老话"野火烧不尽，春风吹又生"，稍有一点火星儿，都可能再烧出一场大火来。

吴易东的判断是准确的，他担心的事到底还是发生了。这天中午，关镇长从幸福里村回来，就一头扎进了吴易东的办公室。他把从幸福里

81

揭下来的大字报，摊在了吴易东的办公桌上。纸是白纸，字是红字，上面写着一段话：

为形象，为政绩，为私囊，为升官。

不公开，不透明，不调查，不理解。

强措施，硬政策，瞎忽悠，乱骗人。

一起事件，一份悲伤，一团糟糕。

伤了民心，毁了群众，损了政府，坏了国风。

吴易东看后，沉默了一分多钟。他在想解决的方案。关镇长递过一支烟，吴易东接着，然后就拿起了桌子上的电话。他给李渔打电话，要他立即从县城回来，有要事商量。放下电话，吴易东对坐在桌前的关镇长说："关镇长，你给杨德云打电话，让她认真了解一下，看这大字报究竟是谁写的。同时，要提醒她注意，态度要温和，现在来硬的恐怕更不好！"

关镇长走后，吴易东才点着手里的那支烟。烟雾飘出来，弥漫在他的脸前，瞬间飘散在他的头部四周，一层薄薄的烟雾便缠绕成一团。现在上面一直强调，维稳是件大事，群众上访事件的处理直接与政绩挂钩，上访结办率还是一票否决。吴易东想，如果幸福里村的事件处理不好，别说自己在年底的县班子调整中提拔了，说不准还得受处分呢。

但要解决幸福里的问题，关键就是两点：一是卖给宏达公司的土地款公开问题，二是群众对新村建设中李渔和杨德云的插手有意见。按说，这两件事很好解决，但现在却无从下手了。宏达公司的问题县里的苏一把插手了，新村建设李渔和杨德云插手了。一个是县里的一把手，掌握着自己的命运；一个是自己的下级，正直接操作着这事。他吴易东纵有天大的本事，也是解决不了的。

现在，吴易东最主动的办法就是采取中庸之道：让李渔和杨德云让利，降低新村的建设成本。这样也许能抚平村民们的不满情绪。于是，他决定与李渔开门见山地谈这件事。

中午十二点多，李渔从县城赶回到了镇大院。

他一进吴易东的办公室，见里面烟雾缭绕，就说："书记，你这是抽烟还是放火，啥事这么急呢？"吴易东示意李渔坐下，然后又指了指桌子上的烟盒："抽吧。"李渔点上烟，吴易东把那张白纸红字的大字报递给了他。李渔仔细地看了一遍，然后笑着说："没什么可怕的，现在他们转成地下了，我们可以让派出所追查，来硬的！"

吴易东不以为然地摇摇头，然后说："这可不能掉以轻心，不当成个事儿。"李渔见吴易东这样说，就想把问题推给他，调转话题说："书记，你看咋办呢？还是老规矩，你指示，我执行，保证完成。"吴易东要的就是李渔这句话。他盯着李渔的眼睛说："老伙计，这事你得听我的。你和德云两个得做做工作，让工程款降下来点，给村民点甜头和好处，这样才有可能平息事态。"

李渔听吴易东这样直接地要求他降低工程造价，心里猛地一惊。他没想到吴易东这样直接。他吸了一口烟，立即让自己镇静下来，既然你这样直说了，那我也就不再掩饰了。

李渔拿定了主意，就给吴易东说："书记，你的意思我明白。造价是可以再降点，但这是公开招标价，降也降不了多少。我觉得一个平方少三十块五十块的，只要一开口就可能会给村民一个信号，他们会无限度地要求你降，到那时你说如何办？"吴易东听后，有几十秒没有答话，他觉得李渔说得也有道理。工程是通过招标的，中标价基础上最多下浮一两个点，也没几个钱；如果村民得了这些钱后，认为还可以少更多，到那时如何解决呢？但既然李渔说可以降点，那就把降下的这些钱增补到其他设施建设上，这样对村民来说是一件好事，兴许也能缓和一下他们的情绪。

于是，吴易东就笑着说："你说得有道理。但能不能把降下来的钱投到其他设施上呢，这样村民的感觉会好点。"李渔见吴易东这样说，心里就不太高兴，他觉得面前的吴易东练字练出毛病来了，不直接说他是真不明白呢。这样想着，李渔就说："书记，不瞒你说，宋伟挣那点钱也贡献给镇里了。年前我们俩给一把送的十万块钱就是他出的，不然，我哪有钱啊？"

吴易东一听这话，心里咯噔一下：给苏一把送的十万块钱！于是，他就急切地问："你说清楚，咋回事？"李渔点上一支烟，无奈地说："年前我找你写字，说宋伟要买你的字，那钱是他拿的。我给苏一把送的时候说了，是咱俩的心意。有好事，我李渔从来不能忘了你。"吴易东见话说到这个份上了，知道已经覆水难收，点点头，没有再说什么。

这时，李渔却开口说："书记，我还要给你报告件事呢。我回来的路上接到一个自称是《城乡建设报》记者的电话，说接到群众反映，要对新村毁坏青苗和宏达公司土地使用合法性问题进行采访报道。这事，你看咋办？"

吴易东想，真他妈屋漏偏遇连阴雨，一波未平，又来俩记者。现如今，基层干部最怕记者来访。防火防盗防记者，这些记者来了就是挑刺，不给点钱买个版面，就给你曝光。见李渔在那吐着烟圈，吴易东就知道他已有了办法，只是以这种方式给自己打个招呼，说："我相信你是有办法的，你看着办吧。"这时，李渔就笑了："好！那我就来个酒店钓鱼执法。想从老子身上揩油，他们还嫩点！"这时，两个人都笑了起来。

李渔从吴易东办公室出来，就给杨德云打了电话，要她来镇里，他们两个一道去县城接待那位记者。

四点多钟，杨德云来到了镇里。今天，她着意打扮了一番，因为是进县城酒店，同时李渔也给她电话里说了，收拾利索点儿，给记者来个美人计。这虽然是句玩笑，但杨德云还是很在意李渔的话的。

《城乡建设报》的屈记者住在了"丽人宾馆"。李渔和杨德云先到了屈记者房间。进了房间，李渔就把一条中华烟递了过来，笑着说："屈记者，镇里也没啥，这条烟是我自己掏钱买的，你写文章辛苦，抽着玩吧。"屈记者见李渔拿出烟来，就坚决拒绝。他说："我们报社有规定，不能拿采访对象的任何礼品。下面就请你们谈谈新村建设强毁青苗和宏达土地的事吧。"

见眼前这位三十多岁的屈记者一脸的正经，李渔就在心里笑了，决定跟他过两招。他收下烟，先是把屈记者恭维了一通，然后大谈乡镇工作和群众管理的难度。他的话一停，杨德云就插话说村干部的苦衷。什么上面千条线，都要穿到她这根针的一个针眼里，村民现在都进城打工长了见识，动不动就搬法律，动不动就找记者。两个人东扯葫芦西扯瓢，就是不往正事上扯。这样，说着谈着，就到了天黑。李渔就邀请屈记者下楼吃饭。屈记者还在装正经，推托着说："我吃东西随便，自己吃点就行。关键是报社领导安排的任务得调查清楚。"

杨德云一听这么说，就站起身子，去拉屈记者的胳膊，边拉边说："大记者，你这人是公家的，肚子可不能姓公，不吃饭咋行。"屈记者就顺坡下驴地起身。出了房间门，他还一直说："简单些，简单些。"

酒场就是这样，开始的时候都比较谨慎，不敢出招。屈记者更是这样，推让着不喝。李渔就说："我喝两杯你喝一杯行了吧，也算你对基层干部的慰问了。"接下来，杨德云就上阵了。屈记者经不住她的生拉硬劝，她攥着屈记者的手就是不丢，屈记者不得不喝。一斤酒喝完，李渔开口了，他说："屈记者也是个体察基层辛苦的好人，明天啊我拉你上镇里去，亲自跟吴书记谈，跟村民见见面，让你了解清楚。"屈记者见李渔开口同意让他去村里，心里放松了警惕，喝酒也不再推让。

在杨德云的拉拉扯扯死缠硬劝中，又一瓶酒见底了。李渔见时机到了，就放出诱饵说："我们镇正好想宣传一下呢，你给我们安排一个版面，宣传费好商量。"屈记者此行的目的就是想弄几个钱，见李渔代表镇里表了态，心情更好了。他开始主动跟李渔和杨德云喝。不一会儿，屈记者就明显喝多了，话也说得东一句西一句的，叫杨德云姐姐，显得亲昵而暧昧。

李渔和杨德云扶着屈记者进房间时，都快十点半了。李渔就说："屈记者，别看咱这县城小，开放着呢，要啥有啥。"屈记者听明白了他的话意，笑着说："镇、镇长开玩笑了。我都喝成这样了，哪有那闲力气呢。"

李渔和李德云从屈记者的房间出来后，并没有离开酒店。他们在导演下一场戏。

半个小时后，一位小姐去敲屈记者的房间。屈记者开了房门，小姐便一屁股坐在他的床上，开始装嗲。几分钟后，房门突然被踢开，冲进三名警察。屈记者立即清醒了过来，在心里骂道：上当了！

当晚，屈记者因嫖娼被行政拘留。

## 7

这些天，吴易东心里很不踏实。

从方方面面反馈过来的信息知道，大周镇的书记张达正在紧锣密鼓地给自己使着招儿。

这是极为正常的事。现在，副县长人选就是吴易东与张达两个人，而且只能胜出一个。这也算是你死我活的争斗了。尤其对吴易东来说，这次如果失去了机会，以后就没有机会了。在行政上干，年龄是个宝。过了年龄段，你再优秀都不可能再被提拔。可吴易东没有张达这个人来得活，有时也没有他能下得去手。

比如，关于吴易东给苏一把送礼的传言，吴易东很清楚，这是张达散出去的风。这个招儿使得极为老到，是一箭双雕，既可以伤着吴易东，又可以挂着苏一把。如果真把吴易东作为副县长候选人，那就证明苏一把真收了吴易东的钱。这样，可以逼着苏一把关键时候舍弃吴易东。不仅如此，张达还放出风来，说幸福里新村建设中黑洞很大，群众上访，反应强烈。这就更直接地给吴易东施加了压力。幸福里这边的群众确实意见很大，时不时有人去县信访局递材料。这个乱局该如何收拾呢？吴易东心里很烦闷。

他已经快两个月没有临过帖了。心沉不下去，面对纸笔和先贤的碑帖，吴易东觉得无地自容。但身在官场，你不往前走也不行，有人在旁边看着你，有人在后面推着你，不容你中途退场。尤其是李渔，他现在是推着吴易东向前走。吴易东已经被李渔拴在了一条绳子上，只有吴易东升上去了，李渔才能当成书记；也只有李渔当上了书记，关于他的一些举报才有可能平息。如果李渔当不了书记，就说明上面想动他，只要一查，吴易东也难脱其身。这一点，吴易东是明白的，他只有争取向上走。

在这件事上，李渔与吴易东的看法完全一致。他也几次找吴易东，要他在关键的时候不能退缩，要以进为守。不仅如此，李渔还要求吴易东出面去摆平检举李渔的那些举报信带来的影响。他要吴易东去找苏一把，间接把李渔的工作和表现汇报一下。这样，同样可以一箭双雕地试探出苏一把对吴易东和李渔两人的态度。知道了苏一把的态度，下一步才好出手。

吴易东是想直接去苏一把家的，但平白无故地去县里一把手家里谈私事，这样露骨的事自己有些做不来。机会终于来了。这天中午，李渔来到他的办公室，点着一支烟，小声说："苏一把的母亲生病了，前天住的院。我昨天给她的床位交上了五万押金，还没给苏一把说呢。你正好借去医院看他母亲的机会，给他点明我交的押金，试探一下他的态度。"

这个李渔太过分了，又以他们俩的名义把钱送上了，这简直就是在遥控着自己。但吴易东已经没有办法了，想洗清自己是不可能的，只会越描越黑，只得如此走下去。

早上七点，吴易东给苏一把发了条短信，说马上到医院看看老母亲。苏一把正好在医院，就回了一句：八点前来吧。

吴易东抱着一簇百合走进病房时，苏一把正微笑着跟他母亲说着话儿。吴易东把花放好，客气地问了病情并安慰了几句。原来，老人家并不是大病，只是重感冒，一时退不了烧。苏一把给老母亲介绍了一下吴易东后，就把吴易东引到病房的套间里。吴易东不好意思地说："书记，你看我也没带啥。前天，李镇长给老母亲交了点押金，今天他有事没有过来。"

苏一把皱了一下眉头，有些生气地说："你们呀，规矩太多，以后不要这样了。"这时，吴易东心里有了底，底气也足了些，就说："书记，你看我们建那个新村，群众一时是不太理解，社会上也有一些关于我和李镇长的议论。这事给你添麻烦了，都是我们工作不力。"

苏一把显然明白了吴易东的意思，就笑笑："不干事才没有议论呢。只要想干事，干了事，自然就会有些反映。你们要正确对待，不要灰心。县里和我是支持你们的。"停一下，他又说，"这些天我也考虑过了，考察你的事不能再拖了，越拖有些人越有想法，议论就会越多。这两天，我就安排组织部。"

吴易东听苏一把这样说，悬着的心放了下来。他说了几句感谢的话，就告辞了。因为，这个时候还会有其他人来病房，与别人碰在一起不好。苏一把把他送到病房门外，他就步履轻松地走进住院楼的长廊里。

八月中旬，组织部就来惠济镇对吴易东进行了考察。

吴易东和李渔心里很是高兴，他们的功夫没有白费。对吴易东考察后，一些议论就慢慢地平息了下来。因为这表明了上面的态度，你再议论也是不行的。而且，如果哪个人再继续做小动作，县里就会对他实施措施。这些潜规则大家都懂。过去这事在县里是有的，一个镇的书记为了打败竞争对手，散布小道消息，县里制止不了，最后就让纪委查他。纪委一查，就查出这个书记受贿十几万元，判了六年。

心情好，时间过得就快。

转眼间到了农历十月初十。这一天是惠济河南岸古城镇一年一度的古庙会。

幸福里村就在河北岸，村民们每年都去庙会看戏、看热闹。和往年一样，很多人收拾妥当，穿着漂亮，推着自行车，携老带小去赶庙会。要到古城镇必须坐船，从河北岸到南岸的宽度大约五十米。十几个男男女女说说笑笑地从村里出来，到村南的渡口。渡口在建设中的新村南边几十米远处。

这会儿，吴易东正好来新村工地查看。

今天，他没有通知其他人，而是让司机小黄拉着他直接来的。工程进度还可以，主体工程已完工，现正在粉刷和做配套工程。虽然吴易东听说仍有一些村民说，建好了他们也不会搬进去，但他认为这只是一些人的气话，真建好了，这样的两层小楼还是比原来的房子漂亮，他们自然会搬进来的。

他从工地出来，心情不错。见不少男男女女向渡口走去，知道今天古城镇有庙会，他担心村民拥挤会有什么问题，想去那边看看。

他快到渡口时，碰到懒孩向渡口走，就招呼了一声说："懒孩，去赶会呢。"说着，就掏出烟来，他想跟懒孩聊聊，了解一下村民的想法。

89

懒孩本来不想跟吴易东说什么，见他掏出烟来，心想伸手不打笑面人，何况人家还是镇书记呢。这样想着，他就笑着说："书记，你有闲时间到下面看看了。"

吴易东与懒孩都点着烟，两个人站在路边，对新村的事聊了起来。这时，又有六七个人从他们身边走过，嬉笑着向渡口拥去。

渡口聚集了三十多个人，有十几个妇女、老人和小孩。

河对岸的锣鼓声听得真真切切，大家都希望能早点过去。这条原本核定载客十五人的渡船上了三十人左右，还有六辆自行车。船主周琴怕出事，就拒绝摆渡。这时，船上的王六斤就在人们的鼓动下，强拉渡船缆绳，让船离开了河岸。超载的渡船离岸后，晃晃悠悠地拽着铁索奔向了南岸，船上的妇女们仍然各自聊天说笑，没有人感到大祸临头了。三米、五米……当铁船行了十多米时，船身一个趔趄，人和船就倾覆在了水里。

这时，站在渡口的女船主周琴一声大喊："不好了，翻船了！翻船了！"

吴易东和懒孩听到喊声后，转身就向渡口跑去。

到了水边，吴易东与懒孩同时跳进水中。冬天的河水冰凉刺骨，吴易东奋力游过去。他一边游，一边向落水的人们大喊："不要慌，赶快抓着船！"掉入水中的人有几个是会游泳的，他们与吴易东、懒孩一起，一个一个往上拖……当吴易东去救第六个人时，他的腿被水里的一个妇女拉着了，人在快要死的时候是怎么也甩不开的。吴易东实在没有力气了，慢慢地沉入了水中……

吴易东殉职了，懒孩和其他十二位村民也都被河水夺去了生命。

惠济镇一下子沉浸在悲痛之中。县里在幸福里村给吴易东开了追悼大会，村里人一个个哭得泪人一样。他们是为自己死去的亲人难受，更是为吴易东悲痛。

这之后，稳定村民情绪、安抚死者家属便成了大事。李渔和镇里的干部，分户包干，天天在村子里做安抚工作。

一下子死了这么多人，幸福里村是从来没有过的。

村里的王奶奶七十八岁了，对这突然到来的悲剧接受不了，一连五天粒米未进。李渔听说后就有些担心，担心这个孤老太太再出啥事。他便与杨德云一道来到她家，他想劝劝她、哄哄她，让她吃饭。可到了王奶奶家，李渔吃惊了：她家的桌子上摆着五只煮熟的鸡，王奶奶正跪在桌子前，嘴里小声地说着什么。

李渔和杨德云在门外站了几分钟，杨德云才走过去，扶起王奶奶。她说："王奶奶，李镇长来看您了！"王奶奶缓缓地直起身子，转身看到李渔，又扑通跪了下来。她对李渔说："吴书记为幸福里人死了，我们作罪了！"

李渔心里一疼，他没想到王奶奶会给自己跪下，赶紧弯腰架起王奶奶，含着泪花说："奶奶，别这样了。吴书记走了，他是一个好干部。救人是我们党员干部应该做的。您可不能弄坏了身子啊！"

从王奶奶家出来，李渔和杨德云都没有说话。

李渔一路上都在想，群众真好，不是不理解人呢。这个渡口几年前就说要修桥的，可一直拖到现在。如果县里批钱了，把桥修好了，这场悲剧就不会发生了。但村民们一点都不埋怨政府，反而把吴易东当成神敬了。

想到这些，李渔心里一阵阵疼痛。

此刻，他开始在心里反思以前做过的事儿。

*8*

村里很快平静了下来。

91

村民们没有把责任往渡口管理上推。这是县里最怕的事儿。现在大家都认为是王六斤逞能开船，村民违章上船造成的。这样一来，就不会发生到县里上访的事了。

沉船事故发生后，网上立即有了帖子，直指县政府和镇政府对渡口管理负有责任。苏一把十分重视，亲自召开会议研究，怎么样把这件事进行转化。最终，由县委宣传部出面请记者来，重点宣传吴易东如何英勇救村民和村民互帮互助的事迹。这样，事情就发生了转化，沉船事故被英勇救人的正面宣传掩盖了下来。这件事很快上了省报和省电视台。

在这次报道中，有几次记者要求采访李渔，问他是如何带领镇干部做后续工作的。李渔都一一拒绝。吴易东的去世对他影响很大，他没想到吴易东会奋不顾身下水。尤其是救出几个人后，明知自己体力不支，还继续下去。其实，那时候吴易东完全可以留在岸上指挥别人施救，自己不再下水的。

他想着与吴易东相处四年的枝枝叶叶的事儿，心里感觉很惭愧，觉得自己以前是错看了吴易东。

新村建设就要完工了，李渔决定找宋伟谈谈。

宋伟是自己的妻弟，他就没有什么可拐弯抹角的了。那天，他把宋伟叫到自己家中，直截了当地说："我给你说件事，你得答应我。"

宋伟从来没见过李渔这样严肃地跟自己说过话，吐了口烟，说："哥，你说吧，我听你的。"

李渔叹了口气，开口说："吴易东走后，这些天我一直在想，官和钱都是虚的，人的心是真的，有些事做过了或不做，都瞒不了自己的心。事会堵心的，心堵了，人活着也就没个啥意思了。"

宋伟一听李渔这样说，就有些不明白。他认真地看了看李渔，然后笑了一下，说："哥，你这说的啥意思呢？我听不明白。"

李渔叹了口气，接着说："兄弟啊，哥这些年在官场也做了些亏心事。我想把你这次赚的钱都拿出来，为幸福里村做件事，这样我的心才好受点。"

宋伟听到要把自己这次赚的一百多万块钱都拿出来，心想李渔是疯了。这钱拿出来，别人会认为自己从中赚的钱更多。想到这些，宋伟劝李渔说："哥，你听我一劝，不要太书生气。这钱拿出来，你咋跟那些村民说？你这不是自己往自己头上抹屎吗？"

李渔的态度十分坚决。他一挥手，对宋伟说："你啥都别说了，给我拿出来，把新村的设施再配备好点。我已经决定了。"宋伟见李渔态度这样坚决，心想硬不同意是不行的。他想了想，最后说："这样吧，我拿出五十万！"李渔听宋伟说同意拿出五十万，想了想了，叹了口气，就说："唉，一言为定。钱只有好出才能好进，你恰恰相反，好进难出。"

宋伟苦笑了一下，没有再说什么，借故离开了李渔家。

第二天，李渔在镇里开了个短会，就到幸福里村来了。现在新村是最后的收尾阶段，他最担心的是在村民入住上再出问题。

他来到村部，杨德云正在那里等他。杨德云和村会计汇报了村民的动态。现在，村民基本上没有什么反对意见了，也没有人公开表示不住新村了。沉船之后，懒孩和王六斤两个主要反对者都死了，没有人再出风头。家里死了人的更是没有心情再闹什么，大家的对抗情绪被这突其来的沉船压了下去。

李渔听着杨德云的汇报，心里在想，有些事真是难以料定，没想到这么棘手的事会以这种形式逆转解决。他安排好筹备新村入住仪式的事后，把其他人支走，把杨德云留下来，他要单独与她谈另一件事。

杨德云见李渔沉着脸，就知道他肯定有什么重要的事要说。她想缓和一下气氛，就笑着说："你这是咋了？马上就要扶正了，咋一脸的痛苦呢？"李渔点上一支烟，看着杨德云说："扶正不扶正的事以后再说。

我今天是想给你说另一件事，你得答应我！"

杨德云不知什么事，就开玩笑地说："你知道的，我们俩，我啥不答应你！"

李渔这时就说："那我说了。我让宋伟拿出五十万，你让德草也拿出五十万。用这钱给村里做点好事。不然，你我都会不安心的。"

杨德云没想到李渔会说这样的话。她想了想，便说："德草是个狗，好进不好出。恐怕他不会同意。"李渔料到杨德云不会轻易同意，从谁兜里掏钱都没有装钱容易。但他必须要让杨德云同意。

他浓浓地吐了口烟，然后说："德云，这事你必须办成。你就是用铁钩子也得把钱给我掏出来。这关系到你我的大事，你不会不懂的。"

杨德云这会儿一直在想，李渔为什么这样做？她再听李渔这么一说，便明白了过来。李渔是怕再出什么闪失，现在如果村民真的再闹起来，上面查下来，她与李渔可能都会被牵扯出来。想到这些，杨德云看了看李渔，也神情严肃地说："那好吧，我来办。"

再过十天就要举行新村入住仪式了。

这天晚上，李渔拿出吴易东写着"幸福里"的那张宣纸，在办公室里一遍遍地看。这是他们商定承担新村建设试点那晚，吴易东乘兴写的。

收拾吴易东遗物时，他特意把这三个字要了回来。他要把这三个字放大成铜字，挂在新村大门上。李渔虽然不懂书法，但在这夜深人静的时候看这三个字，还是被这拙朴骨劲的笔画感染了。

尽管快十一点了，他还是拿起手机，给关镇长打了电话："关镇长，明天一早你就亲自把吴书记题写的'幸福里'三个字，送到县里制成镏金铜字！"

新村入住仪式很是隆重。会场是请县里最大的喜洋洋礼仪公司布置的。

三个大彩虹门一字排开在新村大门前，六个彩色大气球在凛冽的冬风中飘着舞着，二十米的红地毯通向新村大门。锣鼓狮子队列在红地毯两旁，或许是天气太冷，他们蹦跳得比平时都欢得多。

县里对这个仪式也很重视，想把这个仪式办得热烈隆重，以此来掩饰那次沉船事故。

省城乡住建厅和农委的领导也赶来了，县里四大班子都有人出席。苏一把和余县长也都亲自参加，市县报社和电视台提前一天就来踩了点。他们按照安排，是要把这个仪式做深度报道。

上午十点整，锣鼓喧天。

两头金色的狮子起势、常态、奋起、疑进、抓痒、迎宾、施礼、惊跃、审视、酣睡、出洞、发威、过山、上楼台，扑、跌、翻、滚、跳跃、擦，威猛无比。会场上一阵阵欢呼声。

十点十八分，仪式正式开始。

会议是由李渔主持的。省县三位领导讲话后，由省城乡住建厅副厅长和苏一把，在震耳的氢气炮声中，徐徐拉下了覆盖着"幸福里"三个镏金大字匾额的红绸。

仪式结束，参会人在李渔和杨德云的带领下，走进两户人家。他们首先走进的是王必福家。老人是见过世面的，就配合着领导的话，一一作答。这时，闪光灯噼里啪啦，三台摄像机一齐照来。

十来分钟后，领导们走出王必福家。仪式这才全部结束。省里和县里来的领导纷纷上车，六辆轿车和两辆中巴在带着哨子的冬风中急急地离开了幸福里。

李渔也回到了镇里。

他坐在办公室，点上一支烟，长长地吸了一口，掏出手机，给苏一把发了条信息：苏书记，请求组织不要再考虑我的职务调整，我真的不够格！

冬风正急，窗外那株杂着黄叶的竹子，被带哨音的风吹得起起伏伏、沙沙作响。

虽然屋内很冷，可李渔却感到心里有了一丝暖意。

（《当代》2017 年第 3 期）

# 假如生活欺骗了你

## 1

扫过健康码，测过体温，雷言顺着箭头指示的方向，急急地寻找八号厅。

温缓跟在后面，高跟鞋叩击路面的声音有些凌乱和急促。她嗔怪地说："急慌得跟打仗一样，晚不了！"

"还有三分钟就开演了！"雷言放慢一些脚步说。

进入八号厅，雷言很意外。偌大的放映厅里，零散坐着几个人，大屏幕上正在播放影视公司的广告。

今天是七夕，中国的情人节，这个点应该有一些男男女女来看电影啊。雷言得意地对温缓说："今天，我们几个包场！"

"这种片子，年轻人根本不看的。"温缓答一句。

今天，是《八佰》上映的第二天。雷言认为观众会很多的，尤其晚上七点四十这一档，应该正是高峰期。他一周前就谋划了，精心调了班，计划今年这个七夕节给妻子一个惊喜：请她看场电影，然后在木兰文化广场的且坐斋吃顿饭。

他觉得自己欠温缓的太多了，结婚七年来，节假日很少有时间陪她。但这也是没有办法的事，干了刑警就没有自由、时间，有时甚至生命都不是自己的了。这时，前妻史莉的影子，突然从他脑海里一晃而过。唉，不想这些了，今天应该是个高兴的日子，看电影！

电影开始了：战败的国军混乱地退出上海，日军快速向城里推进，来自湖北的新兵队向上海赶来……配乐把气氛渲染得十分紧张。一声炮响，温缓紧张地握住雷言的左手。雷言抬起右手，把温缓的瘦手压在自己的两手之间。

雷言看得很入神，温缓看得很紧张，两个人手握着手，都盯着屏幕。温缓的气息一会儿急一会儿慢。她被这狙击的场面和情节吸引。不知不觉间，两个多小时过去了。

他们走出放映厅，下到一楼大厅，走出大门。雷言掏出一支烟点上，深吸了一口，然后说："缓缓，我在且坐斋订好了位子，咱去吃饭！"

温缓突然想起女儿豆粒，就说："闺女还在家呢！"

"没事，老妈不是在家吗！我提前安排好了。今晚，你就放心吃吧。"雷言径直向广场中部的且坐斋方向走去。

且坐斋是这里最有情调的特色餐厅，以特色徽菜为主打，外加时尚果蔬和面点。不提前两天预订是订不到位子的，更不要说有情调的小包厢了。雷言一周前就让小邹帮他在手机上订了。小邹大学毕业，刚入刑警队两年，真正的时尚青年一枚。

雷言点了臭鳜鱼、毛豆腐，温缓点了两个素菜和一份黄精鸽子汤。服务员下过单后，四色果盘和一壶祁门红茶很快端上来。雷言给温缓倒了一杯茶，然后笑着说："这徽菜啊，严重'好色'，轻度'腐败'，红茶是绝配，可煞荤清油。"

"这啥话到了你们男人嘴里，就变味了。"温缓嗔笑。

这时，雷言的手机突然响了。

干刑警这行，最怕手机突然响。他迟疑了几秒钟，迅速掏出手机，一看是局长的电话，下意识地坐直了身子："局长，您吩咐！"

房间不太隔音，外面的声音有些乱。雷言把手机贴在耳边，一边听，一边说："好，好的！我马上出发！"

放下电话，雷言立即站起来。他不好意思地说："缓缓，我不能陪你吃了，齐家寺出人命案了。局长让我立即到现场去。啊，对了，你把菜打包带回去吧。"说罢，他急急地走出房间。温缓长长地叹口气，把杯中的茶一饮而尽。

坐上小邹的车，雷言就开始给已到现场的秦山林打电话。

秦山林是齐家寺的辖区派出所所长。齐家寺在城西十公里涡河北岸。电话里，雷言先安排秦山林封锁现场，然后让秦山林报告案发现场有关情况。

秦山林对情况还是相当熟悉的，他说："死者叫孔令白，是一个月前刚退休的男性教师，妻子在城里带孙子，他一个人住在村里。村民反映没听说他跟谁有过矛盾，死时手机落在地上，家里也没有被盗的迹象，院子大门敞开着，报案人李凤晚上九点半左右到他家时发现的，初步判断遇害时间为……"

雷言听到这些，意识到这不像是流窜作案，极有可能是熟人作案。他部署道："立即封锁出村的道路，严防村里人出去！同时，通知镇里和村里干部马上到现场。"

人被害无非这么几种情况：因财、因仇、因情。从秦山林的话里初步判断，这三种情况对于死者孔令白来说，似乎都不太可能。从事刑警二十二年了，雷言经手的命案也早已过百，经历让他明白，作为刑警有时最不可靠的就是经验。在这方面，他是伤过心的。

八年前的阴历八月十六晚上，他的前妻史莉被人割喉致死。一时间全城轰动。案子是当时的副局长亲手抓的，他既是受害人家属，又是怀疑对象。唉，真是不能想，都过去八年了，雷言还没有真正从那件事中走出来。

不想了，不想了！雷言点上一支烟，把车窗按开一条缝。外面风吹进来，啊，已经有些凉了。

雷言赶到齐家寺，已经是晚上十点半了。

这是一个不到两百人的小村庄。涡河从村前而过，村西是一条干沟，村东头的宋沟与涡河相连，沟的水面有两丈左右宽，一座小型节水闸控制着水量。村子北面是一望无边的玉米地。村子的院落由西向东排列，南北每排三到四户，总共四十几户人家。此时，村里有五六家亮着灯，人们都围在孔令白家的院子前和村街上。

孔令白家在村西头把边儿，前面是河岸，开阔平坦。两米左右的院墙内，三间带檐廊的正房，西边两间偏房，东边是一间厨房，大门朝南，有一座简单的门楼。他是坐在院子里的藤椅上被害的，手机丢在右手下方的地面上。

雷言围着孔令白走了两圈，又围着院子走了一圈。

他边看边想，从现场看并没有打斗的痕迹，死者是坐在椅子上，被锐器刺穿脖子左侧动脉流血致死的。由于天黑，即使在强光的照射下，也不能提取足痕。看来，现场只有天亮后再细勘了。

于是，他把派出所的人分成两组，一组封堵村子路口不准人出去，另一组由镇村干部带领，挨家登记每户人员具体情况。然后他又把刑警队的人分成四组：一组由副队长叶鸣带领把守现场，研究侦查方案；一组由他自己带队询问报案人；另外两组，在村里对每个人进行走访和面谈，查找线索。

安排完毕，雷言和小邹在村长郭万明的带领下，来到报案人李凤家里。

入村的路是上面给修的水泥路，到每一家的路还是土路。走在上面高高低低的，有些不平。路边的杂草丛中，不时有猫和老鼠蹿出来，又消失在另外的草丛和柴垛间，偶尔有条狗汪、汪汪地叫几声，栖在树枝上的鸡，咕咕地叫着，扑棱棱飞到另外的枝头。深夜的村庄，显然更加破败和荒凉。

郭万明一边走，一边介绍着李凤家的情况。

李凤今年五十一二岁，她丈夫叫孔德化，人有点老实，小时候感冒打针伤了脑子，头有点向右歪，村里的人都叫他"愣鹅"，也有人叫他"老愣"。他爹原来是生产队队长，也算体面人物，就连哄带骗地把李凤给娶了回来。李凤吃得胖，脸也不白，家里穷，没读过书，大字不识一个。她嫁给孔德化后，生了一男一女两个孩子，女孩子三岁时得急症死了，儿子初中毕业后外出打工，后来娶了邻村一个叫素的女孩。素小时候父亲就死了，家里也穷，不然是不会嫁过来的。嫁过来之后，生了一个儿子。儿子四岁时，她外出打工跟一个南方人跑了，自此再也没有回来。

现在，孔德化住在前院，给儿子看家，兼带孙子，李凤一个人住在自己家。据说，两年前，李凤跟河南的一个四十多岁的光棍汉住了半年，后来又突然回来了。现在还时不时要跟孔德化离婚，说不要齐家寺这穷家破院，不回来了。

雷言他们来到李凤家里，她正躺在床上玩手机。

这让雷言有些意外：一个五十多岁的农村妇女，这么晚了还在玩手机。

李凤见雷言和村长郭万明到家里，显然有些紧张。她急忙从床上下来，不知道说什么好。

雷言、郭万明在堂屋的两个塑料方凳上坐好，小邹坐在桌子左边的破椅子上，准备记录。李凤有些紧张地坐在床沿，看着眼前这三个人。

雷言看着李凤说："你别怕，如实说说情况吧。"

李凤更紧张，不敢看雷言，而是盯着郭万明说："说啥？我真不知道他咋死的。我看见他时，他和椅子都倒在地上。我叫了几声，他不应，用手机一照，见他不出气了，吓得我赶紧跑了出来。"

"你别紧张。雷队长问什么，你如实回答就行了。"郭万明边掏烟边说。

"你几点去老孔家的？"

"九点多吧。"

"具体几点？"

"记不清了，反正是九点多。"

"你去他家干什么？"

"去让他帮我修手机。"

"修手机？你的手机怎么了？"

"抖音玩着玩着就打不开了，也不能视频了。"

雷言没想到，眼前这个五十多岁的农村妇女还玩抖音，还会跟别人视频。他觉得事情可能更复杂。

于是，他又接着问："你找孔令白修过几次手机？"

"那记不清了。我以前不会玩手机，都是他教我的。手机不能玩时，都去找他修理。他是老师，能着呢。"说到手机，李凤慢慢地有些放松了。

"上一次你找他修手机，是啥时候？"

"记不清了，有十来天了吧。"李凤停一下，又接着说，"我这手机是杂牌的，便宜，老是出毛病。"

这时，雷言的手机响了……

## 2

孔德昌接到警察的电话，说他父亲遇害了，两腿就筛糠一样地抖个不停。

他想从沙发上站起来，试了几次，腿还是发软。妻子问他怎么了，他的嘴唇哆嗦了几下，突然哇的一声哭起来。母亲毛爱芹听到哭声，赶忙从房间里出来，大声说："德昌，哭啥？这三更半夜的！"

"我爸被害了！"德昌扶着沙发，终于站了起来。

"啊！"毛爱芹倚着门框向下滑，最终瘫软在了地上。停了两三分钟，她突然两手拍着地板，抽泣着说："他是作死啊！上回我回家就感觉这个死鬼要出事。"

德昌的妻子最冷静，她问德昌是谁打来的电话。德昌说是警察打来的，要我和妈立即回去配合调查。见德昌魂不在身的样子，她说："事儿已经出了，我拉着你们回去！"

毛爱芹听说要回去，就去她住的房间收拾东西。她把衣服一件一件地往包里装，装好后又开始收拾孙子的衣服。德昌进来说："妈，你这是干啥？还能住家里啊！"

"不得住些天吗？总得把你爸埋了再回来吧。"毛爱芹又哭了起来。

"走吧，走吧！案子不破，下啥葬啊。"德昌带着哭腔说。

毛爱芹坐在车上，她三个月前回村里的情景浮现在眼前。

春节孔令白是来城里过的。由于突然而来的疫情，全城封闭，过了正月十五孔令白才回到村里。他嫌在儿子这儿憋屈得慌，非要回家不可。他回村后，毛爱芹由于要带孙子，不能外出，就没有回去。一直到麦黄梢，她才坐城乡公交车回了趟齐家寺。

那天中午，她回到家里时，孔令白正在屋里翻箱倒柜地找衣服。

103

见妻子突然进屋，孔令白吓了一跳。"你这个老太婆怎么回来了！孙子呢？"

"这是我的家，我咋不兴回来了！"毛爱芹看着被翻乱的衣服，有些生气地说，"你这是找啥啊？"

"我那套西服，你给我放哪里了？"孔令白有些着急地说。

毛爱芹狐疑地看了看孔令白，没好气地说："这穿单褂子的季节，你找它干啥？"

"有用场，我要上最后一节公开课！"

"年前不是就不上课了吗？眼看着下月就要退休了，还上哪门子课！"

"最后一课，你懂吗？我人生的最后一课。"孔令白有几分得意和自豪地说。

毛爱芹不识字，但她对丈夫上课还是十分支持的。孔令白家解放前是地主，他只上了初中，就没有再被推荐上高中。20世纪70年代末，孔令白本来考取了一所大学，由于政审的原因，最终还是落选了。据说，他气疯了一年多。后来，公社有位领导听说他成绩不错，就让他当了民办老师。虽说是民办老师，但他书教得顶呱呱的，教的学生都考上中专、高中了，后来，他还成了乡里的优秀教师。

孔令白心高，但他毕竟是地主成分的人，所以一般人家的闺女不敢跟他结亲，别人给介绍过来的女子要么长得丑、要么年龄大，他又不肯委屈自己。这样拖来拖去，就拖到了二十七八岁。这个年龄在那时的乡下就算大龄了，成了开瓢嫩吃菜老的葫芦。

毛爱芹当姑娘时长得双眼叠皮，杨柳细腰，也算是方圆十里的漂亮女子。但她右腿比左腿长了一点点，走起路来，左腿有点跛。农村娶媳妇，长得漂亮固然重要，但腿脚不灵便也是大忌，娶媳妇不能只看长得好看，还得要能打能跳，割、搂、锄、耙都会才行。她也是高不成低不就，一拖也拖到了二十五六岁。后来媒人就把她说给孔令白。两个人一见面，你情我愿地投了缘。

毛爱芹嫁过来后，孔令白对她很好。放学后，孔令白就到地里干农活儿，加上民办教师十几元的工资，日子过得比村里人稍微鲜亮些。孔令白白天教书、干农活儿，晚上就不停地看书，他一心一意想成为正式的教师。

这一点，毛爱芹是支持他的，冬天夜长，他要看书晚了，她就给他加顿饭。虽然只是打两个鸡蛋或是下碗面条，但孔令白却美滋滋的。每每加夜餐后，两口子都会云雨一次。毛爱芹喜欢孔令白，一是他讲卫生，身上没有气味，更重要的是他是文化人，花样多嘴又甜，有时边做边给她讲一些古人行房的事。当然，她最喜欢听他说那些让她羞得脸红的情话。

夫妻床上的事儿就是小猫吃鲜鱼，越吃越馋，越吃越黏。儿子德昌上初三那年，孔令白考取了县教师进修学校，他进城学习两年后就会成为正式教师。这下，孔令白高兴得逢人就递烟，进家就笑得合不拢嘴。毛爱芹却心里有些害怕，她担心孔令白进了城，被其他女教师给摘走了魂。

女人都有自己的小心思和小智谋。毛爱芹的智谋就是要求孔令白每周六放学后必须回家。理由也是硬邦邦的：儿子正在读初三，每周都要回来关心儿子的学习。其实，毛爱芹的私心是每星期都要和男人做两回，至少也要一次。再馋嘴的猫，吃饱了就不会偷嘴了，再有力的牛，累趴了就不想再犁地了。

毛爱芹的苦心没有白费。孔令白两年读下来，没有一点花花事，一心一意在她身上。

后来，毛爱芹发现丈夫慢慢地变了。确切地说应该是十年前，他就不怎么碰自己了，别说十天半月，有时一个月都不碰一下。有时，她主动撩他、求他，也是浮皮潦草地三五分钟就马放南山了。谁说五十岁就不行了，三十如狼，四十如虎，五十还能敲破鼓呢，毛爱芹就常常指鸡骂狗地敲打孔令白。

现在，村里的男人都出去打工了，留在家里的小媳妇一个个都像发情的母猪一样，女人主动上赶子找男人的事多了去了。毛爱芹整天担惊受怕地看着孔令白的一举一动。

五年前，孙子出生了。毛爱芹不去城里看孙子不行啊，她狠了狠心还是去了。狗打秧子猫叫春，就是那点进进出出的事，随他去吧。说是这样说，但她每次回村听到一些风声，都要跟孔令白明里暗里吵一架。听到风声不一定来雨，但是无风不起雨也是老话儿。抓贼抓赃、捉奸捉双，毛爱芹抓不到实据，也就只好在心里生闷气、瞎嘀咕。

毛爱芹觉得，孔令白的死跟女人有关。不然，上次他怎么突然找西装，穿的衣裤挺括括的，精神比他们结婚时还焕发呢。但这是不能给警察说的啊，人都死了，要真是为了床上那点事，那儿子、孙子还有她和儿媳妇的脸往哪搁呢。人喜欢啥就会死在啥上面，老孔啊老孔，你要是真的为那点事死了，我都不会再掉一滴眼泪了。

毛爱芹虽说是这么想，车子到了自家院门口时，她还是哇的一声大哭起来。


凌晨五点半了，夜色即将退去，东方灰亮。

雷言问过毛爱芹话，连抽了两支烟。他确实有些累了，毕竟过了四十岁，一夜熬下来，确实有些头昏脑涨的。

让他失望的是，他从跟毛爱芹和她儿子德昌两个多小时的谈话中，并没有得到有价值的线索。他们确实不太了解孔令白在村里的情况，虽然每天都通个电话或视频一会儿，那都是围绕着孙子。其他方面，他们并没有多深的沟通。事实也是这样，现在子女跟父母真正深入沟通的确

106

实不多，两口子之间真正了解对方内心的也不太多。

雷言掐了烟，想躺在车上休息半个小时。

他刚刚眯了十几分钟，手机响了。技侦组有了消息：从手机后台的数据热点分析，春节以后，孔令白除了跟他儿子、儿媳联系多点之外，联系最多的就是他学校的校长孟维三。

雷言命令说："立即把孟维三找过来！"

说罢这些，他又问其他组可有摸排出线索，现场勘察准备好没有。

这时，东方的天空泛起一片片红云，树上的小鸟叽叽喳喳叫了起来。

太阳就要出来了。


8


大马中学在齐家寺北面，也就四里多路。

20世纪撤区并乡前，这里是大马乡乡政府所在地。自从大马乡被撤后，这里的烟叶站、粮站、乡政府等院落，先是空了十几年，等有些房子倒塌后，就或卖或租地给了私人，建起来大大小小六七家金刚石压片厂。原来的乡政府改成的东方金刚石厂最大，大马中学就与这家厂隔着一道墙。

刑警队副队长李想和同事的车子离学校还有一百多米时，就看到孟维三站在校门前了。

本以为孟维三在县城的家里，电话打过去才知道，他在学校看校。现在，教育局要求学校每天二十四小时有人值班。

孟维三把大门推开，李想的车子开了进去。

学校不算小，有二十亩地的样子。最北边是一座两层教学楼，看样子建的时间并不长，也就七八年的样子；教师办公室在大门南边，是两排 20 世纪 80 年代的红砖起脊瓦房；操场的外面还有二十多间红砖瓦房，应该是学生宿舍、食堂。操场是绿色塑胶跑道，跑道四周却被一尺多高的杂草包围着。

孟维三显然对孔令白的死感到特别意外。李想刚下车，他就问："孔老师真死了？"

"他不死，我们找你干吗？"李想盯着孟维三看了几秒钟，又说，"到会议室吧，有些事想找你了解一下。"

孟维三看了一眼教学楼，说："我回办公室拿钥匙。"

"那好吧，我们等你。"李想说罢，就向教学楼的方向走去。

李想的电话打来的时候，孟维三还没起床。听说孔令白被害，孟维三猛地坐起来，这消息对他来说太突然了。孔令白办退休才一个月零几天，怎么就遇害了呢？

孔令白是孟维三的老师，从初一到初三的语文都是他教的，而且，还是他初中三年的班主任。那时候，孔令白还没有转正，但他教的语文课在城西六七所中学里是出了名的。

他教学十分认真，对学生因材施教，尤其作文课上得最有特色。每次布置作文题目后，他都要详细讲解写作的要点，而且每次都写一篇模范作文。作文讲评课上，他把写得好的和差的作为典型分析，把自己写的读给学生听。所有的学生几乎都怕写作文，可他教的学生却都喜欢写作文。

会议室紧挨楼梯的右边，是教室改的。门打开，孟维三见会议桌上一层灰尘，不好意思地说："前段时间疫情，老师都在家上网课，这会议室有几个月没有人进来过了。"说罢，他从墙角的盆架上取下毛巾，在空中把上面的土甩了甩，赶紧擦会议桌和椅子。

学校变成这个样子，孟维三是没有想到的。

20 世纪 90 年代，他在这里读书时，初一到初三有十二个教学班。

那时没有教学楼、实验室、电教室，却感觉满满的都是学生。后来，学生越来越少，从十二个班减到六个班，从六个班减到现在只有三个教学班。让他更想不到的是，现在初一、初二、初三，三个年级只有七十五名学生，而教师和教职工却有二十八人。成绩好的学生去城里上了私立中学，更多的学生退学了。农村人讲求实际，十六七岁就跟着父母出去打工。农民有农民的思维，现在就是上了高中、考上大学，毕业一样找不到什么好工作，还不如早打工、早挣钱、早找对象结婚划算。

办公桌和椅子擦好后，李想和队友坐在对门的一面。晨光从窗户射过来，越过孟维三的头顶，李想看到光柱里飘浮的微尘。

"孟校长，我们想了解一下孔令白的情况。比如，他与其他老师有没有过矛盾，有没有过什么异常的表现。"李想掏出一支烟，对着孟维三扬了扬，"你抽烟吗？"

"我不抽的，也没给你们准备。"孟维三抱歉地说。

李想笑笑，把烟点上，说："不好意思，我一夜没睡了，这会儿有点困。"

孟维三开始回忆。

孔令白性格很温和，平时说话细声细语，从没跟哪位老师吵过架，甚至没听说过他跟谁红过脸。孟维三师专毕业后被分配到这里，他与孔令白由师生变成了同事，孔令白每次给他说话时都是先叫孟老师。孟维三听不习惯，说了好多次不让喊他孟老师，就叫维三或者小孟。孔令白总是笑着说，你是老师了嘛，再叫你的名字怎么合适！这样一来，孟维三对孔令白更加尊重了，两个人也经常聊聊天。

后来，孟维三当了校长，他希望孔令白能当教导主任。但是孔令白没有同意。他说，我当了一辈子教师，就是想上好每一节课，再说了，我这性格也不适合当主任的。孔令白给孟维三详细聊过自己的性格。他说，他家原来是地主成分，小时候就经常看到自己的父亲被村里人斗来

109

斗去，连家里的狗都被欺负得夹着尾巴顺墙根儿走，从小他都是小声说话，从没有跟谁争吵过。再后来，他当了民办教师，虽然课教得好，但是，在公办教师面前总觉得低人一等，这一辈子都改不了的。

孟维三把这一段往事给李想他们讲了。李想听后说："这么说，他应该不会有什么仇家的。"

"他绝对不可能是被仇杀的！"孟维三语气肯定地说。

李想又点上一支烟，然后说："你回忆一下，他这一两年可有什么异常？"

孟维三边想，边挠着头发说："没有什么异常啊！"

"不急，你再认真想一想！"做记录的另一名警察说。

孟维三把孔令白这几年的事，像放电影一样，在脑子里快速过了一遍。

孔令白这几年的情绪似乎有些低落。孟维三曾经找他聊过，每次他都是叹气。原因很简单，一是学生越来越少，不久的将来学生还没有教师多，这学校像啥呢？再者，能听出来他对退休是有些焦虑的，感觉教了一辈子书，现在身体好好的，马上没有课上了，这接下来的岁月干啥呢？别的老师都想早退休，他却跟别人想的不一样。

有一次，他说现在一月工资五千多，加上年终奖、效能奖、餐补等，一个月能拿七八千元，就教这么几个学生，真是对不起这些钱。学校里的教师基本都住在县城，学校集中排课，其他教师两三天才来学校一次，他却天天都来学校。

他对学校是真有感情。年前，他听说几个学校要进行公开课比赛，就专门找到孟维三，要求在退休前能上堂公开课，也算是对自己这几十年的一个总结。对了，从答应了这节公开课后，他确实有些变化。

想到这里，孟维三对李想说："想起来了，要说异常，得从公开课说起。"

天亮了，技侦人员开始勘验孔令白脖子上的伤口。

伤口在脖子的左侧，他是被利器穿透脖颈，伤了动脉血管而死的。穿孔不到一厘米，像是飞镖穿刺而过。现场除了有李凤的足痕，没有再提取到别人的足痕，初步判断，飞镖是从五米外射过来的。后来，果然在孔令白身后一米五远的地方，找到支细细的飞镖。

雷言立即在现场召开分析会。

这是他们从来没有见过的案例，用这种凶器的人，一定是专业人员，甚至是专门练过飞镖功夫的，不然，这么远距离，能射这么准，而且力度又这么大，一般人是绝对不可能的。从作案时间和现场看，这个人事前一定对孔令白的住处和活动规律非常熟悉，凶手极有可能是仇家，或者是被人雇来的。

案情变得更加复杂。

从初步了解的情况看，孔令白为人和善，不可能有非要他命的仇家，但凶手显然也不是为财而来，这究竟是怎么回事呢？雷言让大家一边继续讨论，一边安排各自手底下的线人，迅速查找会掷飞镖的人。同时他又安排一组人去找县武术家协会会长锁长乐，了解相关情况。

刑事案件往往都这样，山重水复，让人不知所往。

这时，雷言想起他的前妻史莉被害的破案经过。史莉在气象局工作，平时接触的人极有限，从颈部被割的伤口看，专案组判断极有可能是因雷言而被报复。当时，全面排查了经他手抓的所有人，半个月都没有结果。正当案子陷入绝境时，凶手黄小磊却投案自首了。这是所有人都没想到的事。黄小磊是县医院的牙科医生，史莉因去看牙与之相熟，后来竟发展成情人关系。据黄交代，是史莉纠缠不休，他才动了杀人的念头。

每每想到这些，雷言都觉得无地自容。平时，他根本没有觉察到史莉的变化，从她安安稳稳的表现上说，她怎么也不可能主动成为黄小磊的情人。但是后来雷言也想通了，那是因为自己的职业，他常常半夜不归，有时案子来了，甚至十天半月都不回家。对于女人来说，寂寞是最可怕的，寂寞的时候也是最容易移情别恋的。

想到这些，雷言下意识地想到了温缓。他就掏出手机，给温缓发了条信息：缓，案子还没有头绪，你一个人辛苦了。爱你的言！

$$4$$

确定作案动机，是排查和寻找凶手的关键。

孔令白为什么被刺，凶手的作案动机又是什么？从各组调查的情况看，不可能是为财被害，也不存在仇杀的可能，情杀似乎也不太可能。

但是，从近几年农村命案的情况看，因婚姻问题尤其是婚外情问题而出现的命案还真不少。由于成年男子基本都进城打工了，留在乡村的女性可分为四个年龄段：六十岁以上的居村养老，五十至六十岁的在家带孙子孙女，三十岁左右的陪子女读书，三十岁以下的刚结婚生子，尚未外出。而留在村里的男性比女性少多了，每个村除了老龄男人外，留下来的便是村干部、做生意的能人、在周边工厂或县镇有工作的。留守女性长期没有男人陪伴，精神的寂寞和身体的需要，都是她们出轨的内因。加上留在村里的年轻男性多是混得不错的，经济宽裕，愿意给女人花点钱，有些女人就不会拒绝了。

雷言心里一直觉得孔令白之死不可能与情有关。这是警察的一种直觉。但直觉有时恰恰会把案件引入歧路。八年前，他前妻史莉案就是一个例子。当时，专案组和他自己的直觉判断，极可能是曾经被抓的嫌疑人报复作案。但是，怎么也没有想到是因情被杀。

尽管雷言有这个直觉，他还是安排各摸排组要重点摸排齐家寺男女出轨对象，尤其是孔令白接触的女性。

但是，各种消息反馈回来，村里人对这些事都缄口不谈，或者一口否认村里没有过这种事。案情陷入了僵局。

正在这时，县网信办公室冯平打来电话说，此案已被群众用抖音和快手等媒体平台传到网络，要求公安局立即正面回复。

局长接到电话后，亲自给雷言打电话了解案情。得知案件进展不顺，就命令抓紧破案，并报请市局立即支援。

半小时后，县公安局发出案情通报：

　　7月25日晚9：30分左右，我县清涧镇齐家寺村村民孔某

　　在家中遇害，孔某今年61岁，系大马中学退休教师。案件正

　　在紧张调查中，我局将及时向社会通报案情进展。请广大群众

　　不传谣不信谣。


市局刑警支队队长裴楠来到现场，简单听过雷言的案情汇报，立即提出：先让村民辨认凶器，同时通知市县两家武术协会的人来辨认。要从凶器入手确定嫌疑人！

村干部召集村民来到村委会，一一进入会议室进行辨认。开始的二十几个人都说没有见过，而当孔飞的奶奶看到这个飞镖时，突然浑身发抖，嘴唇哆嗦着说不出话来。

雷言叫人倒了一杯水，一边安抚着她不要着急，一边说："你认识这个东西？"

孔奶奶直直地盯着桌子上的这枚飞镖，足有两分钟，突然哭出声来："俺的傻飞飞啊！"

雷言看看村干部，村长说："飞飞，是她孙子！"

孔奶奶终于平静下来，她说从昨天傍晚就没有看见孙子孔飞了。但

113

她确认孔飞有这个东西。

这时，一直坐在那里没有说话的裴楠跟雷言耳语一下。雷言立即安排小邹把孔奶奶先带离现场，控制起来。他要与裴楠布置抓捕方案。

裴楠说，分成五个组：第一组，迅速启动拦截和协查方案，周边路口、车站、码头堵；第二组，上技侦手段，从天眼录像查找孔飞的离村时间和方向，调取孔飞的手机，通过定位系统寻找他的下落；第三组，准备抓捕，调六十名警察分成四队，各带警犬待命；第四组，从后台调取孔飞手机资料，查找他的联系人及掌握他生活动态；第五组，立即从孔奶奶入手，尽可能多地排查孔飞的联系人，了解其生活状态。

确定了嫌疑人，案子的方向就明确了，这基本上取得了一半的成功。

雷言有些兴奋，没想到换一个思路，案情就发生了逆转。按照裴楠的命令安排妥当后，他亲自负责讯问孔奶奶。

孔奶奶在一位女警员的陪护劝说下，停止了哭泣。

这时，雷言也从村主任那里弄清楚了孔飞的基本情况：孔飞，2004年9月9日生，在他两岁半时父母离婚，母亲嫁到江西；父亲长期在无锡打工，自从2008年冬与人结婚生子后，每两三年回来一次，平时偶尔寄点钱，孔飞跟着爷爷和奶奶生活。孔飞八岁才入学，在大马小学断断续续读完六年级，两年前到大马中学读了七年级，只读一学期就退学了。他爷爷六年前脑梗，病后只能坐，不能行走，需要人照顾；家庭十分困难，2015年被列为贫困户，半年前刚脱贫，但依然享受扶贫政策，家里的生活条件在村里属于较差的……

雷言一边听着村主任的介绍，一边在思考和叹息。

这是典型的农村留守少年，尤其是父母离异，把他丢给爷爷和奶奶，加上他爷爷生病卧床，又是贫困家庭，一般来说，这样的孩子心理都受过很大的伤害。但他为什么会对孔令白起了杀心呢？这是下一步要重点搞清楚的作案动机。雷言觉得，这个案子可能并不像想象的那么简单，背后一定隐藏着许多秘密。

孔奶奶年龄并不算大，只有六十三岁，但从她那苍老的脸和白发看，七十岁都不止。可见，生活的艰辛和家庭的不幸，让她过早地老去。

雷言来到孔奶奶所在的屋子里，他尽量表现得轻松，声音和蔼地说："奶奶，您别怕，虽然这个飞镖是你孙子的，但我们也不一定认为人是他刺的，有可能是别人拾到这东西呢。"

孔奶奶听到雷言这样说，眉头又舒展开来。看来，她心里不那么绝望了。

雷言见她神情发生了变化，又开导说："孔飞差两个月不满十六岁，即使是他作的案，也不承担完全刑事责任。"

雷言之所以这样说，是为了打消孔奶奶的思想顾虑，以便她能放开地讲。

听到面前的警察这样说，孔奶奶心里有些放松了。

她首先想到的是自家与孔令白的关系。

孔令白与孔飞的爷爷是同辈分的，两家还用同一个祖坟地。从她嫁过来后，就没有见两家发生过矛盾。不仅如此，以前村里人斗孔令白的父亲时，他们家都躲在后面。她听老伴儿说过，孔令白家对他家有恩，解放前他种孔令白家的地，一亩地一年只收三十斤麦子。一直到现在两家的关系都很好。他儿子和媳妇离婚后，孔令白还给孔飞买过几次衣服。孔飞七岁那年，孔令白专门找到家里，拎着个新书包，说给孔飞报过名了，让他去学校上学。

孔奶奶想，孙子肯定不会跟孔令白做仇敌的。孔令白平时那么关心孔飞的学习，有几次孔飞想退学不去时，都是孔令白过来一次一次地劝说。孔飞平时也从没说过孔令白的不是。有一天，孔飞在涡河里扎到十几条鱼，还亲自拎着两条大的去送给了孔令白。

想到这些，孔奶奶心里放松了不少。她相信自己的孙子不会是害死孔令白的坏人。这时，她开口对雷言说："我孙子肯定不会干出这种事的！"

雷言见孔奶奶主动开口了，就引导着说："您先说说他最近几天的事，他都干了什么，昨天是什么时候不见的？"

孔奶奶开始回忆起来："昨天傍晚，飞飞到涡河里扎鱼，他扎了三条斤把重的鱼，把鱼放在厨屋里，就坐在院子里玩手机。我问他晚上想吃啥，他嘟哝一句随便，就拿着手机出去了。我做好鱼后，千等万等，等不到他回来，叫了几声，没有答应，我也没在意。平日里，他也这样，有时在外面玩到半夜才回来。"

雷言见孔奶奶停了下来，就问："您是几点睡的？"

孔奶奶想了想，说："俺吃了点东西，又扶老头子解了手，收拾好东西就睡了。还没睡着，就听有人拍门。开门才看到有两个警察进来了，问问家里的情况，就走了。那时候，我还不知道孔老师死了呢。"

"您当时为啥没有给警察说孔飞不在家？"雷言追问道。

孔奶奶有些害怕了，她想了一会儿说："那两人没问，我也没想起来。"

雷言有些懊悔，如果昨晚就发现孔飞失踪，可能案子就已经破了。他又叹口气，点上一支烟，接着问："您能确定从昨天到现在，您再也没有看到过孔飞？"

孔奶奶坚定地说："俺咋敢瞒你们，真没看到过他！"

雷言想了想，换了一个话题问："说说您孙子扎鱼的事吧。他从什么时候开始扎鱼的？他一个小孩能扎到鱼吗？"

问到孔飞扎鱼这事，孔奶奶心里是自豪的。这是他们孔家祖传的本领。

孔奶奶说孔飞小时候就跟着老伴儿在涡河里扎鱼，说起来……

## 5

雷言一步一步引导着孔奶奶，他要尽可能多地了解有关孔飞的事。

这时，小邹急匆匆进来了。他贴在雷言耳边兴奋地说："雷队，嫌犯出村的方向确定了！裴队长请你现在过去。"

雷言给看护的女警使了个眼色，立即站起身子往外走。

裴楠正在电话指挥说："请求立即调市县特警队、刑警队、治安队不少于两百人，到清涧镇、朱集镇围捕；同时通知两镇书记，让镇村干部组织群众参与围堵！"

雷言听他这口气，肯定是给市局刘局长打电话。

调动这么多人，不仅要局长同意，还要请示市政法委和市长、书记。见雷言进来了，裴楠用眼神打了个招呼，继续说："局长，现在嫌犯极有可能躲在大片的玉米地里，不仅要拉网式围捕，同时要防备他逃脱，建议立即发布悬赏通告，发动群众！"

电话打完后，裴楠对雷言说："天网图像追踪显示，孔飞于昨晚十点四十三分在离齐家寺西边五里路的张阁庄村口出现。根据时间推断，案发后，他立即逃离了村子；调取周围五公里的天网录像查看，到目前为止他再没有出现，可以判断他是有意躲开了每个村口和路上的摄像头，从庄稼地里逃离的。"

"他现在的位置确定吗？"雷言急切地问。

"我们判断，他现在极有可能就在朱集镇北的一大片玉米地里！"裴楠喝了一口水，又接着说，"他出现的地点离这里十二公里，与河南省的鹿邑交界，极可能顺着庄稼地逃到河南。我现在去现场指挥围捕，你继续留在这里指挥协调那几个组。"

说罢，裴楠急忙上车，离开了村部。

其实，雷言也想立即到现场去。

现在，他们应该包围了周边的玉米地，正全力围捕。

雷言是在农村长大的，对农村的庄稼是十分了解的。现在玉米籽已长成，正是灌浆老熟的时候。这个季节，地里种的绝大多数是玉米，只有少量的芝麻和红薯，庄稼又都被树林和杂草围着，极易藏身。稍有不慎，犯人就会在庄稼的掩护下逃走。所以，现在最迫切的任务不是继续调查，而是全力抓捕。

他虽然这样想，但裴楠毕竟是市局的领导，只有服从。雷言又吸了一支烟，他要让自己镇定下来，考虑一下这边如何调整工作方向。

雷言点着第二支烟后，刚吸了两口，突然想到，孔飞是不是带了身份证，身上或手机里有没有钱。如果他带了身份证，身上有钱的话，就有乘车远逃的条件。他下意识地看了看手表，现在已经十点二十分了，离案发时间已经过去十三个小时。天黑之前如果不能归案，孔飞就极有可能趁夜色逃到河南省，那就失去了最佳抓捕时间。

想到这里，他快步来到孔奶奶这间屋里。

看到孔奶奶正呆呆地坐着，他小声地问道："你孙子的身份证在哪里？"

孔奶奶愣了一下，摇摇头说："不知道啊。他平时都放在自己床头的那个小柜子里。"

"好，那我们一道去找找。"雷言边说边向看护的女警使了个眼色。

女警明白了雷言的意思，架着孔奶奶的一只胳膊，小声地说："我们过去吧。"

孔奶奶上警车时，两腿直打战。她是第一次坐警车，显然十分害怕。女警用力往上一推，加上雷言用力拉了一下，她才上去车。雷言和女警把孔奶奶夹在中间，这样坐是防止意外发生的最好办法。

车子开动了。雷言试探着问孔奶奶："您平时可给孙子钱？"

孔奶奶看了看雷言和女警，说："从去年春上，俺家里的扶贫卡都交给他了。他是个好孩子，从不乱花钱。用钱的时候，都是他去镇上的银行取。"

啊，雷言心里咯噔一下。这么说来，孔飞手上是有钱的！

到了孔飞的家，雷言径直走进孔飞的那间屋子。

这是一间西屋，里面放了一张床和一张课桌、一把绿漆斑驳的椅子，床头上果真有个两尺多长的小箱子。

见箱子上了锁，雷言让孔奶奶找钥匙。孔奶奶说她不知道，钥匙都是孙子自己放的。雷言已经等不及了，他对孔奶奶说："那现在只得硬打开了。"

箱子打开，里面是十几本课本，课本下面是一个绿塑料皮的日记本，在日记本里夹着一个银行存折。但是并没有找到孔飞的身份证。这时，雷言长叹了一口气。从这些迹象判断，孔飞行凶像是预谋，逃走时带了身份证。很显然，如果他是有预谋作案，事前一定想到如何逃脱，甚至规划好了逃跑路线。

雷言心里越来越沉重。

孔飞虽然只有十六岁，但他身上有钱，带着身份证，极有可能已经逃脱。现在最要紧的是立即启动通缉、协查，通过身份证和路口、车站录像，排查他的踪迹。

想到这些，雷言立即给刘局长打电话。刘局长并没有同意雷言的推断，他认为既然孔飞现在没有在齐家寺周边村庄和道路的监控中出现，就说明他并没有跑远；何况他是一个十六岁的孩子，极有可能作案后由于害怕，躲在了玉米地里。现在，最紧急的是不能失去在玉米地里追捕的机会。

雷言想了想，也觉得刘局长的判断更有道理些。这样看，即使他躲起来也躲不了太长时间。但他转念一想，心里又有些担心。这么大一个孩子，胆子不会太大，他如果害怕了，现在地里的机井到处都是，要是跳了井，这案子还是结不了。

正在雷言担心孔飞跳井时，正翻着日记本的小邹突然说："雷队，你看这日记！"

雷言接过日记本，小邹说："你看这篇！"

　　我喜欢她，虽然我知道这是不可能的，但我拒绝不了。她的眼神，她身上的味道，我看到闻到就心跳得厉害。现在半夜了，我心里像猫抓的一样想她，我多想让她再抱我一下，让我闻闻她身上的味道，挨着她棉花一样软的身体！

　　她现在对我冷了，我去她家里，她也不理我。这都是这个人从中作乱的。我想，她肯定是跟他好了。她为什么说变就变，就跟这个老头子好了呢！我要警告这个老头子！

　　在手机上看了那种事，我心跳得厉害。手机上的男人如果是我，女的是她就好了。我真想啊。可是，也许现在她正与那个老头子睡在一起呢！如果是这样，我非得狠狠地警告这个老头子不行。

　　你要是不喜欢我，你为啥那天抱我，亲我？你让我尝到了好，又把我甩在空中了。这一切都是因为那个老头子吗？他能给你钱，我今后也能给你钱。钱是最坏的东西，他靠工资在庄上找过好多女人了……

雷言看着孔飞的日记，心里基本清楚了：孔飞日记里说的这个老头子，肯定是孔令白。那个"她"又是谁呢？孔飞为什么会爱上这个"她"？这个"她"一定是村里的女人。

现在对案情的推断应该很明朗了：孔飞爱上的这个"她"不再理孔飞了，跟孔令白好上了。所以，孔飞生了杀心，把孔令白射死了。

雷言一边看日记，一边做着推理。

这时，侦察队员燕华打来了电话。

燕华在电话里说，通过后台分析，孔飞是个典型的"手机少年"，他的抖音号上，粉丝有十二万之多，而且互动频繁。

雷言立即让燕华他们到这边来，共同研讨。

燕华他们向这边赶来的时候，排查组又讯问到一个情况：李凤说，孔飞曾用飞镖射过她家的狗。

李凤被带过来后，雷言直接问道："你详细说说这件事。"

昨天晚上，李凤就被雷言讯问过一次，算熟悉了一些，没有害怕的意思了。她有些生气地说了起来："去年夏天一个晚上，俺家的黑狗突然从外面怪叫着跑回来。见它在院子里两边甩着头，不停地大叫，俺吓坏了，以为它得了重病。这狗不停地叫，叫到半夜就不叫了，俺一看它卧在地上死了，脖子旁边淌了一摊血。俺当时就想，肯定是孔飞这孩子干的！"

"你怎么确定就是他干的？你当时咋没有去找他？"雷言反问道。

李凤想了想，然后说："俺见过他用弓箭在村外射野鸡。狗出事前几天，俺才跟他奶吵过架。他肯定是报复俺！"

雷言想了想，又问道："你跟他奶因为啥吵架？"

李凤看了看雷言，想了十几秒钟，才小声地说："他奶嚼舌头，说俺跟人家好。"

啊，雷言认真地看了看面前的李凤，心想她现在这个模样，还会有男人找她吗？这样想着，就又问："无风不起浪吧，她咋不说别人呢？"

李凤有些生气，愤愤地说："她是欺负俺，欺负俺男人半傻！"说着说着，竟哭了起来。

正在这时，燕华他们赶到了。

雷言让记录的警察先把李凤控制起来，就走了出来。

燕华坐下来，边打开电脑边说："这个孔飞注册的抖音号叫'扎鱼少年'，经常直播在河边扎鱼。有十二万多粉丝，而且回复很多。初步看，有不少人与他有联系。"

雷言立即想到，这样的话，如果他逃出去了，会有许多藏身之地，以后抓捕就更困难了。

电脑打开后，燕华调出视频。

视频上显示出孔飞在扎鱼，他手握两米多长的杆子，木杆直径有两厘米的样子，头上有个十厘米见长的铁锥……

6

雷言分析着孔飞的手机资料，心里还是有一种担心。他担心抓捕的方向搞错了。

孔飞手机保存在云端的资料很多，要认真梳理。这里的信息，可以找出他这两年的生活轨迹。为什么他的手机信号一直没有出现呢？雷言还是觉得，现在查找他的手机信号才是最紧要的。只要找到了他的手机信号，他所躲藏的地点或逃跑的路线就清晰了。这样在玉米地里进行搜捕，似乎有点不靠谱。但是，刘局长和他的判断不一样，他必须听从刘局长的安排，这是他心里不太舒服的地方。

有许多案件并不是按正常逻辑走的。仅仅因为查看到一次录像，就能断定他在玉米地里吗？一点点误判，都可能失去抓捕的好机会。

雷言给裴楠打了电话，问现在搜捕的情况。

裴楠说："这边乱哄哄的，我一两句话也跟你说不清楚。你安排好那几个小组的工作，可以到现场看一下。"

雷言召集三个组的小组长，再次明确任务方向。

第一组，继续从孔飞手机的云盘里，查找分析所有内容。尤其是要找准最近一段他跟哪些人互动联系最多，联系人的具体位置要搞清。这些人的所在地，极有可能会是孔飞逃匿的地点。同时，要争取从中找到最近一段时间他内心的变化，也许从这些内容里可以分析出他作案的动机。从日记中推断，他对孔令白下毒手并非激情犯罪，极有可能是蓄谋已久。如果是预谋，那他就有可能做好了逃跑准备。雷言说："我不太相信在玉米地里能抓住他，可能他已经逃出去了。"作为技术组，必须要有不放过任何疑点的精神。

第二组，立即开始对村民进行走访，确定孔飞日记里那个"她"具体是谁。这个特别关键，孔飞之所以对孔令白作案，起因就是由"她"而起。从日记内容看，这个"她"应该是成年女性。孔飞既然心里暗恋"她"，并与"她"有过亲昵行为，这个"她"应该定在二十岁到四十岁之间，年龄太小不可能孔令白也喜欢"她"，太大了，孔飞不可能暗恋上"她"。要把重点放在四十岁以下的已婚妇女身上。

第三组，立即请求省公安厅和电信局支持，重点搜索孔飞的手机信号。从现在的资料看，孔飞是个手机控，他不可能不带手机。那么，他的手机在哪里？为什么没有信号？这是两个必须找到的答案。如果找到了他的手机，那就可以搞清楚他的定位，这对抓捕和后续案件的侦破是关键的一环。

安排完毕之后，雷言让小邹发动车，他们赶往现场。

现在，搜捕的范围已在齐家寺周边的村子全面展开。朱集镇和与之相邻的清涧镇，由干警分组带领，镇村干部带领群众配合，网格化搜寻和守候。每一组五至八名干警，带领十几个镇村干部和村民，对每一块玉米地进行拉网式搜索。警车在村路上闪着红灯，发着刺耳的鸣叫。每条路上都有围观的老人和孩子。

雷言看到这情形，觉得这样做可能是不行的。这么深的玉米地，这么大的范围，他随便藏在哪里，都是不容易被发现的。更何况从案发到现在快二十四个小时了，而且，经过了一个晚上，他不太可能还藏在玉米地里，极有可能借着地块相连的玉米棵子逃走了。

现在太阳已经偏西，再过两个多小时，天就会黑下来。夜里，即使干警不撤，守在各个路口，他如果想逃走，借着玉米地的掩护也是十分容易的事。

雷言从车子上走下来，几个村民就围上来看热闹。雷言问一个老大爷："大爷，您认识这个小孩子吗？你觉得他能逃哪里去？"

老人摇着头说："那咱哪能认识，现如今同一个村的小孩都认不全。"

"您觉得这孩子可能藏在玉米地里吗？"雷言又问道。

老人笑了笑，有些不以为然地说："嘿，他要逃早逃到百里开外了。这都一天一夜时间了，他会蹲在地里等你们抓？看你们这惊天动地的，咋想的。"

旁边的一个老头儿插嘴说："你们别说悬赏五万，五十万也抓不到影子。他敢杀人，就不会躲地里等你们抓。你们一天抓不住，俺倒是一天担忧，说不定他从哪里冒出来再杀人，那麻烦可就大了。"

听着老人们的议论，雷言更坚定了自己的推断：孔飞肯定不在玉米地里了！

于是，他掏出手机给裴楠打电话。

电话接通后，雷言说了自己的想法和村民的议论。裴楠说现在找不到他的具体位置，只有这样搜捕。刘局长刚才又电话布置了夜里的防控安排，有些干警也怀疑搜捕的办法是否可行。听两个镇的干部说，两个镇共有土地近九十万亩，三分之一种的是玉米，三分之一种的是中药材，现在植株都在一米左右高，这么大的范围，要每块地都搜索不太可能。再说了，即使都搜一遍，那人是活的，他极有可能从这块地跑到那块地。但是，现在又不好收队，只能再坚持一夜看看。也许，他会在夜里出现。

雷言叹了口气。他也没有更好的办法，万一孔飞就藏在玉米地里呢？现在，他已不像前些年那样冲动了，有时候想法多了，跟领导的意见不一样的多了，不仅出力不讨好，而且会引起领导的反感。想想这些年，他应该提支队长的，副支队长都干了五年，依然没有把副字去掉，这跟他好表达自己的想法是有关系的。想到这里，雷言对小邹说："回去，看看我们那几个组可有突破。"

小邹发动车后说："雷队，我觉得这样是抓不到人的，方向可能错了。我判断，这个孩子应该是逃出了我们的视线范围。"

听过小邹的话，雷言没有接腔。他点上一支烟，连吸了三口后才说："你别觉得。没有抓到人之前，我们所有人的判断都可能正确，也都可能不正确。"

雷言到了村部，孟维三已在村部里等着了。

现在，雷言想了解孔飞手机上存的关于孔令白那堂公开课的情况。孔飞为什么会直播孔令白那堂公开课？他直播孔令白讲课时，两个人应该是没有矛盾的，而且两个人的关系应该还不错。不然，他就不会帮他直播。那么，他们的矛盾应该是在这以后，这就是说孔飞发现那个"她"与孔令白相好的时间，应该是在这之后。由此，就可弄清楚孔令白与那个"她"是从何时好上的。

孟维三现在还是想不通，孔飞为什么会杀孔令白。

根据他的回忆，孔令白对孔飞很好。孔飞退学时，孔令白多次到家里找过他，希望他能继续把初中读完。孟维三也从没有看出孔飞对孔令白有敌意。就从那堂公开课直播说起吧，当时还是孔飞主动提出来的。

孟维三详细地给雷言复述着那堂公开课的前前后后。

孔令白主动向孟维三提出，在退休前要参加教育局举办的公开课比赛。孟维三答应了他，并给他在县教育局报了名。这样做，一是想圆孔令白一个心愿，二是他的课讲得好，是极有可能获奖，为学校争光的。作为校长，又作为孔令白的学生，孟维三对这堂公开课也特别重视。他与孔令白商量后，选定就讲七年级下册的《假如生活欺骗了你》。

这是一篇很不好讲，但处理好了又极易出彩的课文。孔令白做了认真的准备，孟维三也从网上找了一些关于这篇课文的课件，供孔令白参考。没想到的是，新冠疫情从春节开始，一直到四月份都没有消除，教育局通知取消了这次公开课比赛。孔令白听到这个消息十分失望，眼看着离退休还有一个月，这精心准备的最后一课讲不成，他心里十分不甘。

有天晚上，孔令白来到学校找孟维三说这事儿。孟维三无奈地说，现在学生都在线上上课，学校只有他和几个老师守校，这堂公开课是上不成了。孔令白很想讲这节课，他说能不能让他在教室里把课讲了，传到网上去，就当给学生再上一堂网课。孟维三也觉得这个想法可行，就同意孔令白上网课，但对于直播他弄不好。这时，孔令白想到了孔飞。他说："现在小孩子比我们玩手机玩得好，我见过孔飞这孩子直播扎鱼，很多人看呢。"

孟维三他们就商定找孔飞问问。没想到打通孔飞的手机后，他十分乐意，当即就说定了第二天上午到学校来。那天晚上，他们聊得很开心，孔令白十一点多才走。

讲课那天上午，孔令白特别重视，穿上了西装，系上了领带。虽然教室里只有孟维三和孔飞两个人在听，但从他讲课的激情里可以看出，他面对的仿佛是成千上万的学生。孟维三说，讲到最后，当他朗诵完"一切都是瞬息，一切都将会过去；而那过去了的，就会成为亲切的怀恋"时，眼泪顺着两颊流了下来。

孟维三回忆说，那天直播后，他看了孔飞的手机，有两万多人在线呢。说到这里，孟维三再次强调说，他怎么会杀孔老师呢？我真的想不明白。

雷言从孟维三的回忆中，并没有找到想要的东西。这堂课的直播，并不能证明那时孔飞没有与孔令白产生矛盾。也就是说，不能证明孔令白与那个"她"没有发生暧昧关系，或者说即使发生了，孔飞并不知道。当然，也极有可能孔飞是知道了，但他故意没有表现出来。

天暗下来了。

村部的大喇叭一遍遍地播放着孔奶奶带哭腔的声音："飞飞，你出来吧——上面说了，你年龄小，出来不会被法办的……"

雷言听着这凄惨的呼叫声，心里很不是个滋味，整个胸腔都被塞得满满的。怎么会发生这样的事呢？

如果不是父母离异，外出打工，这么一个十六岁的孩子怎么会杀人呢？

雷言点着烟，一口接一口地吸了起来。

## 7

另一组在走访过程中，把焦点很快集中到春分身上。

有七个村民反映，春分经常到孔飞的家，也有人看到孔飞几次去春分的家。而且，有一天中午，孔飞拎着一条鱼进了春分的家。这样看来，孔飞日记里那个"她"极有可能就是春分。春分的老公孔祥在南京打工，十几天前疫情缓和了，她带着孩子去了南京。

雷言跟裴楠电话商量了一会儿，一方面调查春分与孔飞的关系、孔令白与春分的关系，另一方面要快速锁定春分的行踪，随时准备去找春分。

燕华再次询问孔飞的奶奶。

孔奶奶见到燕华他们，比上一次更紧张。她担心孙子孔飞现在不知逃到了哪里，要是抓住了是不是真的要偿命。当燕华问她，春分是不是经常到她家里来时，她却答非所问地说："飞飞是个苦孩子啊。"她一边用右手擦着眼泪，一边重复着："飞飞真是个苦命的孩子。"

燕华见没法问下去，就顺着她的话说："奶奶您别急，您说说孔飞是咋苦命的?"孔奶奶的情绪稍平缓了一些，就絮絮叨叨地想到哪说到哪。

孔飞不到三岁，他妈就与他爸离婚了，从此再没有回来过。孔飞的爸爸要打工挣钱，一直也没有回来，后来就与一个打工女在打工的地方结了婚，又生了一个女儿。孔飞从小跟着爷爷和奶奶长大。到了七岁那年，还是孔令白亲自到他家，把他领到学校去的。孔飞在一年级到三年级时，成绩很好，每学期都拿奖状。孔奶奶说到这里，脸上有些满足和自豪的样子，这种表情也只停了几秒钟，又立即黯淡了下来。

她说，由于孔飞爸妈不在身边，村里的孩子从小就欺负他，他的胆子特别小。上三年级的时候，班里有一个同学的彩笔丢了。老师让学生在班里找，找了很长时间没有找到。这时，孔飞吓哭了，班里的学生就一致说是他偷的。老师问他时，他光是哭就是不说话。后来，老师领着他来到家里，他爷爷听说他在学校偷了别人的笔，拿起院子里的树枝就往他身上抽。孔飞突然大声说："我没偷! 就是没偷!"

"没偷你哭啥?"爷爷生气地问道。孔飞说："我没有爸妈，咱家穷，他怀疑是我!"老师看到这种情形，也觉得可能不是孔飞偷的，就安慰了几句走了。第二天，孔飞说什么也不去上学了，一直拖了一个星期都不愿意去学校。后来，还是孔令白来到他的家，说那个同学的彩笔找到了，是另一个同学用过装书包里了。这样，孔飞才答应去上学的。

孔奶奶一口气说出这些话，情绪平定了不少。这时，燕华就把话题引导到春分身上来。

提起春分，孔奶奶的眼里似乎有了光。她不知道春分和孔飞之间的事。她说，春分是一个好媳妇，整天奶奶、奶奶不离口地叫她。自从进了齐家寺，她就与孔奶奶有缘分，时常到家里来，有时还帮孔飞洗洗衣服，收拾院子里的东西。家里做了好吃的东西，总是端过来一碗，让自己和老头子尝尝。自己家要是做个像样的饭，也叫飞飞给她送去点儿。人不就是这样吗，你敬我一尺，俺敬你一丈。

孔奶奶说到这里，眼泪突然掉了下来。她说，这老天爷真不公平，好人就没有好命。你说春分这媳妇多好啊，可偏偏生了个哑巴，从南到北城里城外看几年，还是没治好。飞飞就经常到她家，跟那个不会说话的小孩玩。按辈分，飞飞叫春分嫂子，飞飞就经常到春分家帮她看着那孩子。

燕华看出来了，孔奶奶再说还是这些话。看来，想从她嘴里套出春分与孔飞更多的事，也不太可能，都是鸡毛蒜皮的小事。于是，他决定暂时结束对孔奶奶的问话。

从孔奶奶家出来，燕华就给雷言打电话报告这边的情况。

雷言的手机接通了，那边是乱哄哄的声音。从手机声音里，燕华听出雷言所在的地方场面很混乱。难道是抓住了孔飞？燕华的心跳加快了。

这时，雷言说："这边出事了，一个七十多岁的老头儿晕倒在玉米地里了，村民正闹事呢！"

"啊，这么大年纪的老头儿，咋晕倒在玉米地里了？"燕华不解地问。

"你别问了，继续走访春分和孔令白的关系。我和裴队长正处理这边的事。"雷言大声安排燕华后，就挂断了手机。

下午，燕华才知道事情的真实情况。为了尽快抓到孔飞，早上公安局又增加了赏金，抓到孔飞的奖励十万元。这时，村民们才被真正动员起来，男男女女都拥进玉米地里，一块地一块地平扫着搜索。

齐家寺西边的唐楼村，一个七十四岁的老头儿也加入了搜捕的人群中。上午十点多钟，太阳光已经很毒了，玉米地里的气温已经有三十六七摄氏度。这个叫唐仿仁的老人，本来身体就不太好，他在玉米地里找了四十多分钟后，突然晕倒了。村民们把他从玉米地里抬出来，放到地头的树下，用手一试，竟没有了呼吸。

裴楠接到报警时，就立即安排，要求救护车一定要把人立即送到医院。可是救护车赶到的时候，人已经没有了呼吸。现场的干警给裴楠打电话报告情况，裴楠当即说："一定要把人抬到救护车上，带离现场！即使真正救不过来，以后也好处理！"

干警明白裴楠队长的意思，但已经晚了。唐仿仁的儿子和儿媳赶到现场，说什么也不让往救护车上抬。村民们也跟着起哄，人都死了，是要拉走火化吗？

一会儿，又赶过来十几个干警，但村民们来得更多。无论怎么说，就是不让把人抬到救护车上。雷言来到现场时，这里已围了一百多人。在这种情况下，与村民硬来是不行的，必须立即把村镇干部找来，由他们出面处理。

村镇干部赶到时，村民聚集得也更多了。一条两里多长的机耕路上，挤得满满的都是人，黑压压的，如一条蠕动的长龙。

最怕的这种次生事件还是发生了。现在，一方面要抓捕孔飞，一方面又要处理这个突发事件。裴楠给市局刘局长汇报后，决定抓捕方案一刻不能停止，唐仿仁中暑死亡这件事，从公安局再抽几个人，配合村镇干部处理。

雷言接到指令后，又立即回到村部，继续指导他所带的那三个组开展工作。

对村民的走访，收获并不大。相反，从众多村民的口中，走访组听到的是对孔令白和春分的正面评价。

村民们都说孔令白当了一辈子老师，对谁家都好。平时谁家有什么事都喜欢找他帮忙，他从来没有拒绝过谁。几十年来，他一直文文气气的，穿着素净，见谁都打招呼，并不跟人乱开玩笑，跟年轻的媳妇更是不拉不扯，清清白白的。

至于问到他与春分的事，大家都说没看到过啥不一样。也见他去过春分家，但是，他谁家都去过，谁有事他都去帮忙。尤其是有上学孩子的家里，他是经常去的。去问问作业情况，去说说孩子在学校的情况。这几十年了，真没听说过他与哪个女人有过花花事。

说到春分，村里老人都说这媳妇命不好。生的儿子又白又胖，本来咿咿呀呀地想说话了，有一次发烧，去镇医院打了两次针，从此再没有学会说话。听说是打庆大霉素打聋了。十聋九哑，当然就学不会说话了。她丈夫孔祥就与她生分了，一年也不回来一趟。

按说春分还不到三十岁，正是地肥水汪的年纪，咋不再生一个呢。在村民的议论中，都觉得是孔祥不喜欢她了，甚至有人推测说孔祥在外面找没找女人都不一定。

当询问到村里有没有男女相好的事，没有一个人回答。倒是有几个五六十岁的妇女笑着摇头，不做回答。再问下去，有人就说，现如今你情我愿的，丈夫媳妇都常年不挨边，鸡猫狗猪你追我咬的，年轻女人又没上锁，要说都能守住肯定难。

但是，燕华询问李凤时，却得到了不同的说法。

李凤确实比其他女人老实些，或者说有点憨，用村民的话说，少半叶子肺，有点半精不傻的。她显然对孔令白和春分有意见，甚至是有些过节。

她说，从去年开始，就觉得孔令白跟过去不一样了。以前，孔令白对她很热情的，手机坏了，半夜里去找他，他都不烦，仔仔细细地帮着修。这两年他变了，有时九点多再打他的电话都关机了；到他家去找时，大门锁得紧紧的，叫也叫不开。手机关了，门锁了，谁知道能干啥呢。李凤的话语中，透着愤愤不平。

说到春分，李凤撇着嘴说，这小媳妇长得标致，那身子，那腰，像大闺女一样细，俩眼睫毛听说都是假的，妖着呢。

显然，李凤对春分很有成见。

燕华就说："听话音你不喜欢春分吗？"

"我就是不喜欢她那个妖样子。迷过少的迷老的，村里就数她长得最妖。"

接着，李凤又说了春分的一件事。

她说："有几个月了吧，就是春三月里，那天晚上月亮挺高的，圆圆地挂在天边。那天晚上，俺的手机黑屏了，打孔令白的电话，他关机了。我想这才八点多，不该睡呀，过一会儿又打，还是不通。一直打了好几次，最终都没有通。那天晚上，俺特别想看抖音，也睡不着，就到孔令白家去了。他家的门锁着，叫也叫不应，俺就站在门外等了一会儿。后来，俺想，平时见他去了春分的家，该不是又去她家了吧。这时，俺就像被鬼指使的一样，挪脚去了春分家。

"到了春分家一看，她家的门也锁着。俺在门前站了一会儿，就走了。可是，刚走十几步，就听到她家的门开了，俺赶紧躲在一棵树后，接着一个男人出来了。从背影看，这人就是孔令白。"

"你说的是真的吗？"燕华听李凤这样说，突然兴奋起来。

"你们是公安局的，俺敢说瞎话吗！"李凤把头扭向左边，很生气的样子。

## 8

李凤说的情况很重要。

如果是真的话，那么就可以断定孔令白与春分是有那种关系的。按照这个逻辑推理下去，孔飞射死孔令白就成立了。从孔飞的日记里看得很清楚，他爱恋着春分。对一个十几岁的少年来说，最不能忍受的就是春分对自己的冷落。这里面主要的原因是孔令白，如果不是孔令白与春分好了，她是不会突然疏远孔飞的。

雷言把讯问的内容报告给裴楠后，专案组经过商量，决定立即派人去南京找春分问话。

只要找到春分，更多的事情就会浮出水面。春分对抓捕孔飞极有价值，如果孔飞逃到了外地，她也许能提供孔飞逃跑的落脚点。但是，刘局长认为，围捕孔飞的行动仍要继续进行。现在，出城的路口、车站都封锁住了，他应该是还没有逃出焦城。

到南京找春分这组干警，进展很顺利。

四个小时后，小邹电话给雷言报告，春分的手机信号，固定在江北大学城的一处出租房里，没有移动。雷言下令，立即带人！人带到后，联系辖区派出所，在派出所里就地讯问，随时通报讯问情况！

春分丈夫孔祥租的是民房，紧挨大学城西面的一个村庄里。

这个村庄在拆迁的最西边，村民当初为了能多得拆迁赔偿面积，院子里都搭满了简易的房子。从院门进去，像过了防空洞，不见一丝阳光。

当干警突然出现在这里时，春分正在床上躺着，外面坐着一个四五岁的男孩。男孩见有人过来，惊恐地站起来，啊啊地向春分的床边走去。

春分翻身起床，哆嗦着说："你们找谁？"

"别怕，我们是焦城公安局的。你叫春分吗？"

"是的。"春分手按着床沿，站起来，声音抖得更厉害了。

"你丈夫孔祥呢？"

"他出车去了。"

春分扯了扯有些皱的白地红花褂子，才慢慢地镇定下来。

"有件事想找你了解一下情况。你跟我们走一趟。"为了尽量不引起春分的恐慌，燕华一边微笑着说，一边摸了摸旁边男孩的头。

到了派出所，春分的身子还在不停地抖动。

燕华倒了一杯水递过去，然后才开口说："孔令白前天晚上死了！"

"啊？死了？"春分端着纸杯的手晃得厉害，水都洒出来了。

"是的，他被人害死了。我们找你，就是想了解一下你与他的关系。"燕华平静地说。

春分合上张开的嘴，又停了一会儿，才小声地说："我跟他没啥关系。"

"这个你就不要隐瞒了。那么多人为什么单来找你？如实说，对你有好处。"

这时，春分突然哭了。哭腔中带着颤抖，声音一顿一顿的，带着惊恐。燕华递给她两张抽纸，又说："这可是在公安局，不说肯定是不行的。"

过了十几分钟，春分最终开口了。

她承认了自己与孔令白的关系。她说孔令白是个好人，对她一直很好的。尤其是从一年前开始，他常到她家里来，就是劝她要把儿子送到聋哑学校去。他说，现在国家有政策，对农村的聋哑孩子上学可以免费。虽然孩子哑了，但在那里可以学到知识，同样可以从小学学到初中、高中，而且还可以考特教大学。

"开始的时候，我有些拿不定主意。后来，他说多了，我又上网查查，觉得他说得有道理，就决定让儿子去上县里的聋哑学校。可我跟丈夫说时，他不仅不同意，而且还骂我，说不让我听孔令白的话。我心里很委屈，越想越想不开，人家是为咱好，你不让儿子去上学就算了，为什么还要骂人家呢。他越是这样，我就越觉得对不起孔老师。"

说罢，春分用两个手掌捂住脸，哭出声来。

燕华说："你不要哭了，事已经做下了，哭也解决不了问题。"听到燕华这样劝说，春分止住了抽泣。这时，燕华问："你丈夫孔祥知道你与孔令白的事吗？"

春分镇定了一会儿，肯定地说："他不知道俺俩好的事。"

"你再仔细想想，他真的不知道你与孔令白的事吗？"

春分想了想，说："他不让我跟孔老师来往，说他为什么对我家孩子这么关心，现在这年月，谁还无故帮助谁，肯定是对我有想法。我觉得，他心里怀疑我们之间有事，但是我俩本来就没在一起过几次，他肯定只是怀疑。"

"那你为啥来南京？是你丈夫叫你来的吗？"燕华继续追问。

"半个月前，他打电话让俺娘儿俩来的。说打听到南京这边有家医院，治聋哑很灵的。我就带着孩子来了。"春分说罢，突然想到了她的儿子，便又四处张望着说，"我儿子呢？"

燕华说："在旁边屋里，警察叔叔带着他玩呢。"

"你们来半个月了，去过医院吗？"

"没有。他老是忙，天天出车，两天白班一天夜班地倒换。白班到夜里十点交车，夜班八点交了车，回家倒头就睡了。我也问过他去医院的事，他说还没找好人，挂不上专家号。"

春分说到这里时很生气。她是为这些天一直没带儿子去医院而生气。

燕华的电话响了，他起身出去接电话。

这时，小邹接着问话。他说："春分，说说你与孔飞的事吧！"

听到孔飞的名字，春分先是一愣，连忙说："我跟他能有啥事。"声音虽然不大，但小邹还是听出了春分的慌乱。

"有啥事，你自己应该清楚。这是在公安局里，你要知道，只有如实说，对你才有利。"小邹盯着春分的眼，一字一句地说着。

春分躲闪着小邹的目光，声音突然变大了："他还是个小孩，跟我没有啥关系！"

小邹却压低了声音说："告诉你吧，孔飞就是杀死孔令白的嫌疑犯，现在已经被我们抓到了。我们找你，就是要了解你们三人之间的关系。"

春分显然是被小邹这番话击晕了。她突然愣在那里，像个木偶一样，没有了表情。几分钟过后，突然两手捂脸，大哭起来。

燕华进来后，递给春分两张纸，让她擦脸。她没有接。这时，燕华说："你就如实说吧，孔飞的日记都在我们手上呢。"

孔飞还记了日记？我跟他并没有什么过分的事啊。春分想，没有事就是没事，如果不如实说，还真的会被怀疑有事呢！

这时，春分边抽泣边回忆她与孔飞的关系。

她说她与孔飞真的没有发生过什么事。以前，孔奶奶对她很好，她就常到孔飞家去帮着做点提手垫脚的事。有时包了饺子啥的就端过去一碗，让孔奶奶和爷爷尝尝。两家关系好了，孔飞就常来她家玩，有时帮她看着儿子。后来孔飞不上学了，来的次数就多了。孔飞在村里也没有人玩，就喜欢到涡河里扎鱼，时不时拎来一条两条的。

说到扎鱼，春分想到一件事。她说："孔飞平时不仅喜欢去河里扎鱼，现在村里人都出去打工了，荒地多，地里的野鸡、野兔子也多，他还喜欢用弓箭射野鸡和野兔。孔奶奶就骂他，说他不学好，他就把弓箭放在俺家里，这样就躲过了孔奶奶。"

春分想了想，又说："孔飞平时见村里人都不打招呼，他到俺家时就像换了个人一样，嫂子长嫂子短地叫得很亲。时间长了，我也就把他当亲兄弟一样。俺们之间真的没有发生过其他啥事。"

见春分不往深里说，燕华就引导着说："春分，你现在要说实话。如果你们之间没有什么特殊的关系，比如男女之间的那些事，他怎么会在日记里说那些话呢？"

春分并不知道孔飞在日记里写什么了。经燕华这么一说，她觉得那次的事是瞒不住了，事已至此，就只有如实说了吧。再说了，就是说出来，也没有啥见不得人的。

春分想了想，又开口说："我全说。"

据春分说，她与孔飞真的没有发生过关系。只是在去年秋天的时候，他们有过一次拥抱。那天早上，她与儿子突然都发起了高烧，本来想起来去医院的，但浑身酸疼得厉害，就一直躺着。下午两三点钟的时候，孔飞到她家来玩，见他们娘儿俩都发着高烧，就要用电三轮车拉他们去镇医院。春分不想去，说什么也不起来。孔飞拗不过她，就去镇上的药店买了药回来。

春分说，孔飞那天很细心，像个大人一样。药拿回来了，又烧水，水凉了一会儿，他用嘴试了试水温，才把药和水端过来。自己和儿子吃过药，孔飞并没有离开，而是坐在屋里守着他们，说再不退烧，就一定得拉到医院去。

晚上七点钟的时候，春分儿子的烧退了下来，啊啊地比画着要吃东西。春分的热还没有退完，身子酸疼得不想动弹。孔飞看出来了，就主动去给他们下了挂面。

挂面煮好后，孔飞盛了两碗端过来。他先喂了春分的儿子，孩子吃完后又睡着了。这时，孔飞又端起碗来喂春分。春分坐起身子，接过碗要自己吃，孔飞坚持要喂她。喂了几口后，春分还是要回了碗，自己把剩下的吃掉了。春分说，那天看孔飞把碗接过去，放到桌子上后，我心里突然想，他要是个大点的男人多好！这时，孔飞让我赶紧躺下，我歪在床头看着他，想再坐一会儿。孔飞走过来，抱住我的膀子要我躺好，我心里一热，泪水就流了下来。突然，孔飞就抱住我，头抵着我的脸，不肯松开。我开始是一惊，后来就伸出两手抱住他的后背，俺俩就抱在了一起。

春分说，他们就那样抱过一次。后来，孔飞再来她家时，她就看出了他眼神里的不一样，她自己也心跳得厉害。后来她多次想，孔飞还是个十几岁的孩子，坚决不能发生什么。就这样，她有意疏远孔飞。春分说，拒绝孔飞的那些天，她心里很空，无着无落的那种空。

也正是在这之后，孔令白走进了她的生活。

"去年春天的一个下午，孔令白放学后回到村里，又顺道到了我家里。他说，已经给聋哑学校联系好了，如果要去就得赶快报名。那天，我把丈夫不同意孩子去的事，还有不让跟他来往的事说了。孔老师很生气，气得脸都发白了。当时，孩子睡着了，我们俩就坐在屋里说话，我越想越伤心，就哭了起来。他站起来，走到我身边递给我纸，让我擦泪。我当时脑子像不听使唤的一样，就一下子拉住了他的手……"

燕华听完春分的讲述，直觉告诉他，春分交代的是真话。

## 9

燕华继续讯问春分的时候，小邹的手机响了。

雷言在手机里安排小邹："让燕华继续对春分进行讯问，你立即与当地警方联系，查找春分的丈夫孔祥，务必找到孔祥。"

小邹想问为什么这样安排，雷言声音强硬地说："这是命令，立即执行！"

138

小邹挂断了手机就找到派出所所长，把情况做了报告。这个姓赵的所长很是支持，拿起电话就跟区刑警队报告。这时，雷言又打通小邹的手机，让赵所长接电话。他说，案情可能发生了变化，根据我们的判断，疑点正向孔祥身上转移。现在要尽快对孔祥的手机定位，对他实施控制。

其实，在小邹他们刚到南京找到春分后不久，案情就突然发生了逆转：孔飞的手机定位，在无锡一家网吧出现。

得知这一消息后，市局刘局长判断，最大的嫌疑人孔飞既然已经在无锡，就没有必要再继续在玉米地里围捕了，他立即命令停止在玉米地里的围捕。同时，刘局长安排人电话请求无锡警方协查，迅速控制孔飞。

孔飞很快被无锡警方控制起来。焦城的警察还没有赶到，裴楠委托无锡警方先行对孔飞进行突审。通过突审，发现孔飞对孔令白的死好像并不知情。他交代，自己的手机在离开焦城时就丢了。据他回忆，极有可能是那天晚上坐船出村时，掉河里了。来到火车站时，发现手机没有了，可火车就要开了，他只得坐上车。他到无锡后，本来想跟父亲联系一下，但是太久没有联系，手机丢了，记不住号码。身上只有几十块现金，就进了网吧。在网吧，他用自己的微信号，联系到一个无锡的网友，向他借了钱，第二天才补的手机卡。

从这些情况初步判断，孔飞也许真的不是凶手。

那杀死孔令白的真凶又是谁呢？

雷言在赶往无锡的路上，不停地想。

从小邹反馈过来的信息看，春分承认了与孔令白的关系，可以推断春分的丈夫孔祥有知情的可能性。如果他对春分与孔令白的相好知情，极有可能会产生报复之心，那么，他射杀孔令白的嫌疑就不能排除。虽然从弓箭上判断孔飞嫌疑最大，但是，现在孔飞在无锡这么镇定，说明他作案的可能性不大了，按常理说，一个十几岁的孩子杀人后不会那么镇定。

那么，如果不是孔飞作案，春分的丈夫孔祥就是另一个重要的嫌疑人。于是，他立即命令技术组查找孔祥手机的定位轨迹。

信息很快反馈过来：通过手机定位查证，从案发到现在，孔祥的手机一直在南京，并没有来过焦城！

雷言接到焦城那边反馈过来的信息，一时产生了疑惑：如果是孔祥作案，他的手机怎么会显示一直在南京？难道他有两部手机，或者故意没有带手机？

现在智能手机的普及，以及各种知识在网上的传播，有些反侦察的小技巧被一些人知道，这为破案增加了难度。也许，孔祥知道一些这方面的知识，故意不拿手机。这样一想，雷言觉得，孔祥现在的嫌疑更大了。于是，他立即命令技术组扩大对孔祥手机流调的时间段，把他半年来的手机轨迹全部拉出来。

安排好技术组后，他又命令在南京的小邹先行控制孔祥，控制住他，这个案子离侦破成功就会更进一步。

十几分钟后，后方技术组反馈过来消息：手机流调显示，半年来，孔祥先后五次回到过齐家寺。

雷言看到这个消息，压在心底的石头落了地。

看来，孔祥谋杀孔令白是有预谋的。不仅如此，他觉得孔祥是有反侦察能力的人。案发那天，他回齐家寺，没有带手机，给警方留下他一直在南京的证据；同时，他也没有开自己的出租车，而是另租了车。事发半个月前，他把春分和儿子叫到南京来，是怕春分引起警方的注意。更费心机的是，他竟然用孔飞常用的那种飞镖射杀孔令白，这是要把警方的注意力转移到孔飞身上。

雷言到南京时，孔祥已经被控制起来。找到他时，他的出租车正跑在中山大街上。

在江下区刑警队里，雷言见到了孔祥。孔祥一脸无辜，很是镇定的样子。

雷言盯着孔祥，一连抽了三支烟，并没有发话。他在暗中观察孔祥的变化。当雷言点着第四支烟时，孔祥沉不住气了，脸上浮起一层慌乱的表情。

这时，雷言开口了："7月25日你在哪里？都干了什么？"

孔祥见雷言开口说话，眨了一下眼，长出一口气，心里猛地一松。

雷言当然看出了他的神情变化，就故意压低声音说："把那天到过的每一个地方，做过的每一件事，每一个细节都说清楚！"

孔祥是有心理准备的。他说头天开的夜班车，25日一直在家休息，他妻子春分可以做证。说罢，就再不开口了。

雷言给小邹使了个眼色，小邹立刻就明白了雷言的意思，转身出了门。

雷言又点上一支烟，冷笑一下，说："把你在家休息的所有细节说一遍！"

"在家睡觉还有啥细节？"孔祥表现得一脸不解。

雷言盯着他说："比如几点进家，进家都干了什么，几点睡的，睡的方向，床上有什么东西，上几次厕所，几点醒的等等。把所有的细节都讲一遍！"

孔祥没想到雷言会这样问。但他很快就镇定了下来，按照时间顺序边想边说。

孔祥说完了，停下来，望着雷言。他是在猜想，雷言接下来还要干什么。

这时，雷言又说："把刚才说的再重复一遍！"

孔祥疑惑地看了看雷言，不情愿地又重复了一遍。

这时，雷言突然厉声说："再说一遍！"

孔祥愣了一下，立刻就反被动为主动地质问："我都说两遍了，还要说什么！"

雷言猛地拍一下桌子，盯着孔祥的双眼，一字一句地说："你现在是嫌疑人，必须按要求接受调查！"

孔祥的心里显然是乱了，头上竟渗出一层汗来。

其实，他不知道这是雷言审讯的手法。一个人对自己做的事，如果说了假话，只要连续重述三次，最多七次，漏洞自然就会出来。

此时孔祥说话已经不自然了，说一句想一句，慌乱让他的语速越来越慢。

这时，小邹回来了，他给雷言耳语起来。小邹说完后，雷言突然笑了。他指着孔祥说："你以为你心机用尽就能蒙混过去！25日早上回家后，你把你妻子和儿子支到老乡的住处去喝喜酒，这样可以让妻子证明你确实早上回家休息了。你又故意把手机留在家里，造成你并没有外出的假象！是不是这样？"

孔祥更慌了，一时不知如何回答，干脆闭口不言。

经验告诉雷言，孔祥快崩溃了，雷言就又冷笑着说："现在是大数据时代，有手机定位，有影像追踪，你每一天的行踪我们都清清楚楚！"

"说，这半年时间，你为什么五次回到齐家寺？"雷言的目光犹如利剑逼着孔祥的眼睛。

孔祥与雷言对视足足有两分钟，突然低下头来："我交代……"

雷言离开南京时，突然想起孔令白上公开课时讲的那首诗——《假如生活欺骗了你》。于是，他随手给温缓发了条微信：

假如生活欺骗了你

不要悲伤，不要心急

忧郁的日子里需要镇静

……

（《小说月报（原创版）》2022 年第 2 期）

# 太 平 道

## 1

周正在牢房里已经待了七年。

这囚牢是心牢。那个冬天，当他第一次被省纪委的人叫走时，这座心牢就筑成了。

虽然他跟随多年的市长卫志民、书记李立仁、建委主任郭青云先后进了铁门重重的真正牢房，而他并没有被追究刑事责任，但是他在心牢里却一直关押着自己，无期无限，无形而森严。

无数个日日夜夜，周正把自己关入心牢后，都会想起"画地为牢"这个成语。相传，在很久之前的社会里人们都很自律，刑律宽缓，如果有人犯了错误就在地上画圈，令罪人立圈中以示惩罚，哪怕他身边空无一人，他也绝不会提前走出圈子半步，如后来的牢狱。上高中时，周正在司马迁《报任少卿书》中读到："故士有画地为牢，势不可入，削木为吏，议不可对，定计于鲜也。"

周正是一个自律而软弱的人。自律是源自母亲从小严厉的教育，软弱是他一个农家子弟栖身官场多年逐渐养成的。比海洋宽阔的是人心，但他心里这座囚牢从门到窗子连七步的空间都没有。这些年，他也常常

144

想挣破这座心牢，可无数的内疚和自责让他迈不出半步来。李立仁当市长时他是秘书，卫志民做市长时他是政府办公室主任，可以说他在当时是市委书记李立仁和市长卫志民的双重红人。太平大道塌方事件后，郭青云、卫志民接连判刑，随后，李立仁也被双规入狱，而他周正却有惊无险，依然照常行走在市委大院。这样的结局，确实给人留下无尽的议论与猜测。

　　尤其是去年年底政府班子调整时，周正竟被擢升为政府秘书长，成为市政府组成人员，这确实出乎许多人的意料，他自己都不曾想过。官场深如海，海面波纹不动，下面却激流涌动，这激流便是人心。关于周正被起用的理由，私下里最多的猜测就是他在卫志民、李立仁案子中充当了举报者而立功。这样反转过来，人们便对已减刑出狱的李立仁和就要出狱的卫志民心怀敬意，这两位被抓后并没有在里面咬人，而是保护了一批干部。这样一来，李和卫成了英雄，而作为原秘书的周正却被人不齿。

　　人们见了周正，不仅什么都不说，而且比以前更多了谦恭，但这些心思各异的人，却像一个个木吏把守在周正的心牢周围，让他一刻也得不到喘息和放松。囚在心牢里，周正没有人可以交流和倾诉，包括他的妻子欣叶。他升任秘书长后，欣叶心里那块石头落了地，丈夫提升与否无所谓，关键是他重又取得了组织信任，至少可以平平安安地走到退休，可以放下七年来压在心头的那个重负。半个月前，当周正告诉她卫志民出来了，从省城给他打来了电话，半个月后要回药城，欣叶第一反应是让周正躲着点，绝不能主动给卫志民接风，尤其是第一场饭局不能由周正安排。

　　欣叶说的有她的道理，但周正却做不到。一个女人家，看的是表面，男人背后的东西她怎么可以理解和意会呢。半个月来，周正为卫志民回药城这个饭局，纠结至极。

145

夜里九点了，办公楼其他人都走了，周正关了办公室所有的灯，包括电脑他都关了。他要坐在办公室里，囚在自己的心牢里，痛苦地寻觅和思索破解的办法。

心跳咚咚地敲打着周正的神经，他微闭双眼，往事便如洪水般涌来。

虽然在卫志民案件中周正没有落井下石，但毕竟也如实提供了纪委需要了解的相关情况。现在他出狱了，自己难道怕受连累一顿饭都不能请他了吗？这一点，周正反反复复想了一夜，最终还是下定了决心。山是山水是水，他是他我是我，作为人的感恩之心是永远不能丢的，没有了感恩之心人就与禽兽无异，甚至连鸡狗都不如。平心而论，卫志民贪是贪了、腐也腐了，但这些年也做了很多利国利民的事，尤其是对自己还是欣赏和信任的。有什么理由拒绝他出狱后的一顿饭呢？

一缕晨光射在窗上的时候，周正拿定了主意：酒是酒饭是饭，之后，他是他我还是我。

周正走出办公大楼，抬眼看到正在练五禽戏的欧阳玉成。

欧阳玉成是药都的老市委书记，虽然退休十五年了，但依然住在市委家属院的老楼里。到市委办公楼前的小广场上练一套五禽戏，是他每天早上不落的功课。早晨的小广场静无他人，欧阳玉成便成了一道风景。刚进大院的年轻人说老爷子哪是在练拳，是在刷存在感；其实，在药城经营近三十年的欧阳玉成，刷不刷他都是一个巨大的存在，都是药城政坛背后的中心。

欧阳玉成先看到的周正，周正想躲都来不及了，只好大声说："老书记身轻如燕啊。"

"啊，小周呀，蛮勤政的嘛！"欧阳玉成边说，边来了个白鹤亮翅。

周正快步走到小广场前，欧阳玉成已经收势伫立，注视晨光。

周正谦恭地说："老书记，看你这招招到位的身手，真是老当益壮啊!"

"哎,万事万物都抗不过时间的。你还年轻,秘书长的位子担子重啊,但也要注重锻炼,劳逸结合嘛。身体就是革命的本钱。"欧阳玉成笑着说,周正却直直地站着听得认真。

周正说上午要开常务办公会,他提前来准备一下,欲转身离去。这时,欧阳玉成却小声地说了句:"听说卫志民要回药城了,你也要安排个饭局吧?"

"这,这个——"周正支支吾吾着,不知如何接话,欧阳玉成却说:"当下时局,身不能由己啊!"

"啊,感谢老书记关心。"周正还要再说什么,欧阳玉成已经端然恭立、唇齿微合、二目平视、两脚并齐,开始了陈氏太极拳的起势。

欧阳玉成的这番话,让周正又犹豫了半天。但中午下班时,他还是拨通了童大成的手机。童大成是江淮建筑工程公司董事长,七年前他正是通过卫志民的情人叶子文拿到了太平路工程,也正是这个工程出的事故引发了药城市长卫志民、书记李立仁的窝案。童大成被判五年,只在里面待了三年,于四年前减刑出狱。

手机通了,周正直接说:"童总,卫市长明天回药城你知道吧?"

"嗯,我知道。不过,市长没通知我。"童大成小声地说。

"我这不是给你说了吗!明天晚上选一个安静点但合卫市长习惯的地方。市长好个面子,你就通知三五个合适的人。其他的事,你看着办吧!"周正说完,就挂了电话。

不一会儿,童大成又给周正打过来电话,问要不要叫郭青云。周正说,能叫到最好,只是郭青云出来后就信了基督,她极少出门的,让童大成看着办吧。

合上手机,周正突然想起了"面子"这个词。人啊,都是要面子的,面子是别人给你的,但也是自己给自己的。你给别人面子,别人就给你面子，时间长了你在朋友面前就有了面子。这是卫志民以前常说的话。他常说的还有一句话叫"捧场"，你捧了别人的场，别人也捧你的场，人情都是这样捧来捧去暖热的。卫志民服刑时，周正每年都去看一次两次的，他知道卫志民说是在狱中洗心革面，但他对面子对捧场的要求却一点也不会变。

宴会安排在童大成的私人会所济世堂。卫志民是童大成从省里接回来的。

卫志民下车时，周正和另外五个人都在门口候着。卫志民与站在两边的人一一握手拥抱后，在童大成女秘书的引领下，径直步入济世堂。

凉菜已经上桌，大红瓶的古井十六年也已打开。周正要卫志民坐主人席，卫志民笑着说："哎，我是人民的罪人，咋能还坐那儿呢！"

众人便齐声笑着说："你还是我们眼里的老市长，你不坐谁敢坐啊！"

"那，那恭敬不如从命了！"说着，卫志民就在主位坐下。

都落座后，气氛出现了瞬间的尴尬。一时间，人们都不知道如何开口好。

这时，卫志民环顾一下众人和酒菜，自我解嘲地说："我卫某解放这半个月来，感触最深的就是面子仍然不小、酒场仍然不少、档次仍然不低、牌子仍然不倒。感谢兄弟们不忘旧情啊。"

坐在卫志民旁边的童大成，立即端起酒杯站起身，看着众人说："市长说笑了，你啊，现在是面子更大、酒场更多、档次更高、牌子更靓！来，我们举杯给市长接风。"

众人都起立后，卫志民才端起酒杯站起来。他再一次环顾所有人，然后说："今天既然让我坐主人席，那还是让我说了算吧。"他停顿间，众人笑着应和说当然、当然。这时，卫志民又说："咱们还按天地神人的规矩，前三杯敬天地神，第四杯我敬各位兄弟！"

酒场气氛越来越热烈，酒也越喝越多。周正酒量本来就不算大，他有些为难地向卫志民讨饶说："老市长，这些年我也'三高'了，能不能少喝点啊？"

卫志民望着周正，突然笑着说："啊，可以，可以。不过啊，我在里面七年，可是把'三高'都给免费治好了！"众人就满脸附和地笑。

这时，卫志民又说："我出来在省城半个月，发现了一个秘密。"他故意停下来卖起关子，众人便热切地让他快说。卫志民便接着说："现在省城官场流行了'新三高'的说法——中央高度重视、百姓高度关注、官员高度紧张！"

此话一出，众人互相对视片刻，都大声地笑起来。

四瓶酒喝完的时候，卫志民突然问童大成怎么没叫叶子文。童大成赶紧说，联系了，晚一点能赶回来的。这时，众人就说，赶快再去联系一下，市长在药城的第一场酒，不能没有小叶啊。

童大成赶紧走出房间，要跟叶子文联系。这时，他的司机小屈贴过来，小声说："董事长，刚才我看到大门口有一个神秘的年轻人，好像是监视咱的。"

童大成一愣，随机镇定地说："不会的。小心盯着外面。"

说罢，他点上一支烟，吸了几口，才拿着手机走回了包厢。

## 2

卫志民提出让周正陪着他去龙门村看李立仁，周正是没有心理准备的。

七年前，卫志民被判刑半年后，李立仁也被纪委带走了。据说，是卫志民在里面咬了李立仁。后来，周正去探视李立仁时是想侧面问一问的，但最终都没有开口。水已覆地，再问是盆里淌的还是缸里流出来的，还有什么意义呢。李立仁被判十年，只在狱中待了五年零两个月便被减刑出来。他出来后，老伴已经去世，女儿已留在国外，他就回到了老家龙门村。周正给他做了三年多的秘书，当然要时常去龙门村看看的。有一次，他实在忍不住就问李立仁，是不是像外面传言的一样，卫志民为了立功咬了他。李立仁摇头否定，说自己屁股上有屎怎么能怨得了别人。周正从此就没有再提过这事。

这次，卫志民却主动说，他有愧于李书记，现在是一定要当面赔罪的。这一点，让周正有些气愤，但也为卫志民的坦诚和负疚而欣慰。人在纪委政策的高压下，绷不住，说出点什么是正常的。也是出于这种原因，周正答应了卫志民的要求。

周正知道现在李立仁是不轻易见人的，而且这次卫志民去看他，两人相见一定会有些私话要说。于是，他就亲自驾着车，拉着卫志民选了周日早上出发了。

要去龙门村，车子必须穿过药城的南部新区。卫志民看着新区笔直的大道和两边的住宅区及工厂，长叹了一口气说："唉，都说我们是罪人，可这城市建设如果不是李书记和我拼了命地干，药都能有今天吗？"

周正理解他的感叹。他在官场二十多年，尤其是在李和卫的身边工作后，看着他们常常工作到夜里十二点多，自己也常常陪着他们去外地招商，去省里乃至中央争取政策，他们也确实干了很多好事。但功不抵过啊！他现在能怎么回答卫志民的话呢？说他有功，那又有什么意思呢？他佯装没有听到，继续开车。

卫志民点上一支烟，按下车窗玻璃的按钮，外面的厂房更清晰地扑过来。他吐了一口烟雾，又开口说："说我们贪，可这些药厂的老板哪个不是上亿的身价，哪个是正规大学毕业的，不他妈都是发了国家的财吗。"他说的确是事实，这些商人哪一个没有原罪呢，他们的智力和水平有多少比行政官员高的呢。官员们支持着企业，让他们发展、发财，但自己心里却不能平衡。

卫志民在没有出事时，曾在一个酒桌上说过，如果县长有五十万年薪、市长有一百万年薪、省长有三百万年薪，都能像商人一样体面地生活，看谁还去贪。卫志民就是这样一个人，嘴上没个把门的，喜欢牢骚，人送外号"卫大炮"。用他的话说，是歪嘴骡子卖了个草驴价，全吃亏在嘴。他虽然自己这么说，但现在并没有什么改变。

车子进入乡村公路，卫志民看着还没有完全退霜的麦地，又点上一支烟。

这时，周正想起李立仁宣判后被移送到黑湖监狱时，他去探视的一幕。

嫌犯被宣判后就会被移送到监狱，这时，外面的人就可以探视了。李立仁被移送到黑湖监狱的第七天，周正找到熟人被允许去探视。按说，监狱里新收犯人正在新收队集训，是不容易探视的，尤其是在会面大厅当面探视。但七年前管得还不算太紧，尤其是对有行政级别的经济犯。周正通过司法厅同学的安排，还是在会面厅见到了李立仁。他们面对面坐在一个小圆桌前，可以喝水，可以抽烟，只是旁边有狱警看着。

那天，李立仁对周正说得最多的就是反思和后悔，而且一次次提醒周正要算清政治账、亲情账、经济账，勿以恶小而为之。周正虽然认真地听着，但他心里还是觉得李立仁是被洗脑了，这些话他以前可是从没有说过的。李立仁抽着烟，在周正面前仍然像以前的领导状，声音不大地开导着。会面大厅里有十几个小圆桌，每张桌子前都有犯人和探视的在说话，彼此谁也不注意谁，因为此刻这一个小时的会面时间是十分不易的。

李立仁正在说着，突然被一个人重重地拍了一下肩膀。他猛地站起来，周正也被惊得站起来。这个头发花白、身穿犯人棉衣的人，伸手抓住李立仁，声音很大地说："书记，你终于来了。来了就好，来了就好！

前几天我还打听呢。"

啊，原来是卫志民！他开口说话，李立仁和周正才认出是他。今天，也有人探视卫志民，他进门看到李立仁就走过来。

"啊，志民呀！"李立仁不好意思地说。

卫志民没有什么不好意思，而是继续说："判了就好，这里比看守所好。"他看了看李立仁的白发，又接着说，"在里面没少受委屈吧。这里的新收队也难过，我在监区医院打扫卫生，我给你安排，先到病区过渡几天，调调身体！"

周正没想到卫志民在监狱里竟然是这个做派，李立仁也没有想到他说话这么直接，一时竟不知道如何回答才好。

旁边的狱警走过来，拉了拉卫志民说："哎，哎，这可不是在你们市政府！"

卫志民这才意识到刚才的不恰当，就讨好地向狱警深深鞠一躬，然后从棉袄里掏出两包软中华，硬塞在李立仁手里。李立仁推托说不要，卫志民又说："拿着，这里面可买不到！"

此刻，卫志民在想什么呢？他是否也想到了在监狱会见厅见到李的情形？周正一边扶着方向盘，一边想，也许他忘了。

过了龙湾河桥，前行一公里，龙门村就在眼前了。

龙门位于洇水河和龙湾河交叉的河头上，虽是个小村子，但周正听李立仁说过，讲究却不小。相传李世民曾在此隐居。李世民做了唐王后认为这里是龙兴之地，就赐了他的本姓，全村人就都改姓李了。宋朝时这里出过探花，后不知为何又离朝回村；现在，村东头还留有探花牌坊。石牌坊虽历经风雨侵蚀，但依然保存完好，宋仁宗御题的"耕读传世"，是村人教育子女的最好例证。

李立仁的养鸭场，就在牌坊不远处的一湾水中。

车子在牌坊前停下，卫志民还没等周正停好车，就独自向养鸭场走去。

　　周正跟在后面，突然发现卫志民走路的姿势变了，昂头挺胸，步幅均匀，像踩着节拍一样。他以前不这样啊，怎么像军人一样了？周正快步跟上，笑着说："卫市长，我才发现，你怎么像军人一样走路了？"

　　"啊，"卫志民意识到什么，立即放慢了步幅，苦笑着说，"唉，监狱里习惯改不掉了。"见周正不解，他又接着说，"刚进去第一天就走正步，而且嘴里还要喊'喊起一二一，不要把头低，迈开新生第一步，重走人生路'，监狱真是个熔炉呢！"

　　对于卫志民的到来，李立仁说不上欢喜，但也绝不是讨厌。他们两个搭班子时相处得很好，而且在黑湖监狱时卫志民还常常照顾李立仁。

　　两个人握手后，卫志民开口的第一句话就是："班长，我来给你赔罪来了！"

　　李立仁拍着他的肩膀说："哪里话，来了就好，来了就好！"周正觉得这话怎么这么熟悉，啊，原来是在监狱见面时卫志民说给李立仁的。想到这里，他无声地笑了。

　　红萝卜丝、煨南瓜笋、炒花生米、粉条烩白菜四个菜端上来，李立仁拿出一瓶玻璃瓶装古井贡酒。卫志民赶紧夺过酒瓶，边拧盖边说："书记啊，我得给你斟酒才对啊！"

　　李立仁苦笑着说："别再叫书记了，咱还想着是书记或市长，这日子还能过好吗？"

　　卫志民不以为然："在黑湖那里私下里不还都叫官衔吗，也就是听着舒服。"

　　喝过半瓶酒后，卫志民几次开口说以前的事，都被李立仁给挡过去了。

　　"过去的都成往事了，咱关键是要过好剩下的日子。以前输过一次，咱不能再输给自己了啊。"李立仁举杯劝着卫志民。

又几杯酒喝下，卫志民激动地说："书记啊，我们算倒霉透了。我们当初不是好干部吗？我们为药城老百姓少做事了吗？可我们得到的是什么？每个月就那么四五千块钱，叫我怎么能平衡呢！"

李立仁连喝了两杯，才开口说："志民啊，你这样想依然是很危险的，你在里面七年多，一点都没想通啊！"

卫志民兀自喝了一杯，盯着李立仁说："老哥，我真后悔进了行政，当了这么多年的所谓的官！"

李立仁听着卫志民的话，有些失望，他没想到卫志民现在的想法竟是这样。

他叹了口气，又喝了一杯酒，看着卫志民犹豫了一会儿，最终还是开口了。他说："志民啊，这几年我真想通了，想贪功不能当官，想发财就更不能当官。要做官就要把责任举过头顶、把道义担在肩上、把百姓装在心里、把名利踩在脚下，要想站直了、不趴下，走得稳、行得远、飞得高，就得从头到脚打通经络，这样才能心平气顺、干干净净、快快乐乐。"

卫志民放下酒杯，两眼盯着李立仁，四目相对足有几分钟，都没有再说话。周正见冷了场，就给他俩每人盛一碗鸭汤，打着圆场说："喝汤喝汤，酒不能再喝了，再喝人就听酒的指挥了。"

卫志民又给李立仁倒上一杯酒，苦笑着说："老班长，我说多了，我给你赔罪！"

临走的时候，卫志民对李立仁说："老班长，你充实啊，有这几百只鸭子陪着你。听说你又练习书法了，兄弟我也想学学。"

李立仁本不想让卫志民去他书房的，可卫志民执意要去，他就不能说什么了。

书房的墙上挂着的是李立仁用小楷抄的"三十八条监规"，字体工整刚劲，颇有二王风骨。卫志民看着墙上挂着的白纸黑字，先是一愣，然后不解地问："你还没被这三十八条管够吗？出来还戴着这精神枷锁。"

李立仁望着卫志民，摇头笑了："志民啊，难道你能忘吗？"

"从里面出来的谁能忘呢——拥护宪法，遵守法律法规和监规纪律……"卫志民显然是控制不了自己的情绪，大声地背起来。

再看桌子上正在抄着的党章，卫志民突然大笑起来。周正见此情景，就督促说："市长，走吧，天不早了！"

车子发动，牌坊向后移去。卫志民认真地问周正："你说，你说李书记是不是被吓出毛病了？"

周正本不想回答，但卫志民又重复地问了一遍。周正只得说："他是想通了。"

卫志民突然大笑起来："你真相信吗？！"

笑声飘出窗外，和着夕阳落在龙湾河平缓的水面上，激起一丝涟漪。

河水红，河水长。

8

卫志民从李立仁的鸭场回来后，就决定自己要做一件大事。

出狱一个多月来，有十几个公司来请卫志民当顾问之类，但他都拒绝了。他知道这些人来请他的理由基本都一样，先是奉承他有管理经验，一个几百万人的市都管理了，何况一个企业；有的人比较直接，来请他其实就是感激他以前当市长时对自己的帮助，说白了就是还个人情；也有人更直接，开门见山地说他虽然坐过牢，但在官场上的影响力还是不小的，跟政府一些部门打交道时他在后面好办得多，不看僧面也得看佛面。

155

这些事都没有出乎卫志民的意料。但他清楚地知道，如果真的给别人当了顾问，一年拿个几十万，自己就没有了尊严。现在的社会，人情是可以上秤称的，当然也是可以用钱量化的，当他觉得还够了你的人情，就不会像以前一样尊重你，到那时就应了"端谁的碗看谁的脸色"这句老话了。与其走到这一步，倒不如一不做二不休，自己出来干，或者找人合伙干。何况，在监狱时管教也常给他们宣传出狱后干成大事的典型。卫志民今年才五十五岁，前大半生输了，剩下的人生为什么就不可能赢呢？于是，他决定搏一搏。

卫志民原本是山大经济专业的本科生，一毕业就分到了省供电公司，然后从团委书记的位子上被安排到下面当县长。再经过县长、县委书记、副市长直至市长，这一路走来他一直分管或主管经济，对市场经营和公司运作他是有经验的。尤其是在做市长时，他又在北大上了MBA班，开阔了视野，结识了一批学者、官员和商人。服刑期间，他特别注重看新闻、学习经济类知识，他知道不能与大墙外面的世界隔离。许多长刑犯出来后，与外面的世界格格不入，甚至与社会脱节，这一点他是最警惕的。

理论上说，做公司找准人最重要。卫志民在市长任上时就不这样认为，现在他依然觉得首先要选对行业、选准项目。

经过两个多月的考察与论证，卫志民决定选择"光伏生态农业"项目。这个决定是经过深思熟虑的。现在国家大力支持新能源和生态农业，光伏发的电国家每度以 0.98 元并网，省里有五年免税政策；光伏板下发展生态农业项目，国家、省、市、县四级政府都有专项补贴政策；而且，现在光伏厂家产能过剩，有的厂家愿意以设备作为项目投资，也可以用10%的现金订购设备，设备安装后再抵押给银行贷款来还厂家的设备款。卫志民在省城找了专家论证，如果投资占地一千亩的光伏，每年可发电五十兆瓦，加上下面的生态农业及各种政策补贴，按设备二十五年的寿命周期，项目总收益将相当可观。

卫志民在官场这么多年，他当然知道政策是最大的资源。谁利用好了政策，谁就可以把政策转化为金钱。光伏发电项目关键是获得项目路条，只要立项审批了，项目用地流转、融资、设计、施工，都会一路顺畅。路径理顺后，卫志民就开始了前期的运作。"运作"这个词的空间是巨大的，就看是什么人来运作、去运作什么人、怎么去运作。卫志民被双规时就给自己留下了空间，不该说的人他一个也没说，现在他出狱了，这些依然在重要岗位上的人都暗地里在帮他。与其说是帮他，不如说是还他的人情。这一点，卫志民和帮他的人都心照不宣。

前期运作妥当后，可以注册成立项目公司了。卫志民反复考虑后，决定跟童大成合作，以童的名字注册公司，他只在背后运作。童大成当然愿意与卫志民合作，他知道卫在药城的能量，而且对光伏项目他也做了认真了解。公司成立的前几天，卫志民跟叶子文说了这件事，叶子文要求以股东名义进入。叶子文原是药城电视台广告部副主任，成为卫志民的情人后便辞职与童大成一起做建筑生意；卫志民出事后，她就去省城住了下来，很少在药城露面，而且也一直没有结婚。卫志民出事前与妻子办了离婚手续，现在妻子和儿子都在省城。如今卫志民回到药城发展，叶子文也就跟着住在了药城。这样一来，卫志民离异，叶子文未婚，两个人公开在一起，也没有人好再说什么了。

绿原光伏发展有限责任公司注册资本两千万，童大成占51%股份，任董事长；叶子文占49%股份，任总经理。其实，真正的运作资金只有五百万，童大成掏四百万，叶子文和卫志民拿一百万。童大成担心这五百万运作不了这三个亿的投资项目，卫志民便给他做了推演：这个项目要付现金的只有立项审批公关费用、一千亩的土地流转租用首付款、设计规划费、设备订金即可；设备到场后抵押给银行，贷出款分期支付设备费，发电并网后的收入、项目的各种补贴可以分期偿还银行贷款。这其实就是多米诺效应，只要项目审批第一张牌在手里，其他牌都会顺势而下。

果真按卫志民设计的路径，半年后项目即被审批通过。

拿到项目审批手续这天，童大成立即给卫志民打了电话，说要喝一场庆功酒。卫志民正在省城银行运作设备抵押贷款的事，听到审批拿下来了，掩饰不住欢喜地说："我下午就回，把'巧八件'给我准备好了！"

童大成大声地说："您放心吧，我这就亲自办！"

卫志民最爱吃的就是"巧八件"，他说这东西大补。"巧八件"即驴四宝加驴四喜，驴鞭、驴铃铛、舌、肚、板肠、皮、筋、心。童大成知道卫志民只吃唇粉、眼圈粉、肚皮粉的三粉驴，而且要现宰现做。童大成挂了卫志民的手机，立即给养驴的老孔打电话，要他先选一头最好的，自己马上就去看着现场活宰。

卫志民心情很好。一路上，他都在哼着豫剧《对花枪》中姜桂枝的二八板："老身家住南阳地，离城十里姜家集，棋盘大街住路西；老爹爹一身好武艺，姜家的花枪谁能敌。"司机小葛知道卫志民喜欢豫剧，听他哼这一段，边开车边找到这张碟片，插在播放机中。鼓乐响起，卫志民更来了精神，竟大声地唱了起来。

下了高速，太阳刚落。小葛问卫志民是否直接去童大成的济世堂会馆，卫志民却说时间还早，先找个地方把车洗一洗。看得出，卫志民今天确实心情很好。

车子在东二环的一个小洗车房前停下。卫志民走下车，点上一支烟，嗓子里还在哼着戏文。这时，一个黑脸的男人走出来。这人身板高挑，却一脸络腮胡，两眼高挑，似乎不像洗车工。小葛把车开过去，这人并不看车，而是两眼盯着卫志民。小葛说："看什么，抓紧洗车，老板还有事呢。"这人突然一挥手，大声地说："这人坐的车，我不洗！"

"你说什么？不洗？"小葛吃惊地问道。

"怎么，我有我的自由，今天还就不洗了。把车开走！""络腮胡"也大声说。

"你，你他妈想找事咋的？"小葛骂着向这人靠去。

卫志民正在抽烟，没有在意这边的情况，听到小葛大声骂吵起来，才转过脸。啊，蒋六根！卫志民一眼就认出他来了。

"怎么，你小子也敢跟爷动手！"蒋六根说着，也向小葛靠过来。

这时，卫志民气得把烟猛地向地上一甩，大声说："走，不跟这熊人一般见识！"

小葛正想动手，卫志民又说了一句："走！"这时，小葛才拉开车门。

上了车，小葛不知道这人怎么回事，就问卫志民："市长，这人你认识？就他妈一个神经病！"

卫志民生气地说："败兴，不说他了。"

卫志民何止认识蒋六根，而且在黑湖监狱两个人还打了一架。为此，卫志民被加刑六个月。蒋六根原是太平路拓宽时被拆迁的钉子户，为了他的事卫志民曾亲自找他谈过，但最终还是没有谈成。在最后强拆时，蒋六根打伤了一名警察。伤得虽然不重，但卫志民还是下令把他逮捕并以袭警罪判三年零六个月，在黑湖监狱改造。巧的是，后来卫志民也在黑湖监狱服刑。

那天收工的时候，蒋六根看到卫志民，先是一愣，然后就冲过来劈脸给卫志民一拳。卫志民认出是蒋六根时，本不想还手，但蒋六根又骂了他一句。卫志民实在忍不下去，就和蒋六根打了起来。结果，蒋六根被加刑一年，卫志民被加刑六个月。这件事过后，狱友劝卫志民说，在这里不能发火、不能发泄，唯一能做的就是忍耐！这句话，卫志民记在了心里。

六个月一百八十天的刑期，让他深深理解了忍耐的重要性。心字头上一把刀，不能忍就要流血甚至丧失性命，人生不就一个"忍"字吗！

　　这一次，卫志民忍了过来，他制止了小葛的行动。但卫志民心里却难受极了，他不能跟小葛多说什么，也不愿跟童大成和叶子文说这件事，他只能把这个屈辱忍在心底。

　　"巧八件"散发着扑鼻的香味，杯中的酒折射着灯的脂光。卫志民脸上的表情，却死水一样沉寂。童大成和叶子文都弄不清卫志民的情绪怎么突然变得这么坏。他们小心地敬着酒，尽量找开心的话茬，但卫志民依然打不起精神来。

　　饭局不到一个小时就散了。

　　叶子文陪卫志民回到住处，她小心地赔着笑脸，撒着娇，是想讨卫志民开心。见卫志民并不领情，叶子文就娇嗔地埋怨说："你一晚上都这样铁着个脸，谁惹你招你了？"

　　卫志民点上一支烟，猛吸了几口，突然拿起手机，拨通了周正的电话。没等周正开口，卫志民就大声地说："周正，你明天就安排把东二环那个洗车点给我拆了！"

　　"啊，怎么了？"周正有些吃惊地问。

　　"他妈的，这个蒋六根太欺负人了！"卫志民大声地骂道。

　　周正知道卫志民和蒋六根之间的事，从卫志民发火的样子，他判断一定是这个蒋六根又给卫志民难堪了。于是，就应声说："好！我知道。"

　　放下手机，卫志民长长地出了口气。

## 4

　　还未入冬，李立仁的老寒腿就开始隐隐作痛，他决定去药城医院看看。

这一次进城，不仅要彻底检查一下自己的腿，还有一件重要的事，就是去看看老书记欧阳玉成。欧阳玉成是李立仁人生路上的贵人。欧阳玉成当县委书记时，李立仁被提拔为财政局长，也就是自此开始，李立仁一步步走到了市委书记的位子上。李立仁服刑的时候，欧阳玉成还专程去看过他，而且每一个月都给他写一封信，鼓励他重新做人。这种情分，李立仁是不会忘记的。

天还未亮，李立仁就拎着给欧阳玉成准备的两只咸鸭，出了自己的小院。

从龙门到药城，要从镇子上坐农班车。龙门离镇子有六里路程，虽然不算远，但对腿疼的李立仁来说也不是件容易的事。他本来可以让人送到镇子上的，但他还是决定自己走。自己还能走，何必要麻烦别人呢。

走出牌坊，望着薄雾笼罩的龙湾河，他突然想起自己去读大学时的那个早晨。

李立仁是个苦孩子，在他六岁的时候父亲就因病去世了。母亲是个要强的女人，从此未嫁，带着他一起生活。日子过得有些艰苦，但她却一直供李立仁读书。这也是龙门村的一个传统，村里的男人几乎都识字，不读书是要被看不起的。

李立仁在恢复高考第一年就考取了大学。那时没有什么交通工具，村里的老年人商量来商量去，决定要套上仅有的两匹马和三头驴，用太平车把他送到药城汽车站。但他拒绝了，他决定自己步行到药城去，然后再搭车。村里的几个老人商量半天后，答应了。"立仁有出息，让他走着去吧，踩着地走出去，今后脚下扎实！"

他出发的那天早晨，薄雾也笼罩着龙湾河，几只水鸟飞鸣着。全村人都早早地起来，聚在村口的牌坊下给他送行。李立仁那天流泪了。村民一声声地嘱咐着，希望李立仁将来能做个好官，给龙门争光。多好的乡亲啊，对自己抱着多大的希望啊。大学毕业后，李立仁从县里办事员到科长、局长、县长、县委书记，一路升到市委书记。他确实为龙门村争了光，村里人都把他当成大人物。谁家有啥事能不找他就不找他，一心希望他不受拖累，把官越做越大，为乡亲们挣脸面。

李立仁提着咸鸭的袋子，迎着东方的霞光边走边回忆着往事。

这时，一辆轿车迎面开过来。他赶紧走到路旁，给轿车让路。黑色的轿车从他身旁一闪而过，李立仁的思绪又回到自己第一次开车回来的情景。

他被提拔为县财政局长时，单位给配了一辆轿车。

第一次坐轿车回龙门，他心里很兴奋，既有扬眉吐气为村子争光的意思，又有一些惶恐，他不知道村里人如何说他，他怕村里人说他人大了，架子大了。现在，他还清楚地记得，那天他在车上出了一身汗，尤其是脊梁沟子里都淌水了。刚到村子东头，他就让车停下来，自己步行着进村。走到村东头探花牌坊时，犹豫了一会儿，也正是这一犹豫，村里人像是事前接到通知，走出了家门，向牌坊望来。他自己那时真像做错了事的孩子，脚下很沉，心里怵，步子也很乱，走不成直线了。

进了村，他连忙用递烟和问好掩饰自己的慌乱。村里出来的人越来越多，把他围在中间。孩子们却拥向村头他那辆轿车。就在李立仁不知道说什么好时，村里八十多岁的老太爷用拐杖指着他说："这孩子，你这孩子！咋不把小轿车开到牌坊里呢？咱村来过皇辇，来过官轿，现今儿又来了官车，这里祖上的荣耀啊！"

这时，李立仁才第一次想到，现在自己坐的车子与过去朝廷命官坐的轿一样，都是一种身份和荣耀的象征。

此后，他就把轿车开到牌坊里面，因为这是村子的荣光。他不能不这样做，村里人也不允许他不这样做。他的事已不是他自己的事了，他的一举一动都成了全村子的事，而且他肩负了续写龙门荣耀历史的重任。他做起官来，就特别慎重而卖力。此后，他坐的车越来越好，官越做越大，做了县长、县委书记，后来又做了药城市长、市委书记，用龙门人的话说：龙兴之地，出了个知府！

李立仁来到药城时，快十一点了。

他在医院附近找了个小旅馆。进了房间，洗了脸，就出门吃东西。他想先休息一下，然后再去医院。

李立仁的寒腿病是在监狱里落上的。他出事的那个冬天特别冷，看守所是没有空调的，而且阴冷得很。从得上这病后，每到阴天下雨或天气转凉，膝关节就酸麻疼痛，像千万只蚂蚁在那里咬，钻心地疼。痛则不通，通则不痛，中医以祛风化湿、活血化瘀、滋补肝肾去治，西医却内服用药。

李立仁相信中医，他挂了中医门诊。排队、检查、拿药，他回到旅馆已经五点多了。

人过六十吃得就少了，尤其是晚上。一岁年纪一个胃，人老了胃也老了，尤其在监狱那五年多，李立仁的胃也患上了消化不良的毛病。晚上只要吃点东西，胃就胀得厉害。现在，他基本不再吃晚饭了。

入了秋，一天少一手。深秋了，天在六点就黑透了。李立仁想了想，还是准备七点再出发去欧阳玉成居住的市委家属院。来药城前，李立仁并没有事先打电话给欧阳玉成，来了就来了，没必要提前通知。他这样做，一是要在欧阳玉成吃过晚饭后再去，二是他怕在那里碰到熟人。现在的情况，如果碰到了老下级，别人不自在，自己也尴尬。

欧阳玉成住在老市委家属楼前的一个小院里。那还是他退下前，李立仁当市长时给他加盖的。当时，正是最后一批房改，欧阳玉成开始不赞成弄这个院子，但最终还是又交了一些费用后，才住进去的。这个小院，李立仁再熟悉不过了，但现在他拎着两只咸鸭走近它的时候，心里

163

却胆怯和复杂得很。虽然他出狱后已经来过几次，但都是在夜里。欧阳玉成每次都要他白天来，但他还是不好意思。

今天还好，李立仁低着头走到小院门口的过程中，没有碰到熟悉的人。也许别人认出了他的身影，只是没有跟他打招呼而已。其实，李立仁打心里感谢这些看到他背影而不跟他打招呼的人。

欧阳玉成见李立仁还是十分激动的，毕竟又有半年多没有见面了。他接过李立仁手里的咸鸭，有些责怪地说："立仁啊，来就来了，你还大老远地拎着它干吗呢！"

李立仁笑着说："这是我亲手喂的鸭子，没有喂任何饲料的。"

欧阳玉成兴致很高。他问了李立仁最近的身体情况和鸭场的事后，就开始聊当下时局、药城的政坛变化，最后他们聊到了卫志民。看得出来，欧阳玉成对卫志民出狱后的情况是了解的。他叹着气对李立仁说："这个志民啊，本性难改，现在又张罗光伏发电，听说从国家套出了不少钱，真担心他会'二进宫'呢。"

李立仁笑着说，人各有志，卫志民是想把前半生输的再赢回来啊。但现在自己是想通了，还是那句老话，人在做天在看，有些事只要做了就再也抹不掉，伸手必被捉的。欧阳玉成赞成李立仁的话，他说："志民也是我俩带出来的啊，不能让他再掉进去了。"

快到十点了，李立仁提出要走，欧阳玉成却说："你在城里多住两天，明天晚上我叫卫志民也来，我们吃顿饭，咱开导开导他。"

李立仁就笑着说："老书记拳拳之心，可他卫志民未必能听进去啊！"

"那你就更不能走了，明天我们一定在一起吃顿饭。我的话，志民还是买账的！"欧阳玉成郑重地说。

欧阳玉成要叫人开车送李立仁回旅馆，李立仁坚决拒绝了。他说，这个点出租车好打，现在习惯了独来独往。欧阳玉成理解李立仁的想法，就没再坚持。

出了欧阳玉成的小院，月亮已经偏南了。李立仁抬头看了家属院东边的市委大院，往事便涌了出来。这个由县委大院变成的市委大院，留下了李立仁太多的苦与累。

二十八年啊，李立仁在这里一步步走过来，靠的是自己夹着尾巴做人，老老实实为民办事的实绩，当然也有打掉牙往肚里咽的隐忍。宦海沉浮，官场上想一路直上，而且风平浪静，光有如履薄冰的小心还不行，还得有遇事左右逢源的通透。李立仁在这里，说了不知道多少本不想说的话，做了数不清自己不想做的事。没出事前，他是把这里当成戏台的，许多时候、许多事上他都是拿捏着在演戏，似梦非梦，半真半假。

他确实感觉累了，也感觉心里不平衡。也正是这种心态下，他开始收了别人的钱。

半步错，一生错，望着月光下的市委大院，李立仁的两眼不知不觉地湿了。

5

每晚睡前，在心里默念三十八条监规的习惯，李立仁仍然没能改掉。

从欧阳玉成家来到旅馆后，李立仁本想立即休息，可是他脑子里乱得很，关了灯躺在床上怎么也睡不着。快到十二点的时候，他索性坐起来，按亮灯，走到桌子前，拿起旅馆的笔和纸默写三十八条监规。他想让自己赶快疲劳下来，这样就能入睡了。

服刑期间，他常常这样逼自己多干活，尤其是刚入狱的时候。狱友说他是为了减刑，其实，他是在用疲劳使自己晚上早入睡。多干比少干好，多干活能把每一分钟都充实起来，减少了胡思乱想，睡眠质量会提高不少。但今天，他这个办法却失效了。一直折腾到凌晨两点多，李立仁才迷迷糊糊地睡着。

不知过了多少时间，李立仁突然感到心口一紧，恍惚中，他看到一个披散着头发的少女破窗而入；这女孩身着红衣，满眼幽怨，手持铁爪，一步步向床前走来。李立仁惊惧地抬头，望着这俊秀的女孩，似乎见过，但又想不起来。他小心地问："你，你是谁？为什么要来害我？"

红衣女孩莞尔一笑，突然两眼凶光直射，令李立仁浑身颤抖，继而大笑。笑后，愤怒地说："狗官，我就是被你们害死的。你不认识我吗？"

这时，李立仁突然想起来，眼前这女孩就是太平路塌坑事件中丧命的女学生藏芸。李立仁在事故后，看到过这女孩的遗像。就是她。现在，她变成了厉鬼索命来了。李立仁还要说什么，这红衣女孩突然伸长手中的铁爪抓进他的胸膛。他感到一阵撕裂的疼痛，接着就看见铁爪下自己的心脏血淋淋地被抓出来。

李立仁啊的一声大叫，接着醒来。原来是一场梦。

太平路是横穿药城老城区的主干道，全面改造工程方案经市人大会议通过后，由建委主任郭青云负责。道路下面据药城志记载有个太平洞，是南宋绍兴四年金兵围药城时，当时的守军将领宋以舟带领兵民所挖，以备金兵破城后百姓藏身所用。但现在不知道具体位置。李立仁曾经多次安排，一定要尽力勘探太平洞位置，做好基础，以防路面塌陷。

这样一来，建委在工程造价时就预留了调增项目。金桥银路，城市标准化道路改造利润本来就很大，尤其是这个工程，不少工程队都盯上了。作为市委书记的李立仁也特别重视这个工程，希望能由一家有实力的公司施工。但童大成和叶子文更是志在必得，他们通过卫志民安排，给郭青云送了钱，顺利中标。

李立仁开始心里一直打鼓，老担心出事。可后来，当他听说在美国读书的女儿账户里突然汇进十万美元，退也退不了时，就只得默认。但他仍然没有放松对工程的关注。童大成他们只是草草地勘探，说找到了洞口，连夜做注浆处理。虽然增加了几百万费用，但李立仁总算放心了，以为这样路基就不会出现塌陷事故。

这条太平路竣工验收的第二年六月，药城遇到了五十年不见的连日暴雨。那天早上，雨住天晴，藏芸的爸爸藏元骑电动车送她上学，车子在路上跑着，突然路中心塌陷出一个天坑，藏元父女和另外三个人掉了进去。其他三个人受伤得救，但藏元和藏芸却不幸离世。后来，藏芸的妈妈改嫁，只剩下藏芸的奶奶芮凤艳。现在，七十岁的芮凤艳独自一人居住，神志不清，整天把自己关在屋里。

李立仁在床头倚着，回忆起这段往事，心里懊悔得很。

为官这么多年，这是他收的第一笔钱。这笔钱收到半年后，女儿才告诉他。开始，他很矛盾也很害怕，是想让女儿退回去的。但女儿有自己的想法，迟迟没有退回。他反复想还是要退的，等女儿放假回来时，一定要退的。不然，自己就被推到了悬崖边上。可女儿圣诞放假并没有回来，这事一拖就拖了下来。谁知，半年后太平路因排水不畅导致太平洞积水塌陷。事故发生后，郭青云被纪委叫走，交代了受卫志民指使收受童大成贿赂，由此牵出卫志民和李立仁受贿案。

莫伸手，伸手必被捉。李立仁案发后真正理解了这句话的分量。如果当初退了钱，如果当初对工程质量监督再严些，如果不是这么大的雨，太多的如果只要有一个不发生，似乎就不会出现问题。但最终他想明白，收钱是多米诺的第一张牌，第一张牌拿在手里了，其他牌倒下去就是一种必然。

六点了，估计周正该起床了。

李立仁打通了周正的手机。他要周正陪他去芮凤艳家看看。入狱后这些年，他常常想到藏元这一家人。人家一个好端端的家庭，就因为自己的贪婪和失误，弄成这个样子，真是于心难平。

周正接到李立仁的电话感到很突然，他不知道李立仁来药城了，更没有想到他要自己陪着去看芮凤艳。其实，这些年来，周正也一直担心和煎熬着，虽然他没有出事，但他一直囚在心牢里。在太平路工程招标中，他妻子也收了童大成十万块钱。童大成送他是为了让他在李立仁面前说点好话，提供一些李在这个事的态度和想法。当周正找到童大成要退时，童告诉他书记、市长那边都意思了，你要不收他们知道了会怎么看你。

当时，周正想了很多。如果自己不收，那就等于他知道李和卫收钱，而且将来如果事发，自己就可能被怀疑成告密者。再者，当时的官场有一个潜规则，如果领导心里拿不住下面人的一些把柄，就不会把你当成自己人，就不会重用。但让他没有想到的是，案发后童大成、叶子文、卫志民、李立仁都没有说出自己的事。他们肯定是知道的，但为什么没说呢？因为十万块钱数目小吗？显然不是。他们之所以不露出他的线索，也许是为了日后能再多条路。

现在，果真是这样。虽然事情过去了，他们也都出狱了，但他既出于感恩也出于害怕他们要挟，对他们几个人照顾有加。他不这样做不行啊，留给自己的只有心灵的挣扎。他也曾多次想过向组织交代，尤其是他被提升为秘书长之前，他想把自己心里的这块石头搬掉，这样压着一生都不能安宁。但妻子坚决不同意。她的话也似乎有道理，现在这个案子的人都出狱了，而且有那么多人要抓，自己主动交代，等来的肯定是判刑，十万元不是一个小数目。社会上说的坦白从宽、牢底坐穿，不是没有一些道理的。

周正纠结透了。他们都出狱了，反而一身轻了，可自己呢，何时才能轻松，何时才能从心牢里被释放出来？

李立仁打过电话，周正想了想，正好自己也早想去看一看芮凤艳，求得一点心理平衡。他一边刷牙，一边想拿一万块钱送给芮凤艳。什么能够表达自己的歉疚和忏悔之心呢？也许只有钱了。但等他洗好脸后却突然改变了主意：如果自己拿一万块钱给芮凤艳，那李立仁怎么想？也许他根本就不知道自己收过童大成的钱，不知道自己内心的压力，如果这样做了，会不会引起他的更多想法呢？毕竟做过市委书记，李立仁的智力和经验，周正是知道的。

出门的时候，周正还是把钱拿上了。他想好了，可以说自己给李立仁准备的，如果李不愿意送就算了，如果他正好也没带钱，这钱让他亲手交给芮凤艳，自己也同样可以得到一些安慰。正所谓殊途同归。

周正没有让司机过来接，是开自家车去接李立仁的。他知道这样更妥当些，私密的事知道的人越少越多。

路上，周正对李立仁说："书记，我想你来得急，我这儿给你预备了一万块钱。"

李立仁一愣，想了想说："也好，算我借你的，回头还你。"

周正笑着说："书记这话说的，我只要有，什么都可以给你的！"李立仁不再说话，他的心里很沉重。

芮凤艳住在一个老小区里。周正把车停在路口，两个人一前一后地走着进了小区。

周正知道芮凤艳的住处。他敲开门，见芮凤艳正呆坐沙发上，不知道是起床了还是夜里没睡。她两眼木木地看着周正和李立仁，不说话。李立仁说："老妈妈，我是负责那条路的人，我有罪，现在来看你了！"说罢，竟突然跪了下来。

周正没想到李立仁会这样，连忙说："这是好心的李老板，来看您了！"边说边拉住李立仁的胳膊，让他起来。

芮凤艳看了李立仁足有一分钟，突然站起身，抓住李立仁花白的头发，大骂道："你个贪官，你害死我全家了！你给俺走，你给俺走！"

周正把芮凤艳的手拉开，把一万块钱放在茶几上，大声说："你认错了人了，这是好心人！"

芮凤艳又盯了李立仁几眼，再次说："你们走，你们走！"

从下楼到出小区，李立仁一句话也没说。到了车前，周正说要送他，他却说："不用了，我自己打车走。我不能影响你。"

周正知道他的性格，就没有强求，就问："书记，你的腿咋样了？"

李立仁笑了一下说："哎，人老了，膝盖也是关键部位，过去说，生病不能生关键部位、当官不能在主要部门，现在看都是对的。"

周正想起李立仁被提拔为书记时，说的"会吃饭的吃素菜、会当官的当副职"那句话，也笑着说："书记还是那么幽默！"

临别的时候，周正问李立仁什么时候走，晚上想请他到家吃顿饭。李立仁说欧阳书记昨晚说了，今晚要请吃饭，估计也会叫你的。

李立仁说罢，就向前面的出租车站走去。

周正上了车，望着他缓慢地向前走着，心里涌起一股复杂的情绪，两眼突然有些模糊。

## 6

李立仁上了出租车，告诉司机说从魏武大道走。

年轻司机有些诧异地说："你到市医院那儿，走这路有点绕了。"李立仁笑了笑说："有几年没从那条道上过了，想看看。"司机就笑着说："老先生，咱药城这些年变化大呢。原来那任书记、市长进去后，后来的官都不敢糊弄了。"

李立仁脸热辣辣的，把头扭向了车窗。

李立仁回到旅馆，心里很不是滋味。他想，也许这次就不应该来，真是自取其辱呢。喝了一杯水，他又劝自己，这能怨得了别人吗？如果自己没有犯事，没有那次收钱，现在不与欧阳玉成书记一样吗，受人尊重，平平安安地度过晚年。可现在，老伴去世了，女儿在国外，自己一个人这样过着。想想真是不划算啊，自己是真没有算好人生这笔账啊。但过去的永远不能更改，就像一片白布，染上墨了，要想洗清是永远不可能的。自己必须面对这个现实，必须要承担这个后果。

下午两点多的时候，李立仁正躺在床上小憩，突然有人敲门。

他翻身下床，走到门前，拉开门，看着站在门外的郭青云，惊喜地说："青云，你怎么来了？"

郭青云落座后，平静地说："中午，欧阳书记给我打电话，说你来了，让我也到他家吃饭。我才知道你住这里。"

"啊，那就去呗，我们这些年都没见面了。"李立仁边给郭青云倒水边说。

郭青云笑了一下，然后说："我今天晚上要做礼拜，不能参加。这不是来看你了吗。"

"做礼拜？你信基督了？"李立仁不解地问。

郭青云从手包里掏出一本《圣经》放在桌上，然后才说："信了。信基督好，心里的话可以对上帝说，有上帝陪着不孤独。"

李立仁一时不知道接什么话好。郭青云也不说话了，她的思绪回到了监狱。

郭青云刚进监狱那段时间，真觉得是进了地狱，心里充满了恐惧。过去她对监狱的认知只停留在电视里看到的，但把她关进来的时候，一个牢房有三个死刑犯，一个贩毒的，还有妓女、惯偷等，三个人蹬着脚镣，一走动，整个牢房都哗哗地响。最让她不能接受的是进来那天，第一道门过后，接下来的五道门，每过一道门身上都得脱光衣服，拿着文胸和内裤抖搂抖搂，鞋底都要翻一翻，这种滋味她确实受不了。现在回

171

想起来，郭青云还心疼得难受。

李立仁见郭青云眼睛湿了，就劝着说："过去了，就过去吧。人一生就这样，短短几十年，向前看吧。"

郭青云长叹了一口气，喝了口水才开口。她劝李立仁信基督，她说自己信了基督之后才慢慢缓过劲来。她翻开《圣经》目录，又翻到一页，然后指着上面的字念道："上帝曾对亚当说，你必终生劳苦，终能从地里挖得吃的；地必给你长出荆棘和蒺藜来。你也要吃田间的菜蔬。你必汗流满面，终得糊口，直到你归了土。因为你是从土里而出的，你本是尘土，仍要归于尘土。"

念完这段后，她又看着李立仁说："人啊，土里来，土里去。过去我们真没想明白啊！"

李立仁也叹了口气，才说："是啊，过去，我们好了还要再好，做到县长还想做到市委书记；吃喝都有国家管着，还想要更多的钱，高了还想高，多了还想多，不知道满足，就是一个贪字啊。"

郭青云没有说话，而是又翻开《新约·马太福音》，指着一段文字念道："凡有的，还要加倍给他叫他多余；没有的，连他所有的也要夺过来。"

这时，李立仁想：马太效应与平衡之道相悖，与二八定则类似，是十分重要的人类社会规律。老子曾提出类似的思想，"天之道，损有余而补不足。人之道则不然，损不足以奉有余"。

临别的时候，郭青云把这本《圣经》留了下来。她说："我要走了，你好好看看这本书，找时间我去你的养鸭场看看。到那时，我们再讨论。"

李立仁把郭青云送出旅馆。回到房间，望着桌子上的《圣经》，心里像打碎了五味瓶。

就要入冬了，天黑得早。

吃过晚饭才八点钟。李立仁执意要回龙门，欧阳玉成和卫志民、周正都劝不住他。周正说，你早说要走，我就不喝酒了，现在也不能开车送你。卫志民就让他的司机小葛去送。欧阳玉成、卫志民、周正把李立仁送到车上，叮咛小葛路上开慢些。

出了药城，没有了灯火，夜里暗下来。李立仁突然觉得，挂在天上的月亮怎么这样亮。他仔细想了想，啊，明天就是十五了。

车子在月光下前行，他的思绪回到了刚当副市长时，自己步行回去的情形。

中秋前，李立仁就计划回龙门看看母亲。母亲已经七十四了，但仍然不愿住在城里。他每次劝母亲到城里去住时，母亲都是那句话："金屋银屋不如我这几间旧屋，住了一辈子了，安泰！"

临回前两天，他突然准备步行回龙门。那天，有了这个想法，自己竟吓了一跳："还真能步行回去吗？"当他回想起高中时，每次从龙门步行到药城的经历，最终坚信自己是能走回去的。退一步说，走到中间真的走不动了，还可以再打电话叫司机呢。坚定了这个信心，他很兴奋，也在做准备，他把自己那双轻便的旅游鞋也找了出来。

明天是中秋，虽然才下午四点，街上的人似乎就比平时少了许多。李立仁换上鞋，换了一件夹克，拎了瓶绿茶，悄悄地出城了。在街上，有几个人似信非信地看他几次，有人想跟他打招呼，但最终还是一脸的不解和紧张，并没有跟他搭话。但出了城，就没有人认出他来了。他心里很安泰，开始是迈着碎步的，心里老在想，别人看我，会怎么说呢？

渐渐地，天暗了下来，他脚下反而感到轻松了许多，步子也大了，脑子里就不再想刚才想的那些事了，只在想，离前面的公里标柱还有多远。

秋风有些软了，公路两边散发出久违了的庄稼秸秆和土地的气息。归巢的鸟儿欢快地鸣叫着，加上秋虫的呢喃，李立仁感觉到从没有过的轻松。现在他计算着时间，十二分钟能走一个公里标柱，他心里很高兴：自己一小时能走十华里！这样算来，到了八点他就能步行到龙门了。他也在想，如果他这样到了龙门，别人肯定不会相信。但他还非要步行回去不行。

月亮升起来了，他已经走了三个多小时。现在看来，虽然脚有些疼，腿也发硬，但他是完全可以走到龙门的。快三十年没有走着到龙门了，已五十岁的自己又走了过来，李立仁感觉很踏实。他想，自己早该这样用脚走路了！

洵水河和龙湾河就在眼前了，月光下泛着乳白汨汨地向前流着。李立仁来到桥上，他停了下来，弥漫着干草烟味的村子就在眼前了。他长舒了一口气，欣赏着月光下的河水和眼前的村子，他想稍事休息一下，以便进村的步履更有力。前面的村里谁家的公牛哞哞地叫了，李立仁听着很亲切，但突然又感觉有些不安。

不安是为什么呢？他想了想还是自己的担心，牛还在叫，村子里人自然也都还没睡，别人看到他步行回来了会怎么想呢？肯定会问他为什么不坐轿车了，是不是下来了，还是犯了错，没有车坐了。这时，他心里又突然想到，人啊，怎么都是在乎别人怎么说呢，真正为自己活的时候又有多少呢？心里有些惶恐和打怵，这些惶恐与打怵同他第一次坐车回来差不多。几十年了，怎么又沿着一个圈子转了回来呢？

李立仁回忆着往事，不知不觉间，月下的龙湾河桥就在眼前了。

他突然对小葛说："停下吧。没有几步了，我走着回去。"

小葛不解地说："老书记，我得把你安全送到家呢。"

李立仁笑着说："这不到了吗，还有几百米。晚上吃多了，胃不舒服，得走走。"

小葛也不敢违拗李立仁，就把车子停了下来。

车子掉头后，猛一声喇叭向前开去。李立仁望着月光下的车子，想起刚才吃饭时卫志民的言行，有些担心和无奈地摇摇头。这个卫志民啊，真的很危险啊。

李立仁在心里感叹了一番，就转身向桥面走去。

这时，他才看见，桥中间还有一个人。这人听到了车子喇叭声，就停在了桥中间，他想知道走过来的人是谁。

李立仁走过来，这人仔细地看了几眼，然后吃惊地说："爷，你这是？"

李立仁也很吃惊，认真看了好大一会儿才认出，这个年轻人是村西李敦宿家的孙子李谱。这孩子大学毕业时，李立仁正当市长，还是他把李谱安排在市教育局的。李立仁还没来得及说话，李谱就又说："爷，你咋不让车送到家呢？"

李立仁笑笑："还是脚沾地走踏实啊！"

李谱一时无语。李立仁看着他说："你也步行回来的？"

洮水河和龙湾河就交叉在眼前，月光下河水泛着乳白汩汩地向前流着。

停了好大一会儿，李谱才不好意思地说："爷，我就要当局长了，就要有车坐了，我想步行回来一趟，我怕自己忘了走路呢！"

两个人对视了好大一会儿，就都笑了。

笑过之后，他们并排向前面的牌坊走去。

7

在省城，卫志民感受最深切的就是现在官场风气的变化。

怎么说呢？你说现在官员不作为吧，好像也不是。但总让人感觉没有人再根据情况变化进行决策了，而是都在对照着政策办事。文件上有

175

规定的就办，没有明确规定的就不办。这与过去他当市长时的风气完全不一样了。过去，文件规定的用足了劲办；文件规定之外没有明确禁止不能办的，就创造性地办。当时叫用足用活政策，勇于创造性地发挥。现在正好反了过来。

另一个反过来的是官员的作风。以前门难进，脸难看，不送不请事难办，但毕竟许多事都能办成；而现在，门好进，脸好看，审批多，上面说的算，政策框外的事没有任何人给你办。

事情真的都是正反互根互生的。这种风气和作风，有时也能变成一件好事。比如卫志民和童大成这次去省城跑补贴项目，本来以为事情不会轻易办成，为此，他们还准备了几套方案和打通关节的办法。但出乎他们意料的是，事情办得很顺利。发改委、农业厅、环保厅几个关键部门，把关键几个处长摆平后，到上面就一路绿灯地通过。这次三个项目总共申报补贴、奖励资金一千二百万。

为什么会是这种情况呢，发改委那个龙处长说得有道理：现在国家的政策资金拨不下去，省里为了怕验收、怕多做事，能不申报的项目就不申报，市里、县里也一样。这样一来，省里的资金也不能足额拨到市里，钱多了总要干事，事干多了出差错的机率就高，少干事就不会出事。官员们哪个算不明白这笔账。国有企业也一样，能少申报项目就少申报，项目确定了就得干，到头到上面还要验收，验收不合格还要追责，现在又降薪了，何必呢。

而这恰恰给民营企业留下了空当。只要把材料做好了，从下至上打通具办人员关节，项目就会很顺利被确立、审批，上面正愁政策资金拨不下来呢。民营企业确实需要国家产业政策的扶植，但这些政策资金的效率究竟什么样，目前还真的缺少一套科学的评估机制。卫志民对这些是研究透了的，当童大成担心这样套国家的资金会不会出事时，他却笑着说，饿死的都是胆小的。

官场官场，真是有什么官就有什么气场。一路上，卫志民都在思考这个问题。他自己的感觉现在的官场是沉闷的，有一种说不清道不明的东西弥漫着。他也想，是不是自己这种特殊经历和身份，得出的结论有问题呢？但他还是坚信自己的判断和观察。

天暗下来，药城就在眼前了。卫志民又回想起那次欧阳玉成请客时的情形。那天去时，他本来就在心里给自己定下了纪律，只喝酒少说话，因为他知道只要哪句话说不好，欧阳玉成会不客气的。他是自己的老领导，他有这个权威和资本，那自己何必找没趣呢。

果真，没喝几杯酒，欧阳玉成就开始提醒卫志民一定要注意影响。他说，以自己一生的经验得出的结论，人啊，最怕的是秋后算账。卫志民辩解说，自己当然记住前面的教训，哪能在同一个地方再摔倒呢。现在是，不合法的事坚决不碰，不规矩的钱坚决不挣，不合适的人坚决不交。欧阳玉成也不好再说什么，大家就继续喝酒。

但没喝几杯，欧阳玉成又开始了谈话。他对当前的经济形势还是十分关注和颇有研究的。从国家的宏观到药城的微观，说得头头是道。卫志民、周正、李立仁都边听边称赞老书记心系国家大局的责任和能力。

欧阳玉成高兴地喝过几杯后，就突然担忧地发起牢骚来。他说，现在房价涨得这么高、物价涨得这么快、贫富差距这么大，归根结底是钱印多了。社会上流通的钱多了，就有通胀的可能。

看着他担忧的表情，卫志民还是忍不住开口了。他有自己的一套理论，而且认为是别人没有说过的。这样卖了关子，欧阳玉成就来了兴趣，非要卫志民说出来。卫志民就笑着说："我这可是卫氏理论啊，不对的我坚决改正，从灵魂深处改正！"

周正就催他快说。卫志民说的话确实让在座的人都陷入了沉思。他说：根本就不用担心钱发行多了会通胀，现在钱都在商人手里、官员家里，消费他们不敢，地下钱庄又不安全，转移境外被卡死，钱就成了一堆纸，不在社会上流通了；在社会上流通的都是老百姓的小钱，当然不会通胀了。

你还别说，大家一听觉得似乎有点道理。现金过度沉淀在欧洲资本主义初期也出现过，而且引发了最后的社会变革。欧阳玉成并不认同卫志民的话，但也驳不倒他的这个说法，就笑着说："志民啊，我总觉得你还在钱里没出来呢！"

卫志民笑笑说："人各有志吧。几年牢狱我坐明白了，人可以没有道德，但不能触犯法律，只要守住法律底线，不去碰、不越过，就没太大风险。"

对卫志民所说的话，李立仁是有想法的。李立仁本想再劝卫志民几句，但当时的情形，他怎么能听进去呢？只好端起酒杯说："祝你好运！"

回到药城，在童大成的济世堂吃过晚饭，卫志民和叶子文回到住处时，已经快十点了。

卫志民躺在沙发上，打开电视机。电视机里正在播放《药城夜空》节目。《药城夜空》是药城老百姓最喜欢的一个栏目，报道的都是药城街头巷尾发生的社会新闻，时不时还报道一些案件的侦破情况。

叶子文烧好水，泡好茶，也坐在了沙发上。

这时，电视里的主持人开始了一条新闻的播报。这条新闻是"寻找药城好人"，说的是患抑郁病的芮凤艳家，半月前突然去了一个人，给她留下五万块钱，同时还给她送来了新微波炉。电视上的芮凤艳看来是清醒的，她面对记者的采访说，那天晚上天刚黑，就来了个六十岁左右的男人，敲开她家的门，不由分说放下钱和微波炉；她问来人叫什么，这人只说让她去医院治病，然后就走了。

卫志民看着电视上的芮凤艳，脸上露出了笑容。叶子文有些不解地说："你看什么？我觉得是你老卫！"

"现在好人做事都不留名了，为什么是我呢？"卫志民又笑着说。

叶子文向他身边靠了靠，小声地说："哪来这样的好心人？分明是做了亏心事，求心理平衡。唉，你也不容易啊。"说罢，就搂住了卫志民的脖子。

卫志民的脖子被叶子文的气息吹得痒痒的。这种痒迅速穿过脊梁，流经股沟，身上瞬间就灼热起来。他在叶子文眼上亲了一下，就去解她的上衣扣子。这时，叶子文嗔声说："到床上，好好要我！"

叶子文被卫志民像剥葱一样一层层剥开，露出鲜嫩的身体，如三月的葱白。叶子文比卫志民小二十二岁，当初卫志民就是被她这嫩白皮肤所吸引。

卫志民自上而下小心地亲吻着叶子文的身体，像老牛舔犊一样，一寸一寸地舔，不放过任何一个部位。叶子文在下面扭动着身体，娇喘不停，她身体快要爆炸了一样。

四十多分钟过去了，两个人像刚跑完马拉松，浑身是汗地松弛下来。

叶子文娇喘着说："你怎么还这么厉害？人家都说男人在监狱里不是被憋废，就是被自己或他人搞废。"

卫志民笑笑说："我在里面受高人指点。"

叶子文笑着说："啊，原来是这样啊。我在外面还担心你废了呢。"

卫志民停了停，突然说："我在里面还担心你守不住呢。老实说，找过男人吗？"

叶子文生气地坐起来："这上面又留不下记号，你有什么证据？"

卫志民见叶子文生气了，就哄着她说："给你开玩笑呢。"

"玩笑？这种玩笑也能开吗。我说没有你不信，难道我说给别的男人睡过你就高兴了？真是！"叶子文满脸通红地说。

"好了，好了。我的小文是贞节烈女呢！"卫志民边说，边把叶子

179

文拉倒，然后一抬腿，裹住叶子文的屁股。

叶子文狠狠地在卫志民肚皮上拧了一下。

*8*

几个月来，周正都打算去龙门看一看李立仁。

他的这个想法，是空真寺了一法师引发的。

周正以前并不相信什么大师的，一直到现在他也是半信半疑。但心里信点什么，总比不信踏实些。一个月前，卫志民又要周正帮他办一件事，他心里犯难了。现在关于卫志民的议论又多了起来，办吧肯定有风险，不办呢又不好交代。进退两难的选择，让他喘不过气来。

五一长假，他一个人驾车想出去散散心，就来到了紫云山。

紫云山踞长江北岸，自麓至巅群峰耸拔，盘旋而上，远眺长江滔滔，俯视沙湖、陂湖、白湖、巢湖波光万顷，雄峻秀丽；沿石径继续上行有桥，四周绿树翠竹成荫，桥下溪水叮咚；转翠桥左侧山坡，有修竹百余亩，亭亭玉立，微风吹过婀娜多姿，犹如少女翩翩起舞，媚态宜人。登临顶峰，环顾群山，皆居其下，上有浮云紫雾，下有层峦叠翠。山顶高耸入云处有一块平地，上有一座庙宇——空真寺。

循着寺里传出的诵经声，周正来到了一法师面前。了一法师没等周正说话，就说："施主心事过重，须及时破解啊。"

周正心里一惊，问道："请问法师，我有何事啊？"

了一法师捋了一下胡须，凝视着周正，笑了一声，然后说："你们这些当官的事，都在三尺以下。不是裤兜里的事，就是裤裆里的事。"

周正镇定地笑了："法师说笑了，我是一个中学教师，想那事也没有机会啊！"

了一盯着周正好大一会儿，才说："阿弥陀佛。施主虽过一劫，但

180

你的心却也入了牢笼。"

周正想听眼前的了一法师再说说，了一看透了他心思一般，又笑着说："能劝你的，是你命中的那个贵人，快去找他吧！"说罢，关了寺门。

周正从空真寺回来后，就一直在想，这个人是谁呢？是欧阳玉成吗？好像不是。那肯定就是李立仁了。他想去找李立仁聊一聊心里的想法。

李立仁在家乡龙门办养鸭场的事，渐渐被传了出去。

这天，他正在给鸭子剁青草，一男一女两个人来到了他的身边。

这两人自称是《新岸星报》的记者，想采访一下李立仁现在的情况。对这个报纸，李立仁是很熟悉的。服刑的时候，他就因给这张报纸写稿而减了五次刑。但现在，他是不想再给这张报纸说什么的。出名是十分危险的事，正所谓枪瞄出头鸟。

李立仁委婉地拒绝了采访。但其中一个女记者却说："难道不能聊一聊你回乡后感触最深的事吗？我们可以不写的。"

李立仁微笑着继续剁他的草，并不答话。

他当然有感触最深的事，但这种情还是留在心里好。

在李立仁出狱的前一个月，龙门的乡亲们就知道了他的归期。这个归期是三爷和他孙子去探视时，李立仁告诉他的。在那次探视时，李立仁给三爷说，他希望自己出来后就回龙门，靠养鸭子度过余年。三爷回到龙门后，说了李立仁的想法，村里的人就主动把他家的老屋给修了。

这是最令李立仁感动的。以前，他做官时村里人为了怕连累他，没有什么人去找他办这办那。现在，他出狱了，乡亲们却不嫌不弃。多么好的乡亲啊！每想到这些，李立仁心里都暖烘烘的。

对于犯罪的官员来说，监狱是最能让他们清醒的地方。

李立仁入狱后渐渐感到，自己过去面对的都是鲜花和掌声，可变成了阶下囚，对自己不离不弃的只有亲情。他刚服刑一年多那段日子，下属来看他的没有几个人；以前在位时手机响个不停，约见面吃饭的都排不上队，可现在这些突然消失了一样。后来，李立仁想明白了，为啥官场人情薄如纸？还不是因为不少官位都是人情和钱换的。许多时候，官场就是交易，就是生意，一单生意完了，一拍两散，还有什么情呢。

那年春节前，三爷在孙子的陪同下来看他时，他才真正体会到乡情、亲情。

冬天，李立仁的老伴病殁了。女儿从美国回来处理好后事，才到监狱告诉他。女儿回了美国，李立仁就没有什么亲人了。三爷是远房，并不是嫡亲，但他是李立仁小学时的老师。现在，就剩八十多岁的三爷最关心李立仁了。

腊月二十六，三爷通过申请，获准了让李立仁到监狱小餐厅提前吃年夜饭。小餐厅平时也给犯人提供小灶，只是价格很高，逢年过节更是如此。三爷和身穿囚服的李立仁对面坐在油腻的餐桌前，两人一时无语。不一会儿，一盘冒着热气的蒸鸭子端了上来。李立仁看了一眼三爷，伸手拧下一条鸭腿，塞在嘴里，大嚼起来。他的身体太需要油荤了。

李立仁一口气吃了半个鸭子，才抬头看三爷。这时，三爷眼睛下一片水。李立仁停了下来，自己也流泪了。三爷赶紧说："吃，吃！我是泪流眼，老毛病了。你好好吃吧。"

也就是那天，李立仁心里产生了出来后要养鸭子的想法。原来，鸭子是这么好吃啊。

那天夜里，李立仁在心里吟了一首小诗，但这首诗他没有告诉过别人，他也没有脸面拿出来示人，只在心里默念：世上哪有花不败，自古人生多徘徊；筵罢曲终人散尽，最难风雨故人来。

记者发现了有价值的线索，就像猫发现一条鱼一样，是不会轻易罢手的。

这两个记者见李立仁不想理他们，并不放弃，而是开始帮他剁草、拌食。他们微笑着，手脚麻利地帮李立仁干着活。河边围栏里的鸭子倒是对他们很友好。一把拌好的食撒下去，鸭子们便嘎嘎地叫个不停。

李立仁不能不说话了。这些年，他早已变得小心翼翼。他知道慢待每一个人都会对自己不利的，何况是记者呢。于是，他就笑着说："谢谢你们帮我啊。一会儿喂完了，我给你抓个肥的，我们炖了吃。"

女记者见李立仁开口了，就高兴地说："李伯，我们能吃上你养的鸭子，也不枉几百里来一趟啊。"

抓鸭子是要技巧的。李立仁先从木盆里拿出一条早上刚网住的小草鱼，放在舀鸭食的铁瓢里；他蹲到围网前，嘴里嘎嘎地学着鸭子叫两声，一只白肚皮的肥鸭嗅到草鱼的腥味就踩着水游过来。鸭子的长嘴向铁瓢前一伸，李立仁就一把抓住了它的脖子。

女记者被李立仁这么迅速抓到鸭子的行动激动了，她敬佩地说："李伯，你手到擒来啊！"

李立仁想了一下说："啊，是我手快，而这只鸭子经不住诱惑啊！"说过这话，李立仁脸上有点热，但女记者并没有觉察到。

宰杀也是需要技巧的。李立仁先用一根细绳套紧鸭的一只脚，吊起，绕至翼后，再用拇指和食指钳着鸭颈，将其拉直，手起刀落间鸭颈近头部处的喉管被割断。他迅速将鸭头稍向上弯，鲜红的血便落在了盛着一些清水的盆里。

烫水、去毛、取脏、清洗，不到十分钟，鸭子便放在了铁锅里。

李立仁在屋里土灶烧火炖鸭子，女记者和男记者在屋外的小菜园里摘黄瓜和豆角。

这时，一辆越野车向这边开来。

女记者手中拿着两根黄瓜，快步走到屋门前，对李立仁说："李伯，外面来了辆车，您出来看看是谁呀！"

李立仁又往灶内填了两根木柴，就拍了拍手上的灰，走出屋门。

这辆黑越野车，他是认识的。卫志民、童大成他们怎么这时候来了？李立仁望着停下来的车，心里有些不痛快。

卫志民下车后，快步向站在屋前的李立仁走过来。他的步子很快，带动一阵微风。他边走边说："老书记，没过河，我可是就闻到鸭肉香了！"

李立仁笑了笑，说："你今天吃福不小，是碰巧了。"

卫志民看了看眼前的女记者，就笑着又问："书记，这是哪来的美女，我以前咋没见过？"

李立仁看了一眼女记者，有点不好意思地说："啊，他们是《新岸星报》的记者。"

"啊，应该采访，应该采访！"卫志民笑着大声说。

吃饭的时候，当卫志民听女记者说李立仁拒绝了他们的采访，心里就有了主意。他想让记者写一写他和他的绿原光伏发电公司。企业是需要宣传的，酒香也怕巷子深，哭响的孩子多吃奶；如果媒体能对他们公司进行正面宣传报道，那么第二期工程就会更顺利些。

卫志民热情地给两位记者敬着酒。童大成也不停地介绍着他们那个绿原光伏项目。倒是叶子文见卫志民与女记者说得热乎，脸上有些不悦。

吃饭变成了采访。卫志民和童大成互相插着话，给两位记者不停地介绍着。

李立仁端着茶，站起身子说："我吃饱了，出去站站，你们聊。"

卫志民客气了一下，继续跟女记者聊起来。

这时，叶子文放下筷子，也说自己吃饱了，就走了出去。

李立仁和叶子文两个人站在鸭场前，听着鸭子嘎嘎地叫着，相视笑了一下，都没有说话。

卫志民很高兴，没想到在这里碰到两位记者。

车子回药城的路上，他拨通了周正的电话。他说今天来看老书记，正碰上两位记者，对他们的公司要正面宣传呢。他要周正抓紧帮他运作二期的事。

周正在电话那头停了足有一分钟，才开口说："我正要跟你说呢，听说纪委那边正在核查你们公司的线索!"

啊! 卫志民一惊，大老虎都打不完，还要打我这死老虎?

心里虽这么想，嘴里却没说出声。

## *9*

刚进入五月，雨就三五天一场地下。

李立仁觉得今年天气不大对劲，怕是要有洪水了。他给市气象台打电话询问，气象台的人说今年的雨水比 1991 年的都多。这样说来，今年的洪水是不可避免的了。判断得到证实后，他的心就悬了起来。

他养的这一千五百只鸭子，可咋处理呢?

入了秋，鸭子才是最好的时候。俗语说，秋高鸭肥，吃鸭正当时。那时的鸭子，肉质壮嫩肥美，营养丰富，是补充人体必需的蛋白质、维生素和矿物质最好的食材。人入秋上火，鸭肉性寒凉，这时的鸭子是最好卖，也是最能卖上价的好时节。

可是今年这批鸭子，是等不到秋天了。

李立仁望着眼前的龙湾河和洵水河，发愁了十几天了。龙湾河自西而下，洵水河自西南而来，两河都向北转了个弯就汇在了一起，流入涡河。河弯转得陡，陡高水阔，可流下去的河道却突然变窄，龙门村就在龙湾河转弯突起的北岸。雨大的年份，两条河上游的水就蓄在河湾里，不能及时向下泄；只要雨水大了，龙门村就会受洪水的侵扰。

现在的龙湾河虽然水涨了，但风景很好。正值初夏，河坡上的狗儿秧、猫儿眼、黄花菜，把河两岸装扮成五颜六色的彩带。由于河床深，河面阔陡，站在河上向两边放眼望去，河水荡漾回旋，青青的芦苇丛中，野鸭不时地嘎嘎叫着。

可是，一旦到了六月，暴雨季过来，这里就会成为一片汪洋。

李立仁决定不能再等了，必须在大雨到来之前，赶紧把这一千多只鸭子处理掉。可现在不是吃鸭子的时节，谁又肯买鸭子呢？他犯了难。

正在这个时候，周正过来看他了。周正这次来的目的也很明确，一是要他赶紧处理掉鸭子，二是让他搬到城里去住，这里今年太危险。李立仁知道洪水来了，这里是危险的，但他更关心的是这还没长成的鸭子如何处理。涨水了，围网就会被冲破，鸭子就会被冲散。

周正理解李立仁的担心，回到药城就打了几个电话。

接下来的几天，每天都有两三个企业的人来买鸭子。李立仁心里很矛盾，自己这不是又靠关系去推销了吗。但这些来人都说是企业食堂用，听说这里的鸭子没有喂含药的饲料，嫩鸭更好吃呢。

李立仁心里明白，这是周正安排的。唉，自己发过誓的，不靠关系、不靠旧情生存。可现在真是身不由己呢。这么想着，心里就不舒服，他只有把价格定低些，以求心里安泰些。

半个月过去了，渐渐地再没有人来买鸭子。李立仁知道，周正安排的客户都来了，他不好再开口了。这中间，周正打过来一次电话，他问鸭子卖多少了。李立仁就说快卖完了，不让他再操心了。其实，鸭场还剩四百多只呢。

李立仁左想右想，现在只有一条路了，那就是把鸭子宰了，都腌成咸鸭。这样，一是能赶在洪水来前处理完这批鸭子，二是咸鸭能存放一段时间，日后再谋划出卖的事。

腌制十只八只鸭子容易，要腌四百多只就不是一件简单的事了。

李立仁在村子里找了六七个人，说每腌一只给你们十块钱的工钱。这些人就笑着说，哪能要钱呢，吃几天鸭子就行了。

腌咸鸭是个技术活，李立仁亲自动手和指挥。他怕腌出来的鸭子不好吃。

鸭子宰杀、煺毛、剖腹、除内脏后，切去翅尖脚爪，洗净血污，放置阳光下晾晒；待晾干表面附着的水分，再用盐将鸭肚内外擦遍，而且要先后揉擦三遍；擦盐后，再晾一个时辰，才能放入缸中，压上重石；每三天翻动、补盐一次，如是三遍，方可腌成。

忙活了半个月，剩下的鸭子总算都腌到缸里了。可紧接着就要出缸，用木条撑着晾晒了。这时已进入了六月下旬，大雨接连下了四天。洇水河和龙湾河上游的水流下来，在这里汇流，由于下排到涡河的河道狭窄，水面眼看着差一尺多就要与河堤坝持平了。龙门村进入危险的时刻。

镇里要求龙门村的人全部搬走，只留下抢险突击队在这里把守。

欧阳玉成和周正都给李立仁打电话，要他立即搬到城里住。但李立仁都拒绝了。他说他有治险的经验，留在这里可以给抢险队当个参谋。镇领导也劝他赶紧离开，但这些人毕竟过去是李立仁的下级，也不好强迫。见他坚持要留下，就一再安排抢险队负责人，一定要注意他的安全。

李立仁的家在龙门村最东头，离设在牌坊下的抢险指挥部最近。他就要求把食堂设在自己的老屋里。

鸭子虽然没有晾晒，还算不上成品，但是可以吃了。

李立仁每天都要拿出二十多只，给守在这里的人做咸鸭焖米饭。见这些年轻人有滋有味地吃着自己的咸鸭，李立仁心里就升起一种满足。毕竟在这个关键时候，自己又能为别人做点事了。

天晴了，灼热的太阳照着水面，河里倒映着天上明亮的云彩。抢险的队员们有些得意了，以为雨不会轻易再下了，险情得到了控制。但李立仁不这样认为，以他的经验，这样的晴天过后一定会下更大的暴雨。

果真如李立仁所料，连续晴三天后，暴雨突然电闪雷鸣地到来。

特大的暴雨，一直下了一天一夜。上游聚集的洪水，疯狂地向这里奔流而来。

这天下午，雨刚停下，巡堤的人就发现龙门村前面的背堤出现了一处管涌。这时，抢险队大声喊起来："同志们快扛沙袋，快扛沙袋!"人们都紧张到了极点，一百多人在河堤上边跑边喊："快啦! 加快啦! 快啦! 加快啦!"喊声汇集在一起，在河面上空阵阵回响。

奋战了四个小时，管涌终于被堵住，上万只沙袋垒起了一段崭新的大堤。

人们呐喊着，欢呼着，庆贺着。

让这些抢险队员没有想到的是，晚饭时每人一只蒸鸭。李立仁知道这些年轻人一下午的累，沙袋他背不动了，他就开缸洗鸭子，蒸鸭子。大家吃着鲜香的蒸鸭，不停地说着李立仁的好。但李立仁却端着盆给他们加饭。

"多吃点! 多吃点! 饭是人的力，出了这么大的力不吃饱可不行!"李立仁心情好极了，这是他几年来从没有过的高兴。

夜深了，天虽然还阴得滴水，但却没有落雨。累了一天的抢险队员，都躺帐篷的泡沫板上熟睡，只留堤坝上三个巡逻险情的人。

可李立仁却没有睡着。夜里两点的时候，他见堤坝上的灯光不动了，就走到河堤上，他是怕人们都睡着了，险情再来了怎么办。

他从牌坊下走下来，向前面的河堤走去。

抬头向上望，如盖的苍穹青黑得像一口扣下来的锅，风吹过来，河水响起汩汩的声音。李立仁伫立在河堤上，两眼盯着水面，渐渐地心竟与面前的河水融在了一起，向前流去。

突然，他看到一个奇异的画面：河面上出现一团红，这团红逆流向他在的方向挣扎着、呼喊着，但他就是听不到她的声音。

啊，原来是个红衣女孩！

李立仁发疯似的向前跑去，跃过河堤，纵身跳到河水里。红衣女孩离他越来越近，终于，他拽住了她转身向这堤岸游回来。

转身间，他看到了堤坝上那座泛白的牌坊，高高地立着。

（《花城》2018 年第 4 期）

# "非典"时期的爱情

## 1

飞机落地，凯迪刚打开手机，咚、咚、咚，三条短信蹦出来。

凯迪在心里猜想，这三条信息都是谁发来的，是妈妈丽娜，是爸爸赵鑫，还是阿洋？但都没猜对。一条是电信公司发来的旅游信息；一条是北京机场的天气提示；一条却是汝婷：迪迪，我在新桥机场等你，落地回话。

凯迪有些失落，她觉得丽娜、赵鑫或者阿洋，是应该给她短信的。

正在这时，手机响了，她不想接，任机体振动。一是机舱里乱哄哄的，二是她判断是汝婷的接机电话。

走出机舱，上了出口廊桥，手机再次执着地响起来。她打开手机，见是赵鑫的号码，心情好起来。赵鑫有些激动地说："小迪，准时落地了吗？几点转机呀？"

下午，飞机再次降落在合肥新桥机场时，还不到五点。

凯迪取了行李箱，径直向出口走过来。她边走边向出口处的人群里望，寻找赵鑫或者丽娜，快到出口也没看见他们的身影。这时，一个欢喜的声音叫道："迪迪，我在这里！"

啊，汝婷。妈妈和爸爸怎么都没有来？凯迪心里有些不悦，但瞬间就被出口处接机人的欣喜呼叫声淹没了。

汝婷伸手去接凯迪的行李箱拉杆时，凯迪笑了一下说："阿姨，我不累的。"

"怎么不累？都快三十多个小时了。来，给我！"汝婷左手夺过箱子的拉手，右手抚了一下凯迪的左肩，又接着说，"小迪长成大姑娘了，真靓！"

汝婷毫不见外的言语和肢体动作，感染了凯迪。她觉得汝婷就像大姐姐一样，没有半点的生疏和做作，反而那种自然的亲切让她心里突然有些感动。

上车后，汝婷把一个崭新的水杯递给凯迪，她边发动车边说："小迪，这是玫瑰花泡的，我知道你喜欢喝热水的。"

凯迪接过杯子，感激地说："汝姐真好！"

汝婷咯咯地笑两声，然后才说："叫姐才对呀。刚才你叫我阿姨，我一时都没有反应过来。"汝婷笑了一下，然后又接着说，"告诉我实话，是不是我这两年老多了？"

凯迪这才觉得刚才在出站口处称汝婷"阿姨"有些不妥，汝婷刚大学毕业三年多，不过二十六七岁，叫"阿姨"显然是有点不合适。这时，她就笑着说："你老啥，才比我大几岁呀！"

"几岁？有十岁吧。"汝婷眼望着前方，笑盈盈地接着说，"小迪，听说美国都喝冰水的，你习惯吗？"

凯迪想了一下，说："我上课都是带热水的，还没习惯冰水。"

车子向前飞驰，高速路旁的瓦埠水库里，反射出粼粼的波光。波光撞到车窗玻璃上，斑驳跳动，有一种梦境的感觉。

凯迪拧开杯盖，喝口茶，想开口问一下丽娜和赵鑫为什么没来接她。这时，汝婷开口了："小迪，你爸正在公司谈一件大事。丽娜姐身体有些不舒服，这时候可能在休息。一会儿就见到了。"

"啊，没事，我还不稀罕他们来呢。一见面问这问那，像审贼一样的。"凯迪有些撒娇地说。

其实，凯迪这时心里是不舒服的，她觉得今天爸妈两个人，至少应该来一个吧。让汝婷一个人来接，这算什么事啊，像接客户一样。

汝婷肯定是觉察到了凯迪的心思，却装作毫不知情地聊起来。她充满好奇和羡慕地问凯迪一些有关美国的问题，比如天气，比如女孩的时装打扮，比如那里的肯德基和披萨。

从新桥机场出发也就半个多小时，车子就进了合肥新区。

凯迪看着眼前的楼群和工地上的脚手架，有些感叹地说："合肥发展真快。就两年工夫，我都快认不出来了。"

"是啊，咱合肥人口马上就破千万了，沿江科技宜居城呢。"汝婷有些兴奋地顺着凯迪的话说。

车子下了高速，向滨湖新区转弯的时候，汝婷又说："赵总现在正在公司谈一件大事呢！"

"能谈什么大事啊？不就是'非典'那年，倒来倒去地折腾点中草药，发了国难财嘛。"凯迪有些戏谑地说。

汝婷笑笑，停一会儿，才故作神秘地说："你绝对想不到的，赵总要办大学了。而且，还要当名誉校长呢！"

凯迪一听这话，突然笑起来，笑得前胸一耸一耸的，笑声停了后，认真地瞅着汝婷说："你真会开玩笑。他一个初中生要办大学？简直颠覆我的智商！"

汝婷看着还在笑的凯迪，也笑着说："有句话叫什么来着，啊，对了，'亲人眼里无伟人'！你还别瞧不起你爸，在我眼里啊，他能把地球撬动。"

凯迪又一阵笑，而且笑得咯咯地不停。

她怎么也不相信初中没上完的爸爸能办大学，而且还敢去当名誉校长。这世界变化太快，太匪夷所思了。这时，她又突然想到，也许自己对爸爸赵鑫了解太少了。

车子刚进药神集团大门，凯迪就看到爸爸正在大楼的台阶前站着，左顾右盼，急切的表情写在脸上。

见车停下，赵鑫小跑着过来，拉开车门，大声说："小迪！快让爸看看！"

凯迪下车，一下子搂住赵鑫的脖子，娇声说："想死老爸了！"

赵鑫的右手在凯迪的长发上抚了两下，然后说："走吧，咱去接你妈！"

这时，汝婷从车头前绕过来，略带责怪地笑着说："赵总，您真不疼女儿啊！"

"啊，这话咋说的呀？"赵鑫望着汝婷，有些吃惊，也有些不好意思地说。

汝婷打开车后备厢，边拿箱子边说："小迪都奔走三十多个小时了，也不让她洗把脸、喝口茶！"

赵鑫这才明白，他歉疚地看了看汝婷和凯迪，拉着凯迪的手，边走边朗声笑着说："看我这当爸的。走，上楼去！"

这时，汝婷说："赵总，我去医院接丽姐吧。您和小迪先说说话，我们一会儿就到了。"

凯迪望一眼发动的车子，心里犯起嘀咕，这汝婷好像能左右爸爸啊，真是一个有心机的女子。

"闺女，愣什么神啊？走吧！"赵鑫拉着行李箱，笑着说。

凯迪洗好脸出来，赵鑫已把茶泡好了。他拉凯迪坐下，倒了一杯茶，然后说："今天啊，本来要招待钱院长的，可我借故让他走了。我得陪闺女呢。"

凯迪端起茶笑着说:"在老爸眼里从来都是生意上的朋友第一,今天怎么变天了?"

"你这闺女,在老爸的世界里,啥也没有你重要!"赵鑫大笑着说。

喝了两杯茶后,没等凯迪问,赵鑫便给她说起丽娜的情况。他说丽娜这两个月来都疑神疑鬼的,精神时好时差,好像患了抑郁症。

赵鑫点着一支烟,看一眼凯迪,又把目光移到窗帘上,吐了一口烟雾才缓缓地说:"你妈呀,怀疑我与你汝姨有关系,真是瞎说。"

凯迪望着烟雾笼罩下的赵鑫,想了想,突然笑着说:"我看婷姐也不是那样的人啊。我妈应该清楚的。"

"是啊,是啊。汝婷是你妈亲自招来的,两个人表面上好得像姐妹,但总是背后怀疑。前一段我说让汝婷走,你妈还坚决不同意呢!"赵鑫有一种找到知音的解脱,解释说。

"这不就结了。看来我妈精神是受刺激了。"凯迪看了一眼赵鑫,又接着说,"爸,你也要多关心一下我妈。女人嘛,敏感着呢。"

赵鑫又吐一口烟,然后笑着说:"喊,你又不是不知道我俩的爱情故事,那可是经历过生死考验的!"

五年前的一天,在家里吃饭。赵鑫喝多了,丽娜也喝了不少,赵鑫第一次说了他与丽娜在 2003 年"非典"时期的爱情传奇,加上丽娜枝枝叶叶的补充,凯迪惊呼是琼瑶的爱情小说再现。

凯迪心里明白着呢,爸爸妈妈的婚姻是不大可能出问题的。

晚宴就在公司的三楼餐厅。

丽娜到餐厅,见到凯迪,两个人亲热得又抱又搂。松开手的时候,丽娜竟流了泪。赵鑫就说:"你这是干吗呢,闺女千里迢迢地回来了,高兴才对的。"

这时,汝婷伸手把纸巾递过来,瞅一眼赵鑫说:"丽姐是高兴得流泪呢!"

落了座，凯迪才想起礼物还在行李箱里，说："妈，我给你买了礼物，你猜是什么？"

丽娜看一眼赵鑫和汝婷，骄傲而满意地说："还给妈买啥礼物呢！"

"那可不一样，说明小迪懂事，疼你呗。"汝婷笑着对丽娜说。

丽娜想了一下，然后问凯迪："给你汝姨买了吗？"

凯迪的目光从汝婷开始，把赵鑫和丽娜也都扫了一遍说："你们猜呢？"

"那还用猜，反正没给我买。"赵鑫边点烟边说。

"谁都不买也得给你买！闺女最疼谁我还不知道？"丽娜看着赵鑫说。

晚饭在说说笑笑中，吃得轻松愉快。

四个人都喝了酒，赵鑫喝的是古井贡原浆二十六年，酒意颇浓，话也渐渐多起来。凯迪端起酒杯又要敬他，丽娜就拦着说："还让他喝？马上又该说他那段传奇发家史了。"

汝婷就起哄说："有一段时间没听赵总说他的传奇史了。"

主食端上来的时候，赵鑫说："闺女，你妈早说想去西藏，这次你陪她去一趟呗，也让她散散心。"

"好啊，我也没过去呢。"凯迪大声说。

这时，丽娜看一眼赵鑫和汝婷，突然说："要去我们四个一道去，热闹！"

赵鑫和汝婷都没有想到丽娜会这样提议。赵鑫犹豫了一下，有些为难地说："钱院长说学校的事要加快呢，我可能去不了。"

丽娜听赵鑫这样说，就扭过脸，不再说话。汝婷见场面冷下来，就端起一杯酒对赵鑫说："赵总，这杯酒算我求你了。就听丽姐的，我们一道去！"

凯迪也端着一杯酒，站起身说："妈，我们一起敬赵总一杯，看他给不给面子!"

这时，赵鑫就站起来，也端起酒，笑着说："我是故意的，看你们是不是真心想让我去。走，一言为定，从北京出发!"

顿时，房间里响起清脆的酒杯碰击声。

## 2

九点三十分，T27次进藏列车在北京西站缓缓起动。车厢广播里传来轻快悠扬的乐曲："坐上火车去拉萨，去看那神奇的布达拉，去看那最美的格桑花呀，盛开在雪山下……"

火车出了北京城，凯迪望着车窗外向后飞去的夜空，突然有种时间在流逝的感觉。在这个封闭的空间里，似乎更有助于人们回忆、反思、咀嚼、探寻过往。

凯迪觉得，她应该在这次旅行中，对赵鑫、丽娜、汝婷包括自己的过往进行探寻和反思。为什么不这样呢？是该了解真相的时候了。

凯迪跟丽娜说："妈，我出去坐一会儿，包厢太闷了。"

赵鑫说："我陪你出去。"

凯迪和赵鑫坐在过道里的折座上，中间的小桌板把他们分开，但又触手可及。凯迪扭头望着车窗外的星空，心里想，这火车有一股强势的力量，不由分说地冲进前面全新的世界，人生的命运何尝不是呢？

赵鑫见凯迪长时间不语，就试探地问："闺女，想什么呢？"

"没，没想什么。"凯迪依然盯着向后飞去的夜景。

赵鑫想了想，说："我们聊一聊吧，有两年没在一起了。"

"好啊。"说话的时候，凯迪的手机响了一声，她转过脸，拿起手机，划开屏，看一眼，有些不高兴地把手机放在面前的折板上。

见她不高兴，赵鑫小心地问："谁啊，咋不回呢？是阿洋吗？"

196

凯迪脸贴着车窗玻璃，过了好一会儿才说："我现在不想提他！"

"怎么了？你们不是处得挺好吗？"赵鑫有些担心地问。

"那是我们的隐私，我可以不讲吗？"凯迪望着赵鑫说。

"可以。不，不过，我觉得女儿在爸爸面前，还有什么不能讲的呢？"赵鑫低沉地说。

凯迪看看父亲，说："爸，你在我面前就没有隐私吗？你所有的事都可以给我讲吗？"

"可以的，你是我的女儿呀。比如，我这次与江南医科大学联办学院，甚至，与钱院长等人的约定，都可以讲的。"赵鑫很认真地说。

凯迪狡黠地笑着说："我说的不是你生意上的事，你明白的。"

"你这孩子，我明白什么呀？爸爸没有什么事不可以给你讲的。"赵鑫也笑着说。

凯迪望着父亲的眼睛，说："比如，比如你与我妈、与汝婷的事，你愿意讲吗？"

赵鑫没想到她会突然冒出这句话，但话都逼到这儿了，他知道这孩子鬼着呢，她想了解的事躲是躲不过去的，于是，就故作轻松地说："可以啊，反正我不说她们也会说的。不过，我们得有个约定，你也得告诉我你与阿洋什么情况了。"

凯迪没想到父亲这么痛快地就答应，她心里猜想答应是答应了，但他绝不会说出全部实情的。

夜沉了，窗外越来越暗，火车就显得缓慢起来，车轮与铁轨摩擦的声响舒缓而有节奏。

凯迪手托右脸，靠在车窗边静静地听。赵鑫也望着车窗外的夜色，小声说着。

赵鑫没有直接从与丽娜和汝婷的关系开始说，而是从现在的生意引出。他说，现在的生意太难做了，许多时候他都觉得像被绑在了一个摩天轮上，何时停下，自己做不了主。在这个轮子上转着，可能会有风，可能会有雨，可能会有飞鸟撞来，也可能被别人投过来的一个东西击中，但你躲不了，只能承受。这个过程充满恐怖，充满未知，充满极大的不确定性。生意、生意，要想生生不息地赚钱真是不容易呢。

赵鑫转头看一眼凯迪，见她正眯着眼听，就又接着说起来。

"小迪，你是知道的，爸初中都没上完，我能走到今天真是如有神助，或者说是上天的奉赠。过去，我从来也没想过能发财，能挣到这么多钱，根本没想过。这近二十年的经历真如梦一样，不知不觉好事就撞上了我，不知不觉就有人帮助我，不知不觉这钱就来了。我说这是祖辈积的阴德，可钱院长说我赶上了好时代，抓住了好机遇。

"机遇是什么，我弄不太清楚，我认为就是碰大运。钱院长曾告诉我说，这是一个特殊的时代，这是一个可以直奔天堂也同时落入地狱的时代，这是一个什么奇迹都可以发生也都可以毁灭的时代。他说的这些啊，我真的是弄不懂、想不明。我特别后悔自己读书少呢。"

赵鑫突然笑了一声，然后说："你说，钱院长让我办大学这事，我自己都觉得不靠谱得很。初中只读到二年级的人要办大学，这不是天大的笑话吗？可我又坚信在他的帮助下，这事一定能成！他是拿过我不少钱，可我这些钱都是他帮忙挣的，不给他咱心里也不踏实啊。再说办大学这事，没有汝婷的鞍前马后，我懂个啥啊。"

终于说到汝婷了。

凯迪动了动身子，睁开眼望一下父亲说："爸，你说得真好。都是掏心见胆的话，真不知道你平时想这么多。"

赵鑫找到了倾诉对象，他苦笑一声，有些激动地继续着他的诉说。

"汝婷真是个好女孩，如果当初不是你妈从大学里把她招过来，我真不知道这两三年的生意如何做下去。她对咱家真是一心，对你妈像亲姐妹一样，对我也知冷知热地贴心，更不要说对公司的事了。

"我和你妈都试验过她，她没有私心，也没有计较，一心一意帮咱做事，这样的人哪里去找呢？我有时想，她肯定是上天派给我的，就是来帮助我、体贴我的。

"男人啊，其实最受不了女人的关心和体恤。哎，怎么说呢，这就是天性吧，日久生情。一来二去地天天在一起，时间长了，人咋能没有感情呢。"

赵鑫停顿了几秒钟，又接着说："我知道，在你妈心里我肯定不是个好男人。我是喜欢汝婷，但不是你妈想象的那种喜欢，我把她和你一样当闺女，可你妈就是不信。可能连你都不相信。"

这时，车笛响起，车速减缓，估计前面到站了。

凯迪把脸转过来，望着父亲问："你能保证以后对她的感情不转化？"

赵鑫有点惊奇："你这孩子，怎么能这么问呢！"

火车在一个小站停下来。

站台上灯光昏暗，并没有旅客上车。也就是一两分钟的时间，火车又缓缓前行。

赵鑫和凯迪都站起来，面对车窗，活动着身子。

火车速度越来越快，转眼间小站就飞得无影无踪。列车仿佛与原来的世界一刀两断，又开始了新的征程。

两个人相视一笑，又扳下座板，对面坐下来。

"说说阿洋吧。我和你妈真的挺担心的。你才十八呢。"赵鑫望着凯迪。

凯迪的脸扭向窗外，叹口气，然后才缓缓地开口。

"认识他的时候真不知道他爸是副省长，知道这些后我就觉得不是一路人，曾提出过分手。可阿洋不肯，他妈也找过我几次，看得出来他们是喜欢我的。但我不想被人说成是攀高枝。

"半年前，我下决心要和他分手的时候，没想到突然传来他爸被双规的消息。他成了人们眼中的'贪二代'。在美国，'贪二代''官二代'真的不少，只不过平时别人不知道罢了。

"这些'官二代'一旦成为'贪二代'，都像换了个人一样，不仅无法像过去一样任性和奢侈，更重要的是，他们在同学面前抬不起头来。自我放纵的有，抑郁的有，加入黑社会的有，自杀的也不少。

"这个时候，你说我该怎么办呢？"

凯迪连连叹气，像在诉说又像在自语："上火车时，他给我发微信，说要出去旅行。到哪里旅行呢？我真担心他把车开得太快。这半年来，他像变了个人一样，以前他不是这样的，像个普通人家的孩子，可现在不一样了，能看出他心里有股狠劲了，像跟车有仇似的，上车就开到一百八。唉，你说，我该怎么办呢？"

凯迪转过脸，求助地望着父亲。

这时，列车员轻轻地走过来，她小声说："不早了，休息吧。"

赵鑫望了一眼车窗外，正好一座山丘扑过来，挡住了他的视线。

他起身说："我们休息吧。"

凯迪站起身来。

3

凯迪一觉醒来，已是七点四十。

她抬起头，向窗外望去：连绵的黄土、沟壑向后退去，又迎头扑过来。

她想，火车应该进入了陕西境内。

这时，丽娜拿着洗漱包和毛巾进了车厢。她看一眼凯迪，说："昨晚和你爸都说的什么啊，什么时候睡的我都不知道。"

凯迪打开手机，刷着屏，慵懒地应道："聊天呗。"

又过了十几分钟，凯迪才磨蹭着下床。她拿出自己的洗漱包，趿着鞋，出了车厢，向前面的洗漱室走去。

她边走边看，这时才注意到这辆火车与普通火车的不一样。

火车上所有的标牌都有藏、汉、英三种文字；每节车厢都有海拔高度表、弥散式供氧装置，设在每节车厢的车窗上方；每个铺位上方，都有一个装着供氧管的长方形小盒。

到了卫生间，她注意到马桶和飞机上的一样，是真空坐便器，不像绿皮火车，随排随流地污染环境。

洗漱回来，凯迪慢慢腾腾地打开瓶瓶袋袋，开始涂抹化妆。丽娜放下手机，看一眼走廊上过去的一对母女，小声说："快点吧，餐厅的饭都要凉了。"

"急什么呢。我不太想吃。"凯迪嘟哝一句。

丽娜声音软了几分说："这孩子，不吃饭咋行呢。我等你！"

关上包厢门，准备去吃饭的时候，火车减速了，头顶的广播也响了，说前面就到西安站了。

正在这时，赵鑫和汝婷吃过饭，回到车厢。

赵鑫对凯迪说："闺女，西安站到了，下去透透气吧。"

丽娜皱起眉，盯一眼赵鑫说："真是的，我们正要去吃饭呢。"

"一会儿吃不晚的，我们下去站站。"凯迪兴奋地说。

站台上，赵鑫连抽两支烟，看来他憋坏了。

车笛响起，汝婷笑着对赵鑫说："赵总，赶快再抽几口，下一站早着呢。"

凯迪也看着父亲笑。丽娜却叹着气说："烟就是他的魂！"

餐厅里没有几个人了。

凯迪和丽娜对面坐着，边吃边聊。

丽娜说:"你们昨晚聊啥呢?兴致那么高。"

凯迪吸了一口牛奶,笑一下:"还能聊啥,聊你和我爸的浪漫史呗。"

"你这孩子,没大没小的。我们有啥浪漫啊,我是被你爸骗了。"丽娜装作生气的样子说。

"怎么骗的?说说呗,也让我吸取点教训。"凯迪笑嘻嘻地说。

丽娜望一眼窗外,哼了一声,把头伸近凯迪,小声说:"你爸是个游医,就是江湖骗子那一路。"说罢,丽娜也忍不住笑起来。

凯迪也笑了,差点把嘴里的牛奶喷出来,她用纸巾擦了一下,然后说:"给我说说,给我说说。"

丽娜兴致不错,给凯迪聊起了她与赵鑫相识的那段往事。

"2003年春节刚过,对,就是'非典'那一年,那一年发生的事儿可真多。"丽娜边回忆边感叹,"那年的雪下得可真大,雪停了十来天,城里的树上、绿化带上、楼顶上还都积着雪呢。

"正月初六我就从家里回到学校。我们的售楼部初七开门,几乎一天也进不来三五个人,我的心情灰灰的,经理又不让开空调,感觉世界就只剩下冷了。

"实在没有事干,我就在电脑上查星座玩。那时手机不智能,不像现在,比电脑还好用。查来查去,觉得好像与自己都不符合,就懒得再查。你想,那星座是外国人玩的,肯定与咱中国人是不符的。"

"老妈,你也玩过星座?"凯迪笑着问。

"看你说的。你妈也年轻过,那时大学还没毕业,才二十一岁呢。"丽娜脸上泛起一层得意的笑。

"接着说,接着说,感觉故事才开始呢。"凯迪有些撒娇地催促着。

"情人节那天中午,对,就是正月十四那天中午,经理见没人进售楼部,就宣布放假一天。

"到哪里去呢？学校里也没来几个人，空空荡荡的。我索性就沿着长江路向前走，毫无目的地闲逛。走着走着，就到了五里墩立交桥下。嘿，这里还挺热闹，一排卦摊和十几个摆摊的游医。前面几个摊子前都有人在问这问那的，我继续向最里面走去。

　　"快到尽头了，看到一个摊前挂着一个布幡：神算周知天。

　　"我正在犹豫时，布幡下那个戴翻毛瓜皮帽的老头冲着我说：'这位姑娘，你过来一下。'我当时心里是有些害怕的，但脚不听自己的使唤，就走过去了。

　　"你还别说，这老头还真神。他问过我的生辰，眯着眼，拇指掐着其余四个指尖，掐过来掐过去，十来分钟后他突然睁开眼说：'姑娘，你少年不顺啊。'

　　"我正想问咋个不顺，他举起左手制止我说话，接着又说：'如果我没算错的话，你命中十岁丧母！'

　　"我又要开口，他又制止住我，然后接着说：'你身体也不太好，少年风寒，性格嘛，有些孤傲。好自为之吧。'

　　"当时，我的脊梁沟被他说得一紧一紧地凉。我真的是十岁丧母，平时也多感冒。我完全信他了，就问道：'那我以后顺吗？'

　　"周知天又掐指算了一会儿，然后笑着说：'顺呢，今年是癸未年，你流年大顺，要交桃花运了。'

　　"我被他这么一说，脸腾地红了，那时我还没有谈过朋友呢。

　　"接着，这个周知天又说：'姑娘，放心吧，你这一生啊有贵人相助，先苦后甜，最终是福禄绵延呀！'

　　"他又说了一番什么，我都记不清了。只记得给他十元钱的时候，他转动身子用手指着旁边那个摊子说：'姑娘，如果你要信我的话，让这位先生给你看看风寒。病要及时治啊。'

　　"我当时就意识到可能是个圈套，他一定是在给旁边那个医摊拉生

意，就站起身说：'我没事的。'

"这时，旁边那个男人笑着说：'来吧，我不会骗你的。'

"这个人是谁啊？就是你爸这个骗子啊。也就是从那时，我认识他了。"丽娜说到这里，突然笑起来。

"啊，从此你就栽在我爸手里了！"凯迪也笑出声来。

丽娜环视一下，见旁边并没有其他人，就接着说起来。

"可不是嘛，我像是受了神鬼指使一样，就坐到你爸面前。他装模作样地在我脸上瞅了一会儿，才开口说：'你是早年命苦，受了风寒，病在肌理，非针灸不可根治！'

"我当时心里在想，你也会看相啊。后来，你爸给我说：'医易相通，古代的医生都懂《易经》的。'这是后话。

"当时，你爸就要取银针，给我针灸。我是害怕呀，起身要走。这时，他又一字一板地说：'风寒之邪外袭，肺气失宣所致，气机开合受阻，你怕寒、头痛、鼻塞。可取印堂、太阳穴针刺，三次即可根除。'

"听着听着，我就觉得他说的有道理，自己还真是常常头痛、鼻塞，也许真能治好呢。于是，就怯怯地答应了让他针刺。说来也神，他那银针在我印堂和太阳穴上来回刺了十几分钟，我就感觉神清气爽了。"

"我爸真是中医啊？"凯迪有些吃惊地问。

丽娜转眼望着窗外向后飞动的山峦，停了十几秒钟，才开口："他会的，在老家跟老中医学过。"丽娜又停顿了几秒钟，才接着说，"就是这学医啊，才使他这一生稀奇古怪的！"

"妈，你这话啥意思啊？"凯迪不解，急迫地问道。

丽娜起身，兀自笑了一下，然后说："你去问他吧，故事多着呢。"

这时，火车进入隧道，呼隆隆地向逼仄而神秘的前方冲过去。

## 4

晚上七点半左右，一位年轻的男列车员走进软卧包厢。

列车员很认真，要求凯迪他们四个人都报出各自的信息——单位、住址、电话，最后还要他们报上如遇紧急情况，可以联系到的亲属联系方式。

凯迪笑着说："你没看到我们是一家人吗？"

这个嘴上一丛绒毛的列车员认真地说："这是规定，必须按要求办的！"

"好吧，别难为这小伙子了。"赵鑫看了一眼汝婷，又接着说，"你帮他填一下。"

这个小伙子临走的时候，向四个人笑了一下说："凌晨就到可可西里了，早点休息，明天好看风景！"

"还不到八点，怎么能睡着啊。"凯迪看着汝婷，接着说，"婷姐，我们出去聊一聊呗。"

"好啊！"汝婷爽快地答应着。

其实，汝婷是有心理准备的，她知道凯迪会找她，甚至，她想到了凯迪会跟自己聊啥。

两个人走到这节车厢的尾部，选择最后一个车窗前坐下。

汝婷轻松地笑着说："想问什么？你说吧。我保证有问必答。"

凯迪被汝婷这话弄得不好意思起来，她看着汝婷说："姐，瞧你这语气，咱这还像聊天吗？"

两人对视后，都咯咯地笑起来。

最终还是汝婷先开的口："从机场接到你时我就想告诉你，就在半年前，你爸把公司百分之十的股份给了我。"说到这里，她停顿下来，

205

注视着凯迪，等待她的反应。

凯迪笑了，然后说："这事，我爸告诉我了，那是你应该得的。再说了，有你的股份，他才能把你当长工使啊！"

汝婷笑了笑，才又接着说："你是不是觉得我太贪了啊？占了股份，还想占人？"

凯迪没想到汝婷说话这么直接，转念一想，你扯开了，我也就不遮盖了。她望着汝婷的双眼，认真地说："你和我爸真的没有工作之外的关系吗？"

汝婷又笑了一下："我压根儿就没想过，也是不可能的。你信吗？"

凯迪说："那你为什么对他那么好？"

"因为我喜欢他，难道还有比这更好的理由吗？"汝婷说。

"他都快比你大一半了。"凯迪追问。

"有了爱，年龄还是问题吗？更何况，我喜欢他的善良和真诚。"汝婷望着窗外的远方。

凯迪想了想又说："你知道他还爱着我妈吗，甚至心里还有另外的女人？"

"我当然知道，他都告诉过我。也许别人会说我图他的钱财，他图我的年轻，我们在一起就是一笔买卖。其实，都错了。他没有这么龌龊，心里有爱情和真诚，甚至诗与远方。"汝婷像在演说。

凯迪的思路跟不上汝婷的话语了，她真没想到，汝婷会这么坦率。

这时，汝婷说："你知道他和你妈的故事吗？他们的故事感动了我。"

天越来越暗了，说话间，辽阔的天空就繁星点点了。

汝婷和凯迪都平静下来了。

她们一个讲一个听，说着别人的陈年旧事。

"'非典'那年四月下旬，虽然春暖花艳，却成了一个白色的春天。

206

"大街、商店、学校，所有的公共场所都空荡荡的，只有戴着口罩、穿着白色防护服的专业人员，四处喷洒消毒液，不时有救护车和警车在大街上穿过，高音喇叭里喊着：'请注意通风，保持空气流畅。'

"车站和路口更是如临大敌一样，布满警察和身裹白色防护服的检查人员。所有发烧的人都被送到指定医院，作为疑似 SARS 病人留置观察。

"就在这时，你爸阴差阳错地赚到一笔大钱。"

汝婷看了一眼凯迪，继续讲下去。

"可你妈——对，我就叫她丽姐吧——这时失踪了，手机关机，怎么都联系不上。你爸说，那时他判断丽姐是得了 SARS，或被当作疑似病人关在医院里。因为，十几天前丽姐发烧时，他去给她买药，回来的时候人就不见了，从此就再也联系不上。

"你爸是天生的生意人，而且，他又懂点中医。那段时间正推行中医治疗，清热、消炎类的中草药成百倍地向上翻着价。这时，他敏锐地感觉到这是赚钱的绝好机会。

"找不到丽姐，他就又回到了药都市，那里是全国最大的中草药交易中心。他想到那里进一批藿香，贩运到南方城市。

"第一车藿香很顺利，四天时间，倒手就赚了一百多万。

"当他再从南方回到药都市时，这里村头也都设了岗，白天想进药农家收药根本进不去。就是晚上，也得先给药农交了押金，才能进村。

"他交了十万块钱的押金，夜里十点多才进了村子。一进村子，你爸说真是傻眼了。村子里家家灯火通明，切药机在屋里轰响，院子里还有人手工在切。

"他被人领到院子里看货，差点被吓得坐地上。这哪是藿香啊，都是辣椒秆、茄子棵、菊花秆切片，他当即就拒绝收货。

"这时，院子里就蹿出几个年轻人，威逼他必须收货，而且必须立即把货拉走。实在被逼得没有办法，他说押金不要了，求他们放自己走。

"围着他的几个人说：'怎么能放你走，让你去告官啊！'"

"有这样的事？"凯迪有点不敢相信自己的耳朵，惊诧地说。

"这都是真事。那天晚上按说好的价，每公斤二十元，你爸装了一车，整整十吨假藿香，二十万呢！"汝婷有些激动地说。

"那这些假药呢？我爸真卖了啊！怪不得人家说商人都有原罪。"凯迪无奈地叹着气。

汝婷见凯迪叹气，深吸了两口气，平静地说："如果真卖了，就没有他与丽姐的故事了。"

"啊，你是在编小说吧？"凯迪急切地问。

汝婷故意停顿一会儿，才又开口说："要不我怎么这样佩服你爸呢。你猜怎么着？"汝婷又故意停顿一下，才接着说，"出了村子，他就让司机直接拉到涡河边，倒涡河里了。"

"啊！老爸还真不是见利忘义的小人呢！"凯迪骄傲地说。

她俩都坐累了，站起身来，走到车厢连接处的过道里，舒展起胳膊。

凯迪抻了一会儿胳膊，突然靠近汝婷，小声地说："婷姐，我爸这么好的人，你真没想过？"

汝婷扭脸看看凯迪，又转过头望着火车外的夜空，有些失落地说："不可能的，他都把股份给我了。"

见凯迪没明白过来，她又接着说："再说了，为什么非要完全占有呢？这样不挺好吗？"

凯迪意识到刚才的话不太合适，就笑着说："也对，也对。要是我可做不到呢！"

"傻丫头，说的什么话啊。一切都是命中注定的。"汝婷笑着说。

"那后来呢？肯定更有故事啊！"凯迪搂着汝婷的肩，问道。

汝婷点了一下凯迪的额头，卖着关子说："真想听啊？"

"肯定啊，正着迷呢，婷姐快说。"凯迪把她搂得更紧了。

汝婷深情地望了凯迪一眼，然后才缓缓地说："就是在那天夜里，你爸在河边捡到了生病的你。这些事你都知道的。"

接着，汝婷告诉凯迪："那年6月3号，中央电视台曝光了药都用辣椒秆等冒充藿香的事件后，那个货车司机说出了你爸往河里倒假药的事。

"后来，药都市的公安机关动用了特殊手段才找到你爸。警察找到他时，他吓坏了，以为卖药赚钱犯了大事。恰恰相反，是树立他不卖假药的正面典型。电视采访在省电视台播出时，丽娜正好在医院的过道里看到了。"

讲到这里，汝婷对凯迪说："你说巧不巧，这分明是天定的姻缘，他们就这样又联系上了。"汝婷突然流下泪来。

凯迪抱住她，小声地说："姐，别伤心。人生啊就如这火车，上帝早给设计好了轨道。"

汝婷也抱紧了凯迪，望着车外的星空，喃喃道："我没伤心，是被感动了。你看，那颗星多亮啊！"

凯迪转过脸，目光向夜幕中那颗最亮的星星追去。

## 5

赵鑫从厕所出来的时候，见那个年轻的列车员正和检修工在过道里说话。

"到哪儿了？"赵鑫问列车员。

"刚过格尔木，快五点了。"

赵鑫"嗯"了一声，向里走。

这时，列车员又接着说："现在列车的供氧系统启动了，一会儿就到可可西里。"

赵鑫抬头看供氧管，里面正嗞嗞地向外放着氧气。

赵鑫睡的是下铺，他小心地关上包厢门，侧身慢慢地躺下，他怕惊醒了上铺的汝婷。

昨天晚上，汝婷和凯迪聊天聊到快十二点了。她们回来睡的时候，赵鑫并没有睡着，但他却闭着眼，一动不动，他是不想影响她们睡觉。

说真的，在赵鑫眼里，凯迪是女儿，汝婷也差不多。但他对汝婷的感情又很复杂，既有长辈对晚辈的那种体恤和关爱，又有相融相亲的渴望。许多时候，他心里都很矛盾，这算什么呢？

他依恋对她的信任。汝婷确实是他的好助手，公司这两年迅速发展，如果没有汝婷，那是绝对不可能的。

赵鑫怎么也睡不着了。

他慢慢抬起头，拉开车窗玻璃前的布帘，向窗外望去。

夜色开始泛亮，由漆黑渐渐地变成暗蓝色，远处的雪山、沟壑，近处的冰河轮廓映入眼帘。列车在这万古荒原上飞驰，赵鑫的思绪起伏飘动。

此刻，他望着车窗外的旷野，心里却纠结成一团。

自己到底是一个什么样的人呢？他回忆着自己与菱子、丽娜、汝婷三个女人的往事。

汝婷比丽娜更能干，而且看问题、看事情更通透，办起事来比男人还爽快利落。现在，赵鑫觉得自己公司的业务真的是离不开汝婷，对她也越来越喜欢了。给她百分之十的股份，既是对她的回报，也是想拴住她的心。

但许多时候，他心里有一种不祥的感觉，觉得汝婷可能最终会离开自己的，也正是心里有这种隐忧，他才越发对她好。

　　社会上都说商人喜欢把下属变成情人，其实，也许不少人有时更是希望用感情拴住助手的心。赵鑫望了一眼对面铺上的丽娜，她正均匀地呼吸，安然地睡着。

　　他确实想过把汝婷变成自己的情人，但是，理性又告诉他，这是绝对不行的。现在丽娜就怀疑他与汝婷的关系，如果真有了那种关系，她肯定是受不了的。毕竟在一起十几年了，一日夫妻百日恩。这不，她精神上有了压力，为了让她高兴起来，硬是把办学这样的大买卖推后，陪着她来了。

　　想到这里，赵鑫心里竟对自己生出了一些宽慰。他抬头向车窗外望去，辟开的山迎面扑来。

　　苍茫的高原边际，已经泛起了鱼肚白。远处的雪山逐渐清晰起来。天空中突然出现一片美丽的彩霞，照在雪山上，雪山便宛若轻纱遮住的少女泛起红晕的脸庞。车窗外的高原清晰起来，朝霞、雪山、河流、沟壑和荒原上点缀的如纽扣般的水洼和湖泊，都越发生动和美丽。

　　这种突如其来的美景，让赵鑫激动不已。他望着眼前的美景，突然想到，这世界真是太奇妙了，突然出现的东西，往往都是最美好和最令人难忘的。

　　此刻，赵鑫的思绪又回到那个"非典"流行、改变他命运的春天。

　　2003年，二月二"龙抬头"那天，赵鑫和往常一样，来到五里墩立交桥下。周知天却迟迟未到，一直到下午也没有来。第二天，他终于来了。赵鑫问他为什么没来，周知天阴沉着脸说："这是最后一次出摊了。你没看啊，要出瘟疫了。电视上天天讲呢，全世界都害怕了。"

　　赵鑫不以为然地说："那就是个流行肺炎，清热解毒就行了，没那么邪乎。"

　　"嘿，我昨儿个在住处排了一天的八卦。这事不小，不信你瞅着，

211

马上就要净街了!"周知天晃着肩膀,一字一句地说,"今儿个,我是来跟你告别的。咱兄弟俩一场,得告个别不是!"

收摊的时候,周知天说要给赵鑫排一卦。赵鑫半真不假地说:"这不会是临别送我一卦吧?"

周知天并不言语,掐指算了半天,突然说:"好!兄弟这卦不一般啊!"

"啥卦呀?"赵鑫掏出一支烟递过去。

周知天并没有接,而是看着他说:"是风雷益啊,上上卦!"

停了半天,周知天才接过烟,点着,开始给赵鑫说卦。

"象曰:时来运转吉气发,多年枯木要开花,枝叶重生多茂盛,几人见了几人夸。这卦啊,向东南大山走大吉利,找人得遇,钱财自来。"

从第二天起,周知天真的没有再出过卦摊。

赵鑫心里一直嘀咕,这老东西莫非真知天知地啊。

接着,关于肺炎的风声越来越紧,十几天后学校都放假了,电视上天天播报 SARS 病情,那阵势真够吓人的。赵鑫也不能再出门挣钱,只能窝在小旅馆里,翻看以前从旧书摊上买来的几本中医书。

这样又过了十来天,赵鑫突然想起周知天给他算的那卦,心里就一动。兴许他真能算准呢,看这"非典"不都让他算准了?想了想,赵鑫决定去九华山走一趟,那里正是周知天所说的东南大山。

那时,汽车还通,只是进站和出站要测体温。

赵鑫从贵池县下车,想住下来,却没有旅馆接收。他心想城里严,那就去乡下吧。其时,通往乡下的班车也已停运,他只得步行。

走了十几里路,天就黑下来了。他想进村去找个住处,弄口饭吃,守在村口的民兵却死活不让进村。赵鑫没想到会是这样子,只得继续向前走。

又走了个把小时,村头依然有人把守,他只得绕到村后。这时,他实在是又渴又累，就在路旁的草垛前停下了。

有个草垛靠一下，舒服多了。不一会儿，他的肚子翻滚着疼起来，一会儿便坠得不行。他一想，坏了，是在县城吃冷米饭吃坏了肚子。他解开裤带，蹲在草垛跟前，大解了起来。

这时，突然一声大喊，接着，一柱手电光照过来："谁？"

原来这人是村头把守的民兵。他见赵鑫拐到村后，就尾随过来，本是盯着他不让进村的，没想到赵鑫竟转到他家泽兰垛跟前，解起大便来。

这人非说赵鑫是疑似"非典"流窜人员，要把他送到镇里。赵鑫害怕啊，送到镇里就有可能直接送到医院，没病也可能染上病。

赵鑫见身旁是一垛泽兰，就顺口说自己是买草药的。这个年轻人一听他是买草药的，非要把这一垛泽兰卖给他，否则就不让他离开。

泽兰清热解毒，赵鑫是知道的。这草药平时也就几毛钱一公斤，但这年轻人逼着赵鑫打开背包，掏出钱来，见赵鑫有两万元左右，最终非要一万五卖给他。

这个人还算有点良心，收了钱后就回村给赵鑫弄来吃的，并答应明天帮他在路上截一辆货车。

人啊，就是这样命邪，该着发财，出门就能碰到金山。赵鑫望一眼车窗外越来越高的太阳，暗自笑起来。

那天早上，泽兰装车后，赵鑫都没想好这药拉到哪里去。出了村口，他才突然想到：去药都市啊，那里是全国最大的中药材市场，现如今 SARS 这么厉害，这清热解毒的草药肯定能派上用场。

夜里快十二点了，货车才到药都市城外。

由于路不熟，司机开得很慢。车子正慢慢地向前走着，突然前面跳出两个人，晃着手电筒让车子停下。车子停下后，其中一个从驾驶楼后面爬上车挂斗，拽了一把泽兰，在手电光下看了看，大声地对下面那个人说："这车药咱要了!"

"你说啥？这还真遇到强盗了!"赵鑫从车窗伸出头，大声说。

"啥强盗!俺给你钱。"从车上跳下的这个男人高声大气地说。

赵鑫想，这次真是倒血霉了，开始被强买，现在要被强卖。于是，就气愤地说："你给一百块钱一斤我也不卖。有本事抢吧!"

这时，另一个就拉着车窗说："老板，咱一口价，一百一十元一公斤!"

听了这话，赵鑫一时摸不着头脑了，莫非这两个人真要买这车药啊？

又一番交谈，赵鑫觉得这两个人不像坏人。兴许这药真涨得这么高了呢。于是，就半信半疑地让司机发动了车。反正也就是一万五千元的事，爱咋咋吧。

车到这两人的仓库，随后卸货、称重，一会儿，其中一个人真提了一大包钱出来了。他对赵鑫拱了拱手，笑着说："兄弟，赶紧回去再给俺拉两车!"

后来，赵鑫才知道，当时泽兰已经断货了，药材市场上价格已经炒到每公斤一百五十元。

每次想到这段，赵鑫都禁不住要笑起来。

赵鑫高兴地走出车厢，站在过道的窗户前。

这时，一群藏羚羊从火红的太阳下向火车奔来。

## 6

赵鑫接了钱院长电话，是有关与药都市政府签订合同的事。

汝婷打开手机，接收合同草稿。她与赵鑫一起对照条款，一条一条地商量着。

丽娜与凯迪走出包厢，来到车厢过道里聊天。

列车翻过火山口，没多远便上了一座铁桥。

那个年轻的列车员正好路过，他停下来，指着窗外对凯迪说，对面那座桥是沱沱河公路大桥，是万里长江第一桥。沱沱河的水是格拉丹冬冰峰的雪融化的，这可是长江的源头呢。

年轻列车员告别时，凯迪并不热情，只点了点头。

丽娜觉得她不对劲儿，就试探着问她是不是没有休息好。凯迪"嗯"了一声，继续翻看手机。大概又过了几分钟，她开始在手机上回复。

手指如鸡啄米一样快速，一会儿，手机屏就写满了密密的英文字母。

丽娜想，肯定是给阿洋回的。从凯迪回来，丽娜就觉得她哪里有些不对劲。出发的前一天晚上，她主动问了凯迪，但凯迪只是简单地说了阿洋的状况，并没有详细说。

她想跟凯迪交流，甚至想劝一劝她要冷静处理，但凯迪是个有主张的女孩，也不会轻易表露自己的想法。相反，凯迪还开导丽娜要想开点。

那天晚上，凯迪与丽娜谈得很晚。

凯迪甚至劝丽娜对赵鑫与汝婷不要疑神疑鬼，同时，她劝丽娜也应该反思一下自己，许多时候男人与婚外的女人相好，其原因多少都与妻子有关。

凯迪这些年轻人对感情的想法，虽然丽娜不能完全接受，但有时觉得说得似乎也有些道理。

正是凯迪的直接点拨，加上这两天旅行的愉快，丽娜的情绪好多了。夜里醒来的时候，她还在想，看来是自己多想了。这样想着，她的心结竟突然开了，许多事是可以暂时放下了。

现在，见凯迪心里郁闷，丽娜便想劝慰一下她。

火车在向前行驶，一个小站突然露出轮廓。

丽娜指着前方面对凯迪说："人生多像这列火车啊，一路上有许多站口，来来往往、上上下下的人，只能陪你走过一段。钢轨的岔道口很多，一转身也许就是一辈子的错过，沿途再美的风景都会过去，真的要珍惜缘分呢。"

凯迪听丽娜说完，突然笑了一下。她想，丽娜一定是那种心灵鸡汤书看多了，漂亮话都可以说，但真正落到自己身上时，这"鸡汤"是治不了病的。

凯迪明白了丽娜的用意。这次出来是帮她解脱精神压力的，不能让她再为自己担心了。凯迪就开始调整自己的情绪，有些撒娇地说："老妈，给我讲讲你与老爸的传奇吧。你还真没给我说过。"

丽娜笑了，然后说："你爸都怎么说的？肯定把自己说得很高大上吧？"

"这你就不要管了，我听听你的版本，自有判断。"凯迪搂住了丽娜的肩膀。

凯迪坐下来，丽娜也坐下来，母女两人面对面，牵着手，如同姐妹。

丽娜注视车窗外，有一分多钟，才转过脸，开始讲述：

"我与你爸的事啊，比传奇都传奇。

"那年4月20号左右，SARS已经把全世界都弄得人心惶惶，相关官员都被撤职了。我所在的大学里不时有发烧的学生被隔离，学校规定只出不进。

"那时，我正一边在售楼部兼职一边写论文，与同学租住在校外。售楼部关门后，我想回学校，但进不去了，学校不准进入，就只能住在出租房内。与我同住的那个大连女孩提前回家了，出租房内就只有我一

216

个人在那里窝着。

"就在官员被撤职后的第二天，我突然觉得浑身发懒，感觉可能是发起烧来了。赶紧用温度计试，一试吓坏了，竟 37.8 摄氏度。虽然温度不算高，但也是起热啊，这可怎么办？我怕被街道上的大妈发现给送到医院，但又担心烧退不了。

"我窝在房间里睡了半天，这时，突然想到你爸了。他曾给我针灸过的，而且效果也不错。我想，他也许能帮我呢。幸好那天要了他的手机号，于是，就拨他的手机，连拨三次都没有通，我有些丧气地想，他一个游医终究是骗子，说不准现在在哪里行骗呢。

"下午的时候，我的电话突然响了，竟是他拨回来了。当他听到我的情况后，就让我别急，他正在从药都市去九华山的路上，还没过合肥呢，一会儿从合肥下车。那一刻，我突然觉得这一辈子可能就与他分不开了。人的感觉真是这样奇妙，第六感觉很准的。"

丽娜很动情。她停下来，让情绪平静了一会儿，才继续说。

"你爸还真有点神，夜里，竟凭我电话所说的位置找到了我的出租房。

"那时，没有手机定位的，也不能发位置图，能拐弯抹角地找到我，真是奇迹。他来的时候，拎着一包草药，就用烧饭的锅给我熬的。我喝过以后，当晚感觉身体好多了。

"都快凌晨了，他要走，我说你到哪里去啊，现在住旅馆都要检查身体，根本没处住的。他想了想就留下，在室友的床上躺下来。现在想想，我也真是胆大，见他一次面，就敢留他同住。那时，真没把他往坏处想，也是在那个'非典'环境下吧，人只想到活命，其他的事好像都没太多想。"

这时，凯迪插话说："老爸与美女同居而不生邪念，真是传说中的传说！"

217

"这就是我佩服你爸的根本所在。"丽娜又接着说起来。

"第二天,我又起热了,虽然还是37.8度,但我心里害怕了,感觉说不定真得了'非典'。可你爸后来说,我那是紧张性肌体反应,不是真正的发烧。这都是后话了。接着说,第三天第四天热起了退、退了起,我在心里就断定自己一定是感染了SARS病毒,就开始做打算了。我决定回趟老家,见一面我爷爷。凯迪你知道的,我从小父母去世得早,是爷爷养大的,那一刻,就是想回老家看看。

"开始时,你爸他不同意,说那太危险了,而且一路上坐车也要查体温的。一旦被查出来,就会立即被送医院,想出来都不行了。

"那时候,我感觉你爸他心里也有事,有些坐卧不安,好像要去南方进草药。后来他和我说了,当时他刚靠那垛泽兰鬼使神差地赚了钱,正要去南方再进货。我那几天是耽误了他挣几百万呢。

"这样看,你爸他真是个好人,为了一个并不熟悉的女孩,竟放弃这么好的挣钱机会。"

这时,凯迪突然笑了,笑过之后,用开玩笑的口气说:"我爸真是老谋深算呢,他是最终赚得美人归。你想啊,一个初中没上完的人,娶回一个年轻女大学生,这不是大赚特赚了吗?"

"怎么啥话到你们这些孩子嘴里,就变味了呢。"丽娜也笑了。

凯迪神秘地问:"我爸跟你说他是怎么得到那垛泽兰的吗?为什么突然去东南大山的?"

"我当然知道,他没有什么事瞒过我。"丽娜打断了凯迪的问话,又接着回忆,"大概是第五天吧,我这热老是不退,你爸就说草药不行,说是去药房给我买些西药。可他去了半天也没回来。后来,他说那天去药房后就被带走到医院查体温了,一直到下午才放回来。就在这段时间,我有些等不及了,就从出租屋里出来,想看个究竟。

"那时,我戴着大口罩,加上焦急,就有些病态,刚一出门,就被

218

巡查的街道大妈发现了。她们不由分说地把我弄到街道办，一量体温，坏了，立即把我推进防疫车，送进了医院。当时，慌乱中我的手机竟丢了。从此，就与你爸失联了。"

"嘀，还真够传奇的，这桥段比电影里还不可思议！"凯迪又笑起来。

丽娜皱起眉，沉思了好一会儿，才又说："'非典'那段时期，啥事都能出现，可惜现在也没有一部电影或电视拍出来！"

丽娜叹口气，突然又笑着说："我那时是疑似病人，与你爸失联一个多月，我当时想可能他也被我感染上了吧，真是消息了断，生死茫茫啊。"

丽娜停顿了一会儿，才又接着说："后来你爸说，那一个多月他也急坏了，知道我被弄进医院后，对我的生死真是担心，甚至都绝望了。后来，我在医院过道电视上偶然看到你爸成了模范人物，这才又联系上。"

说到这里，丽娜和凯迪都开心得笑起来。

正好，这时车厢广播传来曲旦卓玛的歌声："山有多高啊水有多长，通往天堂的路太难，终于盼来了啊这条天路。"

凯迪和丽娜和着这优美的曲调，也哼唱起来："载着梦想和吉祥，幸福的歌啊一路地唱，唱到了唐古拉山……"

## 7

藏北最大的淡水湖——措那湖，就在眼前了。

这里的景观与可可西里截然不同，铁路两侧散布着湿地牧场，草肥水丰，帐篷四散，成群的牦牛、白羊安然地散步和嬉戏，瓦蓝的天空不时有孤鹰掠过。

赵鑫望着车窗外的风景，心情很好，回想起这两天丽娜、汝婷、凯迪她们快乐亲昵的样子，他觉得这次西藏之旅，其实就是一种和解。她们仨之间的相互和解，她们与自己的和解，更重要的是赵鑫觉得自己与自己达成了和解。他觉得心里的压力没有这么大了，一切都摊开了，反而轻松了许多。

此时，他又想起了菱子。菱子虽然到现在没有音讯，但她却是自己生命中的重要一环，甚至是原点。如果没有她，自己就不可能离开白家屯，也不可能遇到丽娜；如果不听信周知天的话，就不可能碰到那垛泽兰；如果不是那垛泽兰，就不可能去药都市，也没有机会捡到凯迪；如果不是经商，也不可能与汝婷有缘相识。以他的认识和理解，觉得这一切，似乎都是命中注定。

这两天，菱子一直在他脑海里，挥也挥不去，赶也赶不走。

其时，他确实喜欢菱子，而且，菱子也喜欢他。菱子是个命苦的女子，结婚两年，丈夫白明就突然得急症死了。那时自己有着一身使不完的力气，就常常帮着白家做田里的农活。这样一来二去的，就与菱子好上了。后来，事情败露了，他提出要跟菱子结婚，招来菱子的叔公一顿痛打。

从此，他就离开了屯子。后来，菱子也走了，而且走得无影无踪。

后来，丽娜出现了。赵鑫不止一次地想，这也许就是上天的安排，自己一个跑江湖糊口的游医，怎么可能就发财了呢？又怎么可能娶上大学毕业的丽娜呢？

他想不明白这些，就认定是命里注定的。他对丽娜，是心存感激的，他们结婚后她便成了他的助手。不然，就靠那偶然得来的一百多万元，再怎么也变不成今天的亿万富翁。

作为四个人中唯一的男人，而且是她们三个人的轴心，赵鑫觉得自己的责任很大，他必须把公司越做越大，而且不能出现风险。

赵鑫的思路又回到了办医学分院上。

赵鑫相信钱强的话。与江南医科大学合资在药都市办一个独立学院，他不仅可以与医科大学分成学费，而且还能向药都市要一些商业开发用地用作房地产投资。这样一来，他就可以轻松地跨入两个更赚钱的行业：教育和地产。

而且，钱强酒后也说明白了，承诺会在幕后帮自己。

想到这里，赵鑫在心里暗自笑了：我的命怎么这样好呢，真不知道上辈子积了什么阴德啊！

进入那曲后，海拔就升到了四千五百米。由于火车一直处于供氧状态，再加上年轻，凯迪和汝婷两人几乎没有任何不适的感觉。

窗外的太阳近乎直射，在太阳的白光下，天就显得特别蓝，蓝得不太真实，像凡·高笔下《罗纳河上的星空》那种蓝。

凯迪和汝婷靠在两节车厢的连接处，聊着天。

两个女孩都是聪明绝顶的人，表面看都向对方毫无遮拦地敞开着，但心里却都设着防。她们各有各的心事。虽然这两天她们聊得不错，也都探得了对方的一些想法，但女人的心绣花针般细着呢，都还要继续探刺着对方的心机。

到这个时候，两个人的谈话就越来越形而上了，有一点高山罩云雾的感觉。

车过那曲站。这是到拉萨前的最后一站了。

汝婷回头看一眼后逝的站台，自顾自地说："人生就像我们这趟旅行，目的地并不是特别重要，重要的是沿途的风景和看它的心情。"她看一眼凯迪，又接着说，"风景太多，旅途太短，各有各的所爱，各有各的选择，真是不能强求。"

见凯迪并不接话，汝婷笑了一下，又发起感叹："有时真想停下来，可火车却一直向前，并不能按自己的想法随时停靠，除非主动下车。"

221

凯迪此时正在想着阿洋的妈妈发来的微信。她是希望凯迪尽快回去，或者劝一劝阿洋。凯迪回来这十几天，阿洋更烦躁不安，有几次通宵都没有回到家里，真不知道在外面做什么。

凯迪这时想，我又算什么呢？不就是恋人关系吗？何况在美国，男女生在一起并不能说明什么，喜欢了就可以在一起，不喜欢就分开，那是分分秒秒的事情。可现在不同了，阿洋家出事了，自己似乎要承担起照顾阿洋的责任。

怎么会是这样，自己家里都乱得麻窝一样，还顾不上呢。再说了，就是现在不与阿洋分开，那将来就一定能一生一世在一起吗？真是太沉重了。人生真如这前行的火车，车站、城市、山谷、河流，一切都扑面而来，但又都会一闪而过。

汝婷看出了凯迪的心事，就笑着说："小迪，你不要心事太重，有些事该放下就放下。比如阿洋，你真的不要太操心。"

凯迪见汝婷猜到了自己的心事，就故作轻松地笑了笑，然后才说："是啊，谁说过的话，我记不清了。反正就是说缘分这事就是刚刚好，早了不行，晚了也不行，深了不行，浅了也不行。爱情这事常常是不按道理出牌的。"

其实，凯迪想说的是这几天关于爱情的思考。自己与阿洋，老爸赵鑫与他的初恋菱子、与丽娜，甚至是汝婷对老爸的暗恋，哪一对爱情是按道理的呢？就像那年"非典"一样，许多人的爱情，包括人生都是非典型性的。

火车经过一条小河，窄窄的，但却看不到源头和去处。

汝婷望着这小河，对凯迪说："唉，人生啊，真像一条河。佛家说，人生苦短，是条苦难河；儒家说，人生一世，建功立功就是条淘金河；可道家说，人生如梦，就是一条睡眠河。"汝婷摇了一下头，又苦笑着说，"不知道说这些话的人有没有苦。"

凯迪沉默十几秒钟，突然开口问："婷姐，你心里很苦吗？"

"谁人心里不苦呢。只不过苦中有甜，苦到极致五味俱生而已。"汝婷的话越来越玄妙，像在讲经又像在说道。

凯迪拉住汝婷的胳膊，然后说："看着我，告诉我实话，你能不能爱我爸一辈子？或者，有没有这个打算？"

汝婷苦笑一下，沉默良久，才开口："守得初心，也未必走得到尽头。"

"你这话啥意思？"凯迪觉得汝婷这句话的含义太多了。

汝婷转脸望一眼窗外那条渐行渐远的小河，又笑着说："其实啊，很多时候终点所得，也并非出发时所想。不确定性，才是人活着的动力和理由。"

凯迪对汝婷这番话的真实所指不清楚，但她觉得这话一定是有所指的，也许是针对爸爸赵鑫和妈妈丽娜的。于是，就装作一副究根探底的样子，问道："婷姐，咱不能这样啊，话要明说，不能老考验我的智商。"

汝婷想了想，就直接地说："比如你爸和你妈。"话刚出口，汝婷又觉得不该用这语气，就改口说，"我相信当初赵总救丽姐时，肯定没想到要跟她结婚，但最终还是琴瑟和鸣。"

凯迪突然笑了："真应了那句老话：'男追女隔座山，女追男隔层衫！'"她停了一下又笑着说，"真不知道我爸这么老实的人，咋过了婷姐这座山的。"

"去！你这小妮子！"汝婷握起拳头，在凯迪肩上轻轻地连砸了两下。

两个人都咯咯地笑起来。

8

车到拉萨河，便见一河的蓝天和白云。

火车减速，两层斜体、白红黄三色相加的布达拉宫式火车站，向火车徐徐而来。车站虽然不高，但因依山而立而显得气势磅礴。蓝天下低得触手可及的白云，宁静而神秘。

人们都起身向车窗外望去，每个人心里都装着自己的虔诚和期盼。

车厢内韩红的歌声更唱到高亢处："那是一条神奇的天路，带我们走进人间天堂……"

（《长城》2020 年第 2 期）

# 王的秘密

/

其实，我就是个骗子。

五年多来，一直打着心理咨询师的旗号，在网上行骗。骗他人的真情，骗他人的眼泪，骗他人的钱财。

是怎么走上这条道的，还真说不太清。老公是一家园林公司的老总，婚后我就成了全职太太。带孩子之余寂寞难忍，渐渐就迷恋上了网络。网络真是个迷人的世界，于是，我成了不少论坛和聊天室的常客。进了聊天室，就由着性子与无数的陌生人神侃瞎聊，人机一体的日子，真是幸福得爽歪歪。

突然有一天，我发现这个世界上心理有病的人还真不少，几乎每个论坛每个聊天室里都有这样的病人，男男女女老老少少五花八门的人都有。刚开始的时候，我在聊天室里开导那些心理有问题的疑似病人，后来干脆以心理咨询师的身份与他们聊天。

随着名气在网络上越来越大，也是扛不住网友的鼓励，四年前，我终于在网上开了一家"梦姐心理专科"。也正是在这个时候的某一个凌晨，一个署名"王"的人成了我的朋友。

对王这个名字我很感兴趣，就问他为什么取这名。他没有直接回答我，而是发来了一首有关玉米的诗：玉米林间点点红，怀苞未熟仰天空；待到硕果八月成，我自称王笑春风。

网络江湖，不问来处。我想了解他的真实情况，当然是不太可能的。但从后来交谈的蛛丝马迹中判断，王应该是江南某小城的一名警察，而且是技侦方面的专家。

突然间，我对自己的判断产生了怀疑——王身上的秘密和疑点越来越多，他似乎变得一点都不真实了。尤其是这半年来，他传达过来的信息，俨然就是一部悬念丛生的小说。

于是，我决定把他的秘密写出来。也许，这个自称王的人，就隐藏在你身边，说不定还是你的同学或故旧。但我也预料到，肯定有不少人会说，这是我虚构出来的一部小说。

也罢。无论你怎么想，不过我敢保证，编辑出来的这一堆文字，虽然把这些年我们交谈内容的前后顺序做了调整，但每一个字都是真实的，而且应该是很有意思和吸引力的。

那就从半年前他的一次出警说起吧。

那天下午四点多钟，王就开始在网上和我聊天。

看得出来，那天王心情一般，是那种无事可做的寂寥。他说，这一个多月没发生人命案，手上也没有其他的案子，又是周日值班，无事可做。我们就这样聊着，聊到了他的母亲。他说，母亲是一个沉默的老太太，一直没见她鲜活过，像那种蔫了的玉米棵一样，也绿绿地向上长着，但没有过蓬勃。

其实，他母亲原来不是这样的。他五岁前的记忆中，母亲是喜笑的女人，整天说说笑笑的。那时，他们在淮北一带居住，具体在哪个县哪个村，他记不清了。但从他老提的玉米地和山芋饭，我判断应该是在淮北。

他五岁时，记事还不太清楚，母亲在一个雨天带着他，坐长途汽车来到了江南一个小镇上。从此，他开始一年四季吃大米。

虽然王的话总是闪烁不定，但我从这些年的聊天中判断，他母亲应该是与父亲离婚或者出走到江南来的。看得出来，王与他母亲感情有些隔阂，每每谈到关键处他都转移话题。

这天，他显然对母亲有些不满，这不满来自妻子的传导。王的妻子与婆婆最近矛盾公开化了，有时竟互不理睬。根源是这老太太最近喜欢上了老年广场舞，有几次竟忘了接孙子。更可气的是，母亲在前几天向王提出要几百块钱，说是要买服装，要参加一场表演必须穿新装。

王当然是给了钱，但他觉得母亲有些奇怪，就是想不通母亲为什么突然变了个人一样呢。

我们聊着聊着，王就不说话了。我以为他有急事，就跟别人聊起来。这时，对话框又出来了王的回复。

"奶奶的，要出警，哪能让我们去呢!"显然，王很不高兴。

"有突发情况了啊？你这搞技术的都上了。"我以为又出现了人命案。

王很恼火地说："一号要慰问跳广场舞的大妈。真他妈莫名其妙!"

我判断王此时的心情一定很坏，平时他是不轻易说脏话的。于是就说："命令比天大，赶紧去吧。"

王没有回复，对话框就从网上消失了。

知道王那天在爱民广场上出警时发生的事，已经是一周后了。

但我怎么也没有想到，一次普通的出警却开始扭转王的命运。

事情其实很简单，但任何复杂的事往往都是从简单开始的。

那天是周日，市委书记卞恒义早上起来突然想去爱民广场看看。他这么一想不打紧，忙坏了下面的人。书记到广场与民同乐，安全是首要的事。更何况这个广场是卞恒义在市长任上力主修建的。

广场原来在城南关，开发新区时就成了中心。在中心区建个广场应该说是大好事，市民有休闲运动的场所了。但事情却很复杂，广场所在地的拆迁成了大问题。一百多户人家拆一年多都没有拆下来。时任市长的卞恒义着急呀，他在人代会上公开承诺过，这样拖下去怎么行呢。开发商续大强也急得要命，三天两头到市政府去找，他垫着钱呢，这样拖下去，白花花的银子就天天向外流。

接下来，强拆就成为一种必然。

强拆是在夜里进行的。四百多位警察在凌晨两点钟突然围过来，街道干部和城管执法队员冲进剩余的十几户人家，把房内的人强行架出。挖掘机和推土机呼啸着冲上去，也就半个小时，十几处房屋全被推倒。

没料到的事情发生了：一个七十多岁叫史景仁的老人，在混乱中被崩下来的水泥块砸断了腿。这下子麻烦来了。

史景仁的老伴修慧英和女儿史艳成了专业上访户。修慧英年纪大，听说前些年在输血时染上了艾滋病毒，不能关又不能押，但她与史艳却不依不饶地到省城上北京。卞恒义和信访局都头痛得很。最终还是把史艳给刑拘了，而且以扰乱公共秩序罪判刑两年半。

广场建成后，修慧英上访的事一直没有得到真正解决。这样一来，卞恒义来广场视察自然要加强警戒。

这天广场上很是热闹。练五禽戏的、打太极拳的、跳广场舞的，有几百个人。

卞恒义下车后，就被人簇拥着走进警戒圈的人群。人们见市委书记走过来，都鼓起掌。当然，这是安插在人群中的机关人员领的掌。

卞恒义微笑着对大家挥了挥手，就开始讲话。讲话时间并不长，也就五分钟的样子。讲毕，便与十几个男男女女握手。人们与卞恒义握手的兴致很高，不少人喊着感谢的话向前面拥过来，卞恒义脸上荡漾着普度众生的笑，很沉稳地向前走着。这时，修慧英突然上前，一把攥住了卞恒义的右手。

随行的信访局长和市委秘书长认识修慧英，就冲过去拉住她。修慧英哪肯松手。在拉扯中，卞恒义的手被修慧英的指甲剐出了三个血印，而且渗出血丝来。场面混乱起来，警察围过去，强行把修慧英抬上警车。

卞恒义稳定一下情绪，向面前的群众说："同志们，你们继续，你们继续。她脑子不正常了！"说罢，就在众警察的保护下，向外走去。

当时的情况也许有一些出入，但这是一周后王在网上对我说的，我想大抵应该如此。

王与我在网上聊天，是那种跳跃式的，并不是围绕着一个话题一直聊下去，而是想到哪儿聊到哪儿。但是，为了让读者尽可能地看得明白些，我还是把那天出警后的事给捋顺，也就是说把后来发生的事给提到前面。

那天，王回到家里已十点半。他草草地洗洗，就上床了。

在十一点半的时候，他接到了局长的电话，要他立即到局里去。

到了局长办公室，局长严肃地说："交给你一项政治任务，采集修慧英的血样，你亲自查一查她到底有没有艾滋病毒！"

王愣了一下神，说："局长，这病该由疾控中心检测。"

局长瞪一眼王，说："这个任务要保密。明天中午书记的血样也会送到你手上，要认真查一下有没有感染！"

王应了一声"是"，转身就要离开，局长又说："一定要保密！只给我一个人汇报。这是命令！"

王是技术队长，主抓业务。他不仅是省内知名的足迹专家，更是公安系统出名的检测能手。加上他平时闷葫芦的脾气，局长把这件事交给他办，应该是唯一选择。

做刑侦技术十多年，王当然知道此项任务的重要性。更何况，事关书记卞恒义呢，保密是绝对第一位的。

王从局长办公室出来，月亮高悬在头顶。公安局大院里的路灯都关了，月光照下来，王的人影被拉得老长，扑在院子的人行道上。

但是，王没有注意到这些，脑海里浮现的却是北京那次专家培训。

在那次内部培训中，听专家讲国外元首来访，房间都是对方特殊人员亲自清扫，一丝毫毛、一粒皮屑都是不能留下来的。现在的基因检测技术先进，通过人体细胞样本，能把身体各种状况检测出来，甚至通过活体细胞可以克隆。

那天，王的车速很慢，只有二十码。他倒不是为了欣赏这静谧的月色，而是控制不住胡思乱想。

车行到街角的拐弯处，他突然想到，如果真能把自己克隆出来，那真是一件奇妙的事。最好能克隆出两个自己，一个放在局里，一个放在家里。要是真能做到的话，现在他就不用回家了，或者局长叫他的时候就让克隆的王去应差，自己仍然可以睡在家里。

有了这个想法，王很兴奋。如果真正实现了，那么他就可以平时让两个克隆人在单位和家里，真身的他就能按着自己的愿望去做事了。他有许多事要去做呢。比如，有些案子虽然结了，但他一直坚信是个冤案，许多证据要补充；他还有许多爱好不能实现，旅游啊、寻访啊，甚至周游世界。这一切，都是他现在想做而做不到的。

虽然，这只是一个假想，但他的心情还是很兴奋的。

## 2

其实，那天王从出警、回家到局长叫他，这一个小时之间，还发生了一件让他十分沮丧的事。这是他在一天深夜给我讲述的。

王草草地洗罢上床，妻子素素急忙关掉了手机。从她窘得有些微红的脸上，王推断她一定在看那种片子或者跟谁聊天。以他的职业警觉和以往的经验，王相信自己的判断不会错。但他也不好说什么。三十如狼四十似虎，妻子正在这个年纪上，而且丰腴而颇有风情，有这些需求也算正常。更何况，自己做刑警这一行，十天半月不回家的情况时时发生，而且自己又不喜欢床帏之事。所以，王对妻子的这种行为，也就闭一只眼睁一只眼。

对妻子素素看毛片这事，他是闭眼不问的。但对她是否有出墙的行为，他却是眼睛睁着的。一个破案老手，对付这些男欢女爱的事还是有办法的，更不要说上侦破的特殊手段了。这几年，王虽然对妻子心生怀疑，但他又觉得这是因为自己的职业习惯，看谁都像嫌犯。至于出墙这事，谅妻子也不敢。

刚才，素素显然看了刺激性视频或图片。王的屁股一挨上床，她就伸胳膊揽住了他的腰，两眼深情地问："今天累不累啊？"

这句话是他们床上的情话。每当她想要王的时候，都会问这句话。

王看了她一眼，慵懒地靠在床头，摸了一下她的头发，没有回话。这时，素素把身子欠高，偎在王的胸前。王知道她现在特别想要，但王却一点也没有这个心情。说实在的，素素算得上是个美女，高挑的个子，瓜子脸，头发是那种自来卷，丰胸肥臀，应该是床上的极品。但王却提不起兴致来。

恋爱的时候，王还是十分喜欢素素的。素素是高中英语教师，大学时读英语专业，让她比其他女孩多了些浪漫与风情。但从第一次与她做爱，就埋下了败兴的底子。结婚前二十几天吧，王去素素家里，正巧家里没有人，两个都没有经历过性爱的人，如鱼得水，都很迫切。素素把自己一层层剥开，呈在王的面前时，王如饿鹿看到青草般扑了过去。但没有想到的是，这头小鹿撞了几下不得入门时，突然蜡枪渐熔，软塌

231

下来。

素素哪肯心甘，如渴羊被锁，拧着身体呼唤雨露。但任王几次努力，终银枪变绳，上不了战场。这一战刚开即败，两人沮丧至极。平静下来，素素安慰王说是因为太紧张，王也歉疚地懦弱点头。但真实的原因，王却没有告诉素素。真正的原因是那一刻，他突然想到了五岁前在玉米地里看到的一幕。但这件事，王一直到如今都没有跟素素说过。

结婚后，每次做爱王都像带病出征，拼命上阵。结果素素肯定不满意，王就找客观现由说，他是学解剖和后来验尸落下了病根。素素开始半信半疑，后来与闺蜜们交流后干脆不信，有时还不加掩饰地抱怨。

有一天，王拿回一份打印的资料给她看，她叹气默认。这份材料上说，妇科医生和从事尸检的刑警，百分之五十五不同程度地患阳痿早泄。这两种职业见到的女体太多太杂，久之便产生了职业厌倦，是一种隐性职业病。

那晚，素素春心荡漾，有一种如不得手誓不收兵的雄心。她开始按学来的经验，一步步导引、诱惑。王的身体在半个小时后才如蛇出洞，探头望春。

可是，没有几个回合，素素就感觉像往常一样，王又要马失前蹄、折枪败阵。素素的身体突然空了，如吊在半空中的蚯蚓，挣扎扭动，真是欲死不能、欲罢不忍，与王拼命的心都有。

正在这时，王的手机突然响了。王顺势从素素身上下来，拿起手机。见是局长要他立即去局里，如得了赦令的逃兵，迅速穿衣离床。

素素木木地坐在床头，望着出门的王，两眼深如枯井。

王关门的声音传过来的那刻，素素发疯似的把枕头扔在地板上，大声骂道："这个屄人，既当验尸鬼又学解剖，我真是倒八辈子血霉了！"

大学时，王读的确实是医科临床专业。其实，高考时王在全校考了第一，他完全可以选择更好的大学，而不上这个五年制的医科大学。

王的功课很好。他除了学习还是学习，成绩不好是不可能的。高考前的模考都稳居全校前五名。那时，他自然成为老师和女生关注的热点，谁都知道像他这个成绩考取名牌大学是板上钉钉的事儿。

校长在高考前特别关照他，希望他能考取北大或者清华这几所知名大学，为学校争光。他面对校长、老师、女生热切而多情的目光，却变得更加腼腆了。高考前那段日子，他走进教室和走出教室，更加悄无声息，一米七五的人简直就是个影子，一晃就飘进了教室。

同学们偶尔抬头看到他的影子，都百思不得其解，甚至有些恼怒：你丫就装吧，不就是模考成绩好吗。但班主任却十分担心，怕他走火入魔，闹出啥事来。班主任就暗中给王唯一要好的同学下达了任务：密切跟踪和观察王的变化，发现异样立即报告！

班主任给这位同学下达命令的那一刻很诡秘，这位同学也很兴奋，似乎成了电视剧里的潜伏和盯梢。

事情远没有人们想象的那么复杂。

王顺利参加了高考，而且取得全校第二名的好成绩。校长和班主任比自己儿子考高分还高兴，王的分数可以报中国科技大学，这在县一中是几年没有的事。但出乎人们意料的事还是发生了：王不听任何人的劝说，执意报了长江医科大学临床专业。

哎呀，这孩子，这孩子！班主任捶胸顿足了半天，气得就差抡拳打王了。但王依然不肯改变。校长自认为是做学生思想工作的老手，也亲自出马，结果仍然改变不了王的选择。

王的母亲也被叫到学校，班主任和校长请她去劝说儿子。母亲整整劝了一个下午，王还是非犟着不改志愿。任母亲再问，王还是那句话：这是我从小的梦想。再问，还是那句话；再问，他竟一句话也不说了。

那天，他母亲真是恼怒了，一哭一叹地离开学校。

见此情景，班主任一句话也没说，校长狠狠地骂一句"朽木不可雕

233

也!"便拍着大腿，快步走了。

王选择上长江医科大学临床专业，是经过深思熟虑的。

他的最终目的并不是做临床医生，而是要报考政法大学的法医专业研究生。但这个秘密，他没有告诉过任何人，直到五年后他考取华南政法大学法医专业研究生，也没有人看出他当初选医科大学的本意。当然，也许后来也没有人真正想过这件事。如今这世界，每个人都压力山大，何况王就是一个普通的刑侦人员，谁还操他这闲心呢。

王确实是一个秘密很多、疑点很多的人。

这几年来，虽然看似我们两个无话不说，但关于他选择刑警技侦这个行当的原因，他却没有对我说过半句。有几次，我也想问个明白，但他总是推托过去。有一次我追问多了，他竟急了眼地给我留言说，知道别人的秘密不是一件好事，是十分危险的，甚至会为此而丧命！

王在很多的时候，好像又是一个率真的人。

他曾不止一次地告诫过我，不要奢望能了解他的全部秘密。但他说，对我的情况他是洞若观火，一清二楚的。

想想也是，他一定也掌握网警的手段，要想在网络上了解一个人，那真是轻而易举。网警可是神通广大得很，如果你在网上做了不能容忍的事，他们可是分分秒秒就可能出现在你面前的。也正是基于这种担心，我在网上虽然以心理咨询师的名义骗骗人，但从没敢说过出格的话。

尽管如此，我还是觉得自己猜到了王选择这个职业的原因。

3

王消失后的一天深夜，突然在屏幕上现身了。我知道，他今晚又在单位值班。通常的情况下，他只有在夜里值班时才跟我交流。

我问他这些天又发生了什么事，屏幕上出现三个"衰"的表情图，停顿了几分钟都没有再说话。我猜测，他的情绪一定很低落。以我的经验判断，精神抑郁的前期病人多是这样子，低落、犹豫、欲言又止是基本的特征。

　　于是，我小心地试探着与他交流。

　　屏幕上，终于出现了王打出的字："他妈的，怎么会是这样呢？怎么会是这样呢？"

　　我安慰他说，不要着急，慢慢说。屏幕上仍然重复地出现那句话：怎么会是这样呢！

　　到底发生了什么事，我也有些焦急。但我并没有再继续追问，我知道，我越是追问，他可能越是不说，甚至永远都不会再说了。王就是这样一个让人有点想不通、十分古怪的人。

　　又停了有一支烟的工夫，王又开始跟我说话。而且，是那种不容分说的样子，不问我的感受，也不管我的插话，就自顾自地一直说下去。

　　他说，其实这件事原本是可以不发生的。错就错在他没有把事情交给助手甘露办，如果交给她，这件事就不会引出这么多麻烦来。

　　甘露是王的助手，三十二三岁的样子，也是法医专业毕业的。女人干法医的本来就不多，但甘露不知道是怎么选择了这个行当。王曾经也问过甘露的，但她只是笑了笑，并没有直说。怎么说呢，甘露是一个有个性的女人，高挺的个子，一张典型的东欧美女窄脸，警服穿在身上，更显英气逼人。

　　王第一眼看到她时，心里就一颤，她一定是混血女孩。甘露确实具有东欧女孩的气质：鼻梁很长，侧面看过去有一个类似日本武士刀的弧度，鼻梁最下端的鼻头尖状朝前；瓜子脸尾部的下巴很尖，没有那种圆润的弧线，而是那种尖得可以钉进木板的尖；眼球的颜色在玉白色脸颊的映衬下，泛着碧色的杂光。这样的特征，显然是混血的结晶。王相信自己的判断，而且从第一次见面后，他就在心里喜欢上了这个女孩。

王对甘露是格外关注的，很显然这源于对她的喜爱。慢慢地了解到一些她的情况，甘露说她的祖上不在江南，而在开封城，是一个大商人，但她自小就喜爱江南的碧水黛瓦、绿山白墙，选择到这个城市工作正是出于此目的。她也一开始就对王有那种说不出的好感，细想想是那种妹妹对兄长的依恋，但也夹杂着说不清道不明的情绪。甘露三十岁才结婚，而且是那种闪婚，她的老公是个富二代，家里开着一家化工厂。

结婚后的种种迹象表明，甘露也许并不幸福，或者说至少心里窝着一些说不出口的遗憾和无奈。这一点，王十分清楚。尤其这两三年来，甘露渐渐地不再掩饰她对王的喜欢，先是眼神暧昧，不久就直截了当地向王表达爱意。王当然是立即拒绝的，他比甘露大十二岁，而且她是自己的助手。这样下去，结局是不可预测的。王虽然当面拒绝，但心里还是不能拒绝的，谁说兔子不吃窝边草，窝边草往往最容易被吃，而且吃得知根知底。

王就这样绷着，但甘露却很从容，她也知道王与妻子的一些事，他心里的苦闷也不止一次对她倾诉过。虽然两人一直没有越过那一步，但甘露却跟王很亲近，那种亲近充满着爱情、体贴、理解与抚慰。

那天，王从局长手里拿到修慧英的血样，回到办公室时，脸色是凝重的。

甘露看得出王心里有事，而且压力不小。于是，她就主动来到王的身边说，有什么事可以让她做。王想了想，故作轻松地笑着说，就是一个血样比对的事，我自己做。但甘露判断事情绝不会那么简单，通常情况下，这类工作王是一定会交给她去做的，最多是他们两个人一起在实验室做。

但这一次，王拒绝了她，把自己关在了实验室。

王把自己关在实验室里，心跳得厉害。他担心修慧英真是艾滋病携带者。

谯城是艾滋病重灾区，这虽然是内控的信息，但王是清楚的。二十年前这里地下卖血猖獗，通过筛查，艾滋病毒携带者是个不小的数目。如果修慧英的抗体真是阳性，即使卞恒义通过筛查没有感染，但艾滋病毒有窗口潜伏期，短时间内是不能确认是否感染的。

王当然希望修慧英不是携带者。这样，事情就好办得多。

他关紧门，开始对修慧英的血样进行检测。

通常的 HIV1/2 抗体筛查方法包括 ELISA 法、化学发光法或免疫荧光试验、快速检测。王把所有检测流程操作完后，他惊喜地发现，修慧英的 HIV 抗体呈阴性。这太好了，这么说来，卞恒义没有任何感染的可能性。

王感到心里猛地轻松下来。

第二天上午，局长把卞恒义的血样交给王时，王有把握地说："局长请放心，卞书记绝不会感染的！"

局长看了看王，不解地问："为什么这样说？万事皆有可能。"

王停顿一下，笑着说："修慧英的报告已经出来，她的 HIV 抗体呈阴性。"

"啊！"

局长的身子放松地向椅背上一仰，随即又坐直腰杆说："那也不可大意，认真检测！"

卞恒义的血样检测很快结束了。

正如王预料的一样，根本不可能感染上。接触源修慧英都没有这个病毒，他怎么会有呢。

这天，王从局长办公室出来的时候心情很好。脚下的皮鞋像装了弹簧，走路时有一种压不下去的弹跳感。

他路过甘露办公室的时候，甘露分明是看到了他，但并没有像往常一样给他一个微笑或者深情注目，整个人疲蔫在办公桌前，木若塑像。王感觉到甘露有些不对劲儿。他在办公室里喝了一杯水后，就给甘露发了个微信：晚上喝茶，碧云轩见。

甘露很快回复一个"谢谢"的动画。

碧云轩在南三环路的新区里，是一个很静的咖啡厅，里面也可以点牛排和意大利面，是那种混搭而有些调性的地方。这里生意很冷清，到这里来的人多半是生意上谈合作的，也有一些年轻的男男女女，说不清是为恋爱还是为情爱而来的。总之，这是一个很安静的场所。

这地方是甘露发现的，王第一次来也是她邀请的。王知道甘露喜欢这个地方，这里也相对隐蔽些，所以他就选择了这里。

甘露要杯玫瑰花茶，王点一壶生普洱。两个人喝了几口茶，相对看着，都没开口。王想了想，今天是自己主动约的，就开口说："说说吧，什么事让我们的露露不开心了？"

甘露笑一下，故作惊讶地说："没有啊，没有人惹本姑娘不开心！"

王端起茶杯，注视着她，小声说："别忘了，本人是神探！"

"我怎么没看出来呢。"甘露给王加了茶，又接着说，"你答应对我坦白你的经历，可一直不兑现。"

"这很重要吗？"王望着甘露的鼻梁，想把话题绕过去。

甘露有些认真地说："真的很重要，我在你面前可没有秘密的。"

"啊，那你告诉我，今天下午为什么神情反常？"王追问道。

甘露沉默一会儿，端起茶杯，喝了一大口，然后才说："嗯，我昨天去民政局办了离婚！"

王惊讶地望着甘露，端起茶杯喝起来，动作有点变形，很生硬也很乱。

这时，甘露笑着说："这跟你没有任何关系，别紧张。"

"啊，我……你……你怎么办事这样突然？"王说。

甘露又笑了："突然吗？你应该觉得一点都不突然。我的事，可是早就给你说过的。"

"啊，啊，也是。"王想起他们以前的交谈，就应和着。

"还是说说你的身世吧，你以前承诺过的，我想知道。"甘露盯着王的眼睛说。

甘露给王面前的壶里续了开水，王掏出一支烟，点上，开始回忆。

王说，他其实是一个内向而胆怯的人。从上小学，他进教室时就像一只游荡的猫，低垂着双眼，悄无声息地走过来走出去。

王说，他对这个世界是恐惧的，这恐惧来自一次经历。在他四岁的那个夏天，他走在两边都是玉米地的路上，突然被一个自行车上驮着筐子的中年人按倒，狠狠地挨了几拳，要不是有人路过，他说他肯定是要被那人打晕驮走的。

但性格之所以是现在这样，更是源自心里的自卑，这自卑的根子是母亲的离婚以及他五岁前所经历的事情。

他对甘露说，自己原本在淮北某个小村庄出生，父亲是大队书记，母亲就是一个农村妇女。在他五岁的时候，母亲就带着他嫁给了现在的养父。养父在小镇的供销社当营业员，年纪比母亲大十几岁，腿有些毛病，走路一拐一拐的，人们都叫他拐子。

说到这里，王又点上一支烟，显然他心情很沉重。吸了几口烟，他又接着说，养父对他和母亲其实都不错。在他读高中的时候，养父常常到学校给他送钱和吃的东西，生怕王吃不好，身体受了亏。

那天，甘露还想知道他母亲为什么带着他嫁到南方，但被王把话题绕开了。他说，那时他年纪小，父母的事真是记不清。甘露想想也是，五岁的孩子真的记不住太多的东西。

但是，王其实是没有给甘露说实话。他心里有件事没有对她说，那是关于他的父亲与母亲和小姨之间的事。一是家丑不好外扬，再者，王觉得现在自己心里还不愿意对甘露说。

也许有一天，他会主动说的，但不是今晚。

## 4

那次，我与王聊到凌晨的时候，他突然感叹说："这世界真是阴差阳错，许多事情的逆转，就源于人的瞬间想法！"

我知道，这个时候其实是不需要我多说什么的，王会自己给我讲。

那天晚上，王与甘露在碧云轩喝茶到十一点钟。本来两个人都是要回家的，经过公安局的时候，他下了车，他说他要去办公室一趟。

为什么还要去办公室呢？王说当时他是没有啥目的，就是想去办公室坐坐。现在想来，也许冥冥之中有一种神秘的东西指使着他。

王曾经给我说过，像他这样办案的人，虽然不信鬼神，但相信世界上有许多神秘的东西，因为不相信这种神秘的力量，许多事真的不可思议。这些年，他跟我聊了许多起神秘的案件，甚至有几个人命案的告破就是靠一种看不见的机缘指使和暗示。

是啊，现在的人太狂妄了，以为了解世界的一切。王说其实不然，在这个宇宙中人类能感知的其实极少，也许有另外的世界和通道，只是我们不知道罢了。他说，现在回想起来，那天晚上一定是受到神秘意念的指使，他甚至认定是地产商续大强的魂灵牵引。这是后话。

王下车走进公安局大门，看门的老酒刚好像喝了不少酒，就问他这么晚了怎么还去办公室。王笑着说："老酒啊，你真对得起祖上这个姓氏，天天晕乎乎的，神仙也不过如此。"老酒就笑着说："在这里看门好，喝多点没事的。这里轻易没人敢进，更没谁敢来找事。"

王打开办公室门，心里还在想，像老酒这样的人生真的挺好。

倒上茶，点着烟，吸着吸着，王就想到了上午的检验结果。

被定为政治任务的差使，没想到竟这样毫不费神地完成了。静下来的王，突然有一种失落。就像一个武林高手，正准备在与对手的决战中展示绝技，没想到对手竟不是武林中人，根本不堪一击。

王心里痒痒得难受，一种想再做点什么的念头涌出来。

再做点什么呢？王想了想，突然生出将修慧英与卞恒义两个人进行DNA比对的想法。

这种突发奇想，连王自己都吃惊了。给他们两个人做亲子鉴定，肯定是一件毫无结果的事。一个底层的农妇，一个外地调来的市委书记，他们怎么可能是一对母子呢。

王虽然这样想，但他还是决定要做一下。其实，这是王心中的隐私。他经常用职业的便利，对一些毫不相干的事进行推测。说是职业嗜好吧，也不尽然，到底为什么这样做，王自己都说不清。

王从办公室出来，他要立即到检验室里去。

检验室里，王重新将修慧英和卞恒义的血样找出来，开始检验和比对。

让王没有想到的结果出现了：卞恒义与修慧英是母子关系的机率，竟高达百分之九十九点九九。

王不敢相信眼前的结果，紧张得心都要跳出来了。

他颤抖着手，再次提取样本细胞核中的DNA，纯化，酶促反应，在PCR仪上进行复制，将双链的DNA打开，加检测内标，标记检测的片段长度，毛细管测序仪检测，分析数据——结果汇总后，与刚才还是一样。

王的心跳得更加厉害了，整个人都有些颤抖。他长呼几口气，想让自己镇定下来，但总是做不到。

一个多小时过去了，王渐渐平静下来。他决定再做一次。他重复着以往熟练的动作，一步一步地操作。结果出来了：依然与前两次一模一样！

他突然软在椅子上，脑子里乱成了一团麻。

王怎么也想不通，修慧英会与卞恒义是母子关系。他们身份天地之差，而且籍贯又千里之隔，怎么会是母子关系呢？他希望自己做的检验是错的，或者仪器出了问题，不然是解释不通的。

更让他揪心的是，如果检验和比对结果没有出现差错，那么接下来的事他该如何处理。很显然，他把这个结果公开出去或者告诉修慧英，都是要引起轩然大波的。如果他把这个结果告诉卞恒义，结果又会如何呢？卞恒义肯定是不会接受的，甚至为了保住这个秘密会对自己下狠手的。他是市委书记，如果真的决定要保住这个秘密，王想，自己可能会有生命危险。

这样的事情，王知道很多。不少看似普通的人命案，比如车祸、比如因病猝死、比如自杀等等，其实内里都有阴谋。有时卷宗上会体现出来，更多的时候案件的线索是被搁置了，只要案件破了，给社会和家属有一个交代，并不是对所有疑点和线索都追查的。

在刑侦这个行当干二十年了，王经手的案子里有太多的秘密。

也正是这个原因，这几年王心里的压力越来越重，这压力来自自责和恐惧。王对自己的要求其实并不高，他并没有要求自己做一个完美的人，比如他与甘露的情感问题，如果用做人的完美标准来衡量，他就不应该与她保持暧昧，但他认为这种感情发自两个人的内心，虽然想摆脱，但终是不能。

王对自己的底线是做一个有良心的人。良心的最低标准，就是正直、无欺，不欺骗别人也不欺骗自己。但这一点，他却做不到。人活在世界上，要说自由也是自由的，但如果被一种东西所牵扯，哪怕是一件极小的事牵住，就不会再有自由了。比如现在，王觉得自己就被无数条看不见的绳索捆绑着，职业要求、纪律规定，尤其是内心深处的担心和忧虑让他不敢说明真相，甚至不敢去碰真相。真相比表象要诡秘和危险得多，尤其是王看到的真相。

确切地说，王真正感到害怕和担忧，是从续大强案子开始的。

两年前的秋天，开发商续大强在住处死后三天才被发现。他妻子和儿子都在国外，他为了爱民广场的项目，一个人在谯城居住。王和同事赶到现场后，续大强躺在客厅的沙发上，脸色乌青，表情痛苦。茶几上有一个茶杯、一包抽了大半的软中华，烟缸里是东倒西歪的烟头。

从茶杯里提取的残留物检验，里面含有丙咪嗪成分。丙咪嗪是治疗抑郁症的常用药。从续大强的住处也找到丙咪嗪的药瓶和医院的诊断病历，加上胃检报告显示他死前喝了不少白酒，从这些就可以初步判断他是服药过量，引发猝死。后来，又从医院补充取证，两家医院的诊断记录表明，续大强确实在一年前就患上了轻度抑郁症。

按说，像这样服药过量猝死不属于刑事案件，但续大强毕竟是市长卞恒义招商引进来的，而且爱民广场刚投入使用两个月，他的死还是引起社会上不少议论，甚至有人议论这是一起谋杀案。卞恒义亲自过问，在详细听取专案组汇报后，决定向社会公开续大强的死因。后来，议论才慢慢淡下来。

但这中间，王却发现了一个秘密。这秘密的发现，也来自他在检验室里的一次检验：从烟缸里的烟蒂中，他检测出有续大强之外的人留下的烟头！

这个人是谁？续大强的死，跟这人有多大关系？这两年来，王一直没有停止过思索和担忧。他觉得这里面一定另有隐情，或者说另有阴谋。

王把这事压在心底，一直没有给任何人说过。现在，又出现了修慧英与卞恒义疑似母子的怪事，他觉得有一座大山压在自己身上，喘不过气来。

王一夜没睡。天亮了，他仍把自己关在办公室里，除了中午到食堂吃一点东西，一天都没有再出门。

快到下班的时候，王好像快要爆炸一样。他给甘露发了条短信：晚上去碧云轩！

甘露很不解，昨晚刚在那里喝的茶，他今天怎么又主动约自己呢？这在以前可是从来没有过的事。于是，她给王回了条短信：为什么？

过了半个小时，王才回复：有件重要的事要和你说！

王确实准备把修慧英与卞恒义疑似母子这件事，以及续大强案子的疑点对甘露说的。他能给谁说呢，现在最信任的人就是甘露了。

但是，到了碧云轩，要了酒菜后，王却改变了主意。他还是决定这些事不能对甘露说，这是对自己负责，也是对甘露负责。

两个菜端上来，王倒满酒，端起来，对甘露说："喝了！"

甘露也是能喝几杯的，但平时并不喝，只有与王在一起的时候才喝，而且大多的时候是替王挡酒。

王平时是不喝酒的，而且酒量也小，也就二两的样子，醉意就很浓了。

但今天，甘露却觉得他有些反常，一杯连一杯地喝。也就半个小时的样子，王就有了醉态，不停地抽烟，并不说话。

甘露急了，就追问道："你不是说要跟我说事情吗？怎么疯了一样地喝？"

王突然笑着说："没事，没事，就是想跟你喝点酒。"

甘露更是不解，她觉得王一定是有大事瞒着自己，或者现在改变了主意，又不想告诉自己了。于是，她就生气地说："你不说是不是？好，我陪你喝个醉。你不就是想喝酒吗！"

两个人你一杯我一杯地对喝起来。

王终于醉了，甘露虽然也喝得不少，但她心里一直是清醒的。她趁王带着酒意，就问王到底发生了什么事。

王虽然醉了，但仍有一些警惕，只东一句西一句地说到续大强案子，说到卞恒义和修慧英，并没深入地说下去。

尽管这样，甘露还是明白了一些：他心里一定窝着不能说的秘密。

甘露心里隐隐地担忧起来。

5

修慧英和卞恒义的事情，确实在王的调查下，越来越复杂。

这是我的推测，后来也从王与我的聊天中逐步得到印证。

王与甘露喝醉后的第三天，他最终还是拿定了主意，首先要把修慧英与卞恒义这件事告诉甘露。他这样做是出于两方面的考虑，一是老压在自己心里实在是受不了，更重要的是假如这件事是真的，他有可能会发生不测，如果真有那一天，他不希望没有人了解真相。

对甘露说，虽然有可能会给她带来麻烦，但不至于像自己一样有生命危险。再者，如果自己真有不测，甘露也许可以帮他找到凶手的。

那天，他对甘露说卞恒义与修慧英母子关系的机率竟高达百分之九十九点九九，甘露也愣了几分钟没有说话。她对这个比对结果立即产生了怀疑。

"怎么会是这样呢？"甘露不解地说。

王手指夹着烟，也在自语道："怎么会是这样呢！如果是我做错就好了，如果是我做错就好了。"

甘露见王焦虑的样子，就故作轻松地开导他："怕什么呢？就当没做，不跟别人说就是了。"

王痛苦地说："那怎么可能。我必须弄清楚事情的原委。咱是一个破案的警察，在我们手上隐瞒，就没有真相了！"

"你呀，何必呢？这个世界不为人知的事太多，你能管得了吗！"甘露劝王不要再执拗下去，就当没有发生。

但王说，他必须去省厅再做一次，如果做出来的结果仍然是这样，那就必须调查下去，弄清事情的原委。

最后，甘露说："我先来重做一次吧。如果还是这样，那你去省厅也不晚。也许你做错了。"

王同意了甘露的提议。第二天上午，他们到检验室进行重做。

结果依然与原来一样。甘露也十分吃惊，她已经没有理由阻拦王去省厅重做。但她还是不放心地叮嘱王，此事一定要保密，等结果出来后再说。

王怕这事漏了风，没有让局里派车，而是说家里有事，请假后坐公共汽车来到省城。

到省厅的时候，已是下午五点多了。他把取样交到技侦处时，处长说如果不急就明天做吧。王听出来处长今天是不想安排加班了，就说不是刑事案，就明天吧。临出来的时候，王又说能不能明天一早就做，做出来我就带走。处长笑笑说，就按你说的定。

厅技侦处的一个兄弟见到王，非要晚上请他喝酒，但王以与同学约好了而拒绝。他不想跟别人喝酒，而是想让自己安静下来。现在他的脑子乱，思绪纠结、飘忽不定，他确实需要安静。

晚上，他到"城市之家"快捷酒店住下来。他本来是不打算吃东西的，但想了想怕晚上睡不着，就到对面的小酒馆要了两个菜和一瓶三两装的古井老烧。这种酒是六十度的，他喝过一次，一瓶下去他这酒量正好进入醉态，倒头就可以睡的。

王这天夜里果真睡得很快。但半夜的时候，他突然做了一个梦——眼前是一条一眼望不到头的黑色通道，偶有鬼火一闪一暗，一个身影从通道尽头慢慢向他走来；王的心紧成一团，他不知道向他走来的是什么人；身影越来越清晰，原来是续大强；还没等王说话，续大强扑通跪了下来，口里大喊：谋财害命，谋财害命啊……

王被惊醒后，身上汗淋淋的。他虽然知道是一个梦，但他再也睡不着了。思来想去，他预感到，明天检验的结果一定不是他想要的。

上午十点结果出来，果如王夜里预料，厅里给出的结果与他自己做的完全一样。这就是说，修慧英和卞恒义亲子关系已经确定。

接下来该怎么办呢？王打车到汽车站，车站里乱哄哄的，多半是外出或回家的打工农民。玉米该收了，麦子该种了，不少人开始短暂地返乡。王看着这些人，脑子里就蹦出自己经历过的一个个与农民、车站关联的案子。

省城离王所在的小城也就三个小时车程。快到小城时，心里矛盾了一路的王，最终还是决定给甘露发个信息，他要见她，与她商量如何办。现在王真是没有主意，他心里纠结成一团，犹豫、恐慌、惊悚、虚弱。

甘露爱好骑行，接到信息时，她正在十九里镇一块玉米地的小路上骑行。她就立即给王回了信息，说马上骑车回去。这时，王坐的客车也即将到十九里镇了，就回复说：你在那里等我，我正好下车过去。

甘露想了想，就回复说：也好。在田野这样的环境中，王的心情也许会更好些。

玉米地就在镇子的南边，也就一公里多的路程。王很快就与甘露见面了。王见到甘露就说："怎么办呢？果真是这结果！"

其实，甘露心里已做好了打算，她想让王放松一下，慢慢说服他放弃这件事。于是，她就笑着说："你怎么这样不淡定了，碎尸万段的事都见过，这点小事就把你弄成这样子。走，我们到里面走走。"

玉米就要收了，叶秆也由青变黄，硕大棒子上的缨子变得火红，微风阵阵，金黄的玉米甜香弥漫。王和甘露推着自行车走在两块玉米地之间的小路上，就如走进金黄色的童话世界。两个人都不再说话，沉浸在这眼前的美妙中，静静地向深处走着。

这片玉米地很大，走了两百多米才到中间。这时，甘露说："这里真好，我们坐下来聊一会儿吧。"

甘露把自行车放倒，他们就在小路边坐下。王还是想和甘露说那件事，但甘露却靠在王的身上说："抱抱我吧，我好想就这样放松自己。"

王不再说话，一只手抚摸着甘露的长发。这时，甘露转动身子，把脸贴在王的胸前，搂住他的腰。随着她喘气渐粗，丰硕的两乳也一紧一松地撞击着王。望着眼前的玉米地，王突然想起五岁时看到的那一幕，他像被压了一亿年的岩浆，终于爆发了出来。他忽然起身，抱着甘露向玉米地里走去。

甘露被王的举动吓了一跳，但她马上就明白将要发生什么了。这也是她渴望已久的事啊，她的心里也燃起了烈火。王把她放下来，就急切地解自己的腰带，甘露回头望了一眼王，也慌乱地把自己的裤子从臀部拉下来。

这时，王猛地抱住甘露的腰，身体如脱轨的火车头向前方冲撞过去；甘露扭动腰身迎合着冲撞，越是扭动，越是被冲撞得厉害。一阵风吹过，玉米的棵和叶沙沙作响，如战场尽头将士厮杀的呐喊。不知过了多久，王啊的一声大叫，如得胜的战将发出的欢呼。

这样的交合，是王这一生从来没有过的；甘露软在王的怀里，微眯着双眼，像是刚还魂过来一样，一声一声地喘着气。此时，王的眼前仍是他五岁时看到的那一幕：青绿的玉米地里，父亲双手抱着小姨的腰，如推动着一辆独轮车，一步步向深处移动……

甘露终于有了力气，她起身整理好衣服，又抱住王的腰，把脸埋在他的胸前，低声说："听我的，这事咱别再追下去了！"

王用力搂住甘露的肩，没有说话。此时，他的思绪仍在父亲与小姨和母亲身上。玉米地里那场景，纠结了王的半生。如果没有父亲与小姨的奸情，母亲就不会带着他远嫁到江南；如果不是那次偶尔看到玉米地里那一幕，他的身体就不会像疲软的荆条，以致整个人在妻子面前都抬不起头来。

人啊，一次瞬间的经历就可以改变你的一生。

王想着想着，思绪又回到修慧英、卞恒义、续大强身上。自己的一个举动，是不是也会改变他们的命运呢？

王在心里认定，一定会的，只要自己继续追下去。

6

晚上，王回到家时，妻子素素并没给他好脸子看。

昨天他去省城前，只给素素发了条短信：上案子了。素素已经习惯了王的生活，只要有案子发生，他要么给素素打个电话，要么就发条短信，只要说"上案子了"，那就是说，也许两三天、也许五六天、也许半个月不回来了。

但这次只隔一夜就回来了，素素还是觉得有些蹊跷。一般情况下，只有出了人命案王才去的，只要去了就不会一两天就破的。这个案子怎么这样快就破了呢？素素吃饭时，就想问问王。

王支吾着说，不是人命案，但也没有破掉。素素就不再说话，一边看电视一边喝着汤。王看着素素，突然觉得她今天特别漂亮，他一边吃一边回忆他们认识时的一些情景，一种说不清的感觉袭上心头。

王今天吃得很慢，素素喝完汤，见王仍在吃，就起身坐在了沙发上。电视里，正在播放《兄弟向前冲》节目。

王吃完后，就起身收拾东西，端进厨房开始涮洗。平时，他一般是不进厨房的，但今天说不清是为什么，他竟有一种想涮洗的欲望。素素瞅一眼厨房里，王正勾着头仔细地涮洗着，心里想这个人今天怎么了。

王收拾好厨房，又烧了一瓶开水。他给自己泡一杯茶，也给素素泡了一杯茶。素素心里生出一片暖来，就微笑着说："今天你是怎么了？"

"没什么啊。我突然觉得干点家务其实挺好的。"王笑笑。

素素望着他说："没做啥亏心事吧。来，陪我看会儿电视。"

王坐在沙发上，其实并没太在意电视里播的是什么。卞恒义、修慧英、续大强、甘露、父亲与小姨，这些人走马灯一样，在他脑子里晃来晃去。素素倒没有注意到他的心事，见他瞪着眼看电视，心情就越来越好。她偎在王的身上，温柔地说："刑警这活不是人干的，太辛苦。其实，我也挺心疼你的。"

素素的话，把王从纷乱的思绪中拉了回来。其实，王虽然瞪着两眼看电视屏幕，但他的心是乱糟糟的，已游离远方。

他眼前又出现了玉米地的画面，他与甘露、父亲与小姨。这时，王突然有了想要素素的冲动。他小声地说："咱早点休息吧！"素素看看王，知道这是他的暗示，就欢喜地应道："好啊！"

让素素没想到的是，王今天在她面前一改往日绵羊的形象，像一头发疯的公牛，根本不管她的求饶，只顾冲过来冲过去，让她受不了。这人是怎么了？真吃了药吗？以前也吃过药，可也没有过这种情况啊。素素只瞬间想了一下，就被王掀翻了身体，她不知道王到底要做什么。

茫茫世界上似乎只剩下他们两个人，在奔跑，在狂呼，在撕咬，在扭曲。不知过了多长时间，素素突然感觉到自己化作一片云，轻飘飘地飞向高空。

世界又寂静下来。素素躺在王的怀里，欣喜地喃喃道："老公，原来你也可以让我飞起来！"

听到这话，王心里猛然一凉，"你也可以让我飞起来"，这么说，她是有过飞起来的经历。但王知道，在今天之前，他肯定是没有让她体验过飞起来的感觉。这么说，她一定跟别的男人好过！

王想追问素素，还是忍住了。毕竟就是一句话，而没有任何证据，但他的心却凉了下来。

顺着妻子素素暴露出的这个疑点，他又突然想到几十年前的那个夜晚：母亲分明是去了城里，怎么竟半夜回来在床上抓住了父亲与小姨呢？

那晚，他睡在自己的小床上。当他醒来的时候，小姨光着上身在床上嘤嘤地哭，父亲坐在床头，一边抽烟一边大声地对母亲喊："谁让你回来的！谁让你回来的！"

这个世界上的秘密真的太多了。王感觉到，自己经历的无数个秘密，像一个巨大的黑幕死死地包裹着他。

经过十几天的犹豫和反复，王最终没有听甘露的劝阻，还是决定首先从修慧英与卞恒义入手调查。

修慧英现在还关在拘留所，直接去问她显然是不行的。他把修慧英是不是有过儿子丢失或者送人的事，交给甘露秘密调查；自己则决定按卞恒义履历表上的籍贯，去福建的柘荣调查。

去福建至少要有三五天时间，何况这是秘密调查，调查的对象是市委书记卞恒义，找当地公安配合是肯定不行的。以卞恒义现在的身份，在老家也一定影响很大，而且熟人很多，官场上也一定有不少他的关系。如果稍有不慎，就会前功尽弃，甚至节外生枝。

王又等了一周，终于找到机会。他请了三天假，加上周末两天，五天的行程应该是可以的。

临出发前的那天晚上，甘露再次把王约到碧云轩。她想最后一次劝阻他。王却像奔赴生死未卜的战场一样，话语里充满悲壮。他对甘露说，自己做好了准备，而且坚定了想法，一定要把卞恒义查个清楚。

那天，他也对甘露提起了续大强的案子。他说，他的直觉告诉自己，续大强的猝死隐藏着秘密，而且这个秘密极有可能跟卞恒义有关。

甘露担心得要命，劝王说："你这样做后果真是不好说，何必呢？再说了，如果你真喜欢我，你就不应该这样做，或者不应该跟我说。你让我知道这些，让我以后如何面对？我们在这行当经历的事还少吗？如果真的出现了什么不测，你就把我也牵进去了。"

甘露故意这样说，她是想以此阻止王的行动。

王沉默地抽完两支烟，才开口说："露露，我不是想当英雄，更不想害你。但我不能面对这么多秘密被湮没，不能对不起我这身衣服！"

甘露知道王平时的执拗，但没想到自己的话对他一点作用也起不到。她心里充满了失望和无奈。但细想想，对王也有一些理解，他是男人，男人就应该有些血性，尤其做警察的男人。在心底，她是喜欢这样的男人的。

王坐上了去福建的火车。这列高铁被称为最美线路，沿途经过黄山、婺源、武夷山，车窗外每处风景都迷人。

但是，王却丝毫没有欣赏车窗外风景的兴致。一路上，他都在围绕卞恒义思来想去。过武夷山站后，王想到了续大强那个案子。他从续大强家提取的烟蒂检测表明，那天晚上有两个人抽了烟。也就是说，在续大强死前有人进了他的家，这个人应该与他十分熟悉，不然，不会坐下来抽烟。这样推测下去，这个人会不会趁续大强不备在他茶杯里下了药？如果下的药是高纯度的丙咪嗪，续大强喝后就会出现心动过速或过缓，就可能引起心脏停搏或休克。

其实，这个人是十分容易找到的。只要把烟蒂上留下的皮细胞DNA检测结果与目标人群比对，这个人就会立即现身。

但是，让王遗憾的是在他发现烟蒂秘密时，续大强的案子在卞恒义的过问下，已经结案并向社会公布。这就是说，要想翻案几乎已经没有可能了。局里不管，卞恒义也一定会出来阻拦。

这么想着，王就坚定了自己的判断：续大强之死一定另有隐情。

续大强是卞恒义引来的商人，社会上一直在传，他们在爱民广场项目上有勾结。不仅如此，王也听到社会上在传那个与续大强合作的朱青，其实就是卞恒义的情人。如果把这些信息与续大强之死联系起来，那么，一定有一个更为复杂的内幕，甚至可以联想到，续大强之死是卞恒义一手策划的。

王越想心里越害怕。他感觉，一张无形的网就布在自己眼前。

## 7

去福建调查卞恒义的身世，颇费了一些周折。

这是王后来在网上告诉我的。他说真没想到，一个人仅当了市委书记，就会有那么大的影响，尤其在故乡。

王从福安下了高铁，坐客车就直接去了柘荣县城。

县城卧在高山里，四面环翠。一条环城而过宽约五丈的缓河，与四面的环山形成山水两个圆，干净的老街弥漫着明清时代的气息，安谧静好；街上走过的市民见到陌生人也不惊奇，也不戒备。王走到一座老房子前，被古旧的木楼、天井吸引，信步走进去，坐在门旁的老人抬起眼看看他，又继续抽烟。

王弯下腰，问老人："老人家，你可听说过卞恒义这个人没有？"

老人扭着右耳仔细地听后，就笑着摇摇头。这时，王觉得自己有些心急，这样一个七十多岁的老人，根本就不可能知道的。

王找了河边一个家庭宾馆住下。

洗把脸，抽了一支烟后，就出来跟老板娘聊天。王说的普通话老板娘能够听懂，但老板娘当地口音很重，他就听不太明白了。绕来绕去，王把话题绕到卞恒义身上。老板娘说，没听说过这么个人，她自小就生活在县城里，对乡下的事不太清楚。

王有些失望，正准备回房间，这时，老板娘的儿子从外面进来了。老板娘用当地话跟儿子说了一阵子，这个三十多岁的年轻人突然大声对王说："你说的是那个卞恒义啊，我知道的，我知道的，听说他当了市委书记，老家好像在一个叫霞村的地方！"

啊，这年轻人竟知道。王就掏出一支烟递过去。年轻人不抽烟，但还是很热情地说："这地方出个这么大的官，哪有不知道的。"

王又要更详细地问下去，年轻人突然警觉起来："你是干什么的？打听他干吗？"很显然，年轻人对王产生了怀疑。

"我就是他当书记那个市的人，来买草药的，听说卞书记老家在这里，就顺便问一问。"王立即应付道。

年轻人审视着王，皱着眉问："你打听他干吗？你的身份证呢？"显然，他对王更加怀疑，说不定他猜到王是来调查卞恒义的。

年轻人边说，边翻看柜台上的登记本。他认真地看了看王的登记内容，就对王说："还是少打听别人的事好！"

王唯唯诺诺地点头。

让王没有料到的是，凌晨一点的时候，两个民警敲开了他的房门，说是例行检查，让王出示身份证。王为了破案常化装走访，当然做了准备，他是用另外一张身份证登记的。一个民警接过王的身份证，放在身份证验证器上，认真地看了看，才对王说："不好意思，打扰你了。"

王知道，这个地方不能住了。第二天一早，他就退了房，租辆出租车，到霞村去。

在靠近霞村的一个小山村前，王就提前下车了。他怕直接到霞村，更会引起人们的注意，还是先侧面介入为好。

王以收草药商人的名义，到霞村侧面了解，但一个村的人都说卞恒义是他父亲卞常明的亲生儿子。然而，卞常明和他老伴六七年前都已死了。

最终，王还是在霞村所在的富溪镇打听到的。

卞恒义确实是个养子，是两岁多的时候被抱过来的。从打听到的信息推断，他应该是养父从人贩子手中买过来的。当时，他养父母都四十多了，却一直没有生养。那时，福建农村从人贩子手里买孩子是很常见的，并没有人觉得有什么大不了的。卞恒义的养父卞常明是公社粮站的站长，在当地算是好人家。

卞恒义大学毕业后，离开福建到了距离遥远的安徽工作。这其中的原因到底是什么？王进一步推测，卞恒义一定知道自己养子的身份，才不愿意回到福建工作的。这么说来，卞恒义对自己的身世是充满忌讳的。

王从福建回来，就把这个情况给甘露说了。其实，甘露也从侧面了解到，修慧英确实是丢过一个男孩，在两三岁的时候，在家门口被人抱走的。

两方面的证言吻合，加上 DNA 的比对，修慧英与卞恒义的母子关系是板上钉钉，稳稳的事了。但在甘露看来，即便这已是事实，也无非是无意间窥见了卞恒义身份的秘密，这又有什么意义呢？

但是，王不这样认为，他说：“怎么会没有意义？让一对骨肉分离五十多年的母子相认，难道没有意义吗！”

甘露还是想阻拦王，就生气地说：“难道你仅仅是为了让他们相认吗？你觉得现在的情况下，卞恒义会认下这个母亲吗？”

王疑惑地望着甘露：“母子相认，这难道不是天经地义吗？”

“天经地义的事太多了，但如今又有多少事是按天经地义来的？”甘露以质问的语气问王。

沉默了足有十几分钟，王终于开口：“即使他卞恒义不愿相认，我也要让他知道这个真相！”

"你让他知道真相有什么意义？你难道想以此取得书记大人的感激，咸鱼翻身，得到提拔？"甘露想用狠话把王激醒。

没想到王十分生气，用手指着甘露说："我是那样的人吗？你知道的，他们背后还有爱民广场，还有续大强的猝死！"

"我就知道你是这样想的。听我一句劝行吗？你为什么非要捅这个马蜂窝？难道你就真的不计后果？"甘露气得把茶杯重重地掼在茶几上。

空气凝固了。甘露望着头顶上的天花板，嘟着嘴，不再说话。

王面对甘露的沉默，声音颤抖地说："他卞恒义知道真相后，即使不会相认，最起码会很快把他的亲生母亲和妹妹放出来吧！"

看来，王对这件事已经过千百次思考，他是决定要这样干了。要想制止他的想法几乎是不可能了。甘露心里更难受了，她知道这样做的风险，私自给市委书记做亲子鉴定，私自调查市委书记的身世，而且掌握了他的秘密，这真是十分危险的一件事。但现在，她却无力去制止他。

甘露想着这些，焦急地流下了眼泪。

这次他们相见，不欢而散。分手的时候，甘露最后提醒王："我希望你一定再慎重考虑，不为我，不为你自己，也要为自己的孩子考虑一下！"

甘露的这番话，确实触动了王。是啊，他女儿正读初中，如果自己这样做没有把卞恒义扳倒，那他一定会报复，一定会给孩子带来影响的。

王这一天没有回家，而是在办公室的行军床上休息。他怕回到家，看到可爱的女儿他会退缩，会改变主意。

一直到凌晨，王都不能让自己入睡。他越是努力让自己平静，心里越乱得很，两眼越不能合拢。这时，他索性起身，走到自己的保险柜前。他想把那些烟蒂找出来，趁着夜深人静再做一次检验。他心里希望这次检验能推翻上次的结果，烟蒂上留存的皮细胞是一个人的！

王打开保险柜时有些犹豫。停了足足有五分钟，他都没有伸手去拿那两个装着烟蒂的物证袋。此刻，王在心里是多么希望烟蒂的疑点不存在！

如果是这样，他就决定听从甘露的劝说，不再追究修慧英与卞恒义母子关系的事，就让这个真相永远埋在心底。

想到这些，王双手合十，对着柜子里的物证袋，揖了三次。

## 8

深夜的房间，空旷寂寥。

工作台上方的高强度日光灯，泛着煞白的光。咚咚的声音激荡着王的耳鼓，这是什么声音啊？他凝神寻觅，最终才明白这声音是从自己的心房里发出来。这时，他又听到了由肺部发出的呼吸声，而且格外粗重。

他一边看着物证袋里的烟蒂，一边在想，这些年，DNA 鉴定技术发展得真是太快了，令人难以置信。

2000 年后，第一代"DNA 图谱"技术，就被"荧光标记多基因座 STR 复合扩增检测"技术取代。相比从前，这项技术仅需要少量模板 DNA，就可以满足各鉴定需求。

王屏住呼吸，望着眼前的仪器和物证袋，又停了足足有半个小时，一动不动。他在心里斗争着，现在如果放弃原来的想法，一切就像没有发生过；如果接着做下去，也许很多事情都会由此改变。但是，最终他还是决定要做检测。

第一个物证袋中有九个烟蒂，王以前做过比对，这是续大强留下的。第二个物证袋中有三个烟蒂，这是另外一个人的。现在只要把另外一个人留下来的烟蒂重做一次，然后与朱青的 DNA 进行比证就行了。

他剪下烟蒂外圈的水松纸，放进清水。接着，滴入 chelex 试剂。试剂就自动寻找水松纸分子和嘴唇上皮细胞的蛋白质，将它们紧紧缠住，细胞里的 DNA 被剥离后，沉入水中。

把提纯后的 DNA 放入 PCR（聚合酶链式反应）仪器中；再加入智能剪刀一般的"引物"，"引物"就会剪取已设定的片段，让仪器进行上百万次的复制，得到大量目的 DNA 片段。

经过编码和电泳处理后，计算机软件上，就显示出这个人独一无二的"生物密码"。

朱青的细胞样本，王在发现烟蒂残留细胞样本不一样时，就秘密采集了。那时，他是根据社会上的传言，把朱青列为续大强的特定关系人的。他通过秘密手段，采集了朱青的一根头发。但当时由于他拿不准，而且续大强的案子已宣布结案，就没有再进行比对。

现在，他得把朱青的头发再做一次 DNA 检验，把得出的数据与刚才做的烟蒂数据进行比对。

他又剪下一小段朱青的头发，按刚才的步骤，一步一步小心地做着。

这时，王心里紧张得要命，他一边做，一边担心，如果生成的数据与刚才烟蒂上的数据一样，那自己就没有退路了。

数据终于出来。两组数据在电脑上比对之前，王再一次犹豫了：如果不进行下一步的比对，这两组样本就不会发生联系，他不愿意看到的结果就不会出现。

但开弓没有回头箭，都走到这一步了，下一步比对是一定要做的。

王把这个数据输入电脑，刚一按电脑的确认键，电脑就响起了嘟嘟的警告音。

啊！王虽然多次想过这个结果，但他还是被惊得愣住了。这就是说，烟蒂上提取的 DNA 与朱青完全一致。那么，现在可以肯定续大强死之前，朱青去过他家，朱青就是最大的嫌疑人！

这一夜真的太难熬了，像一万年那样漫长。

王熄灭检验室里的灯，瘫坐在椅子上，脑子里一片空白。他要思考下一步该怎么办，但思维成了一块铁板，凝固不动。

他与漆黑的房间融为了一体，耳边只有嗡嗡的轰鸣声和咚咚的心跳声。

天就要亮了，微光从外面透过来。这时，王实在太累，竟坐在椅子上昏昏地睡着了。

刚刚睡着，他就觉得自己骑上一辆自行车，在陡峭的山路上疾行，下面是深不见底的悬崖。他不敢用力踩脚蹬，可车子的速度仍然飞快，他很害怕地握住刹车，想把速度减下来，可车子的速度却越来越快，快到无法控制后，连人带车就冲进了深渊。

王啊的一声被吓醒。这时，楼道里传来人们的脚步声和说笑声。

中午十一点多的时候，王实在是支撑不住了，摇晃着身子走出办公室。他必须得回家好好地睡一觉，不然，他觉得也许会突然死去的。

在楼道里，甘露看到他两腿发飘，脸色煞白，就上前说："你怎么了？赶快去医院！"

王摆摆手，制止了她。但甘露还是不放心，又叫了另外一个男同事，两个人扶着王走到电梯前。

后来，王在网上说，从那天开始他的脑子好像就不行了，身体也疲乏无力，每天也只能吃下一点点东西。而且，一种无形的重负压得他喘不过气来，脑子稍微清醒，负罪感就弥漫上来。

他的症状，确实是抑郁症的前期特征。

从那天起，他就有自杀的念头。老想跳楼，觉得只有跳下去，才能摆脱无尽的痛苦和压力。有一天，他在网上给我发来一首叫《断崖》的诗。他说，这是一个叫冬蛹的女诗人写的：

259

在脑子的断崖上

我痛苦地喃喃自语

望着断崖深渊

林木茂密生长

无穷魅力从幽暗处升起

云里的列车呼啸而过

我打开全部的窗子

扑面而来的

是那雨落深渊的绝响


看到这首诗的时候，我感觉如五雷轰顶，想到他脚下的那栋高楼，不正是一座人造的"断崖"吗？想到这里，我突然感到毛骨悚然，惊愕得从电脑前跳起来。我在网上给他留言，让他一定冷静，立即去医院治疗。

但他却突然关了电脑，不再与我对话。跟他联系不上，我在屋里来回走动，烦躁，惊恐，心往下沉，血往上冲；我感觉太恐怖、太不可思议了，也许他真的会跳楼！

王后来告诉我，他确实在不少个瞬间是想过跳楼的，但他的思维是清醒的。他不能死，因为真相就在他手里，他必须揭开这个真相。只是他的精神压力太大了，一直想不好如何处理这些事。这中间，他也试图跟甘露说说自己的想法，但甘露见他身体这样虚弱，人也恍惚得不行，以为他真的得了抑郁症，就把话题岔开，劝他赶紧去医院治疗。

王自己知道，他的精神没有问题，只是压力太大而已。如果被当成抑郁症送进精神病院，即使没有病也会被治出病来。

他越是拒绝去治疗，甘露就越认为他真的有病，需要立即去医院。

260

有几次甘露在劝他时，他表现得十分暴躁，甚至发疯一样："连你也说我有病，你们到底要干什么？"

妻子素素也感觉到王的情绪和身体出了问题，她也劝王去医院。王在家里的反应更为强烈，他指着她的鼻子质问："难道你真的想把我弄到医院去送死吗！"

素素被王的咆哮吓住了，她认为王一定是精神上受了刺激，必须立即送进医院，不然，也许真会有生命危险。

素素无奈地给局长打了电话。

局长十分重视，立即把王叫到办公室，像观察一个陌生人一样看着王说："你的同事和妻子都说你最近精神确实出了问题，应该立即去医院。"王对局长警惕性很高，他担心局长是不是知道了一些风声，如果是那样的话，他就一定会把自己送进精神病院。这样想着，他态度更加强硬，坚决不承认自己有病，说自己好好的，只是最近太累了，不需要治疗。

局长看着他笑了笑，拿起手机，发了条信息。

不一会儿，局办公室两个年轻人来到局长办公室，架着王下楼了。

王被强制送进了城南关的精神疾病治疗医院。

## 9

王被送进医院后，医生立即开始对他进行诊断。

一个胖得走路都困难的中年女医生首先询问王最近的一些情况，然后，就对着面前的一大张表格上的问题，让王一条一条地回答，每回答一句，她就在纸上用铅笔画个√号。

这样一问一答进行了快一个小时后，问卷终于填完了。她不再理王，而是戴上眼镜，打开电脑，在上面慢慢地输入文字。又过了十几分钟，检查通知单打出了六七张。然后，她对站在外面的甘露挥了挥手中的单子，大声说："先把这些检查做了！"

十几种检查结果，下午五点多才出齐。

接着，一个穿着白大褂体格健壮的男医生和一名女护士端着药进来了。王被安排在特护的单间，男医生进来后，也不说话，开始对病床上和卫生间里的物品进行检查。女护士开始噼里啪啦地敲针、吸液。这时，男医生从卫生间里出来，走到王面前，严肃地说："你必须按照医院规定，如有违反我们将会采取强制措施！"

王在心里突然想笑，感觉这医生怎么像警察了。王正想说什么，男医生又开口说："现在打针，把裤带解了！"

打过针后，女护士又把一包配好的药拿出来，端起杯子里的水。这时，男医生又开腔了："咽下去。我们必须看着你咽下去才行！"

王打过针、喝过药，十几分钟后就躺在床上昏昏地睡着了。

他醒来的时候，看一下腕上的手表，已是凌晨三点多了。王翻了个身，脑子慢慢清醒过来。他坐起来，想找房灯的按钮，打开房间的灯。这时，他就听到素素睡意蒙眬地说："你醒了，感觉怎么样？"

灯亮了。素素从陪护床上坐起来，又问王是不是要喝水。王想了想说："不需要的。"素素站起来，仔细地审视着王，然后说："医生说，你的病不重，治疗十天半月就会好的。"

王苦笑了一下，说："我真的不是抑郁症，我是前一段太累了，休息休息就好了，根本不需要住院的。"

素素打个哈欠，嘟哝着说："别想太多，好好在这里治一段。睡吧。"

灯关上了，但王却睁着两眼，一点睡意也没有。他想，自己必须离开这里，不然的话，这样一直打针和用药，要不了多久就极有可能真被治坏了。

262

在这里，想证明自己没有病是件不容易的事。

你不能强辩说自己没病，越这样他们越认为你有病；更不能反抗，这样，他们就会用电击或把你捆绑起来。王想了想，最终决定选择顺从和沉默，只有顺从医生，配合他们，让他们感觉自己康复了才能出去。光这样还不行，每天的针剂和服药也是让人受不了。

如何办呢？王最终想出了办法：顺从地吃药，等他们离开后就立即去卫生间，用手指抠喉咙，把药再吐出来。对，就这样办！

半个月来，王极力配合和顺从医生意图，也努力地让自己多吃饭。加上在房间和院子里进行体力锻炼，气色变得很不错。那个医生检查后，也说恢复得不错，但这种病见轻后仍要有较长的巩固期，必须继续治疗观察，只是用药量减少了点儿。

这可怎么办？王表面上平静如水，但心里却焦急如火。

他要以最快速度出院，要把续大强之死的真相弄清楚。该怎么办呢？这些天，王一直在思考这个问题。他想，现在光靠自己的力量是不行了，但让甘露帮助自己也是不行的。一是他不想连累甘露，再者说，甘露一直都在阻拦他去做这件事。看来，这事只有靠外界的力量。能信任和依靠的外界是谁呢？

现在，关于续大强、朱青、修慧英、卞恒义的样本和数据，一部分已经被王放到家里了。要想揭开真相，他必须携带这些东西去北京，只有到公安部或中纪委，才有可能保证证据的安全和自己的安全。

这个想法，王觉得是成熟和可行的。于是，他就更努力地迎合医生，并说服妻子素素不要在这里陪床了。这样，他才有机会在晚上离开医院，回家取出那些东西。

又过了半个月，王表现得像正常人一样。

他也不止一次地劝说素素，晚上不要再守床了，根本不需要的。素素这些天，虽然是与王的同事替换着守夜，但也是十分疲劳的。加上她观察王确实比刚来时正常多了，就松口说："再过几天吧，如果情况稳定了，那我晚上就不来了。"

这天，素素吃过晚饭又来了。王对她开玩笑地说："病床跟前见真情啊。我这一病，才知道你对我的爱。"

素素笑着说："不经风雨哪能看出冷热呢。你是家里的天，真怕你出事。"

王抚了抚素素的秀发，深情地说："我这不是没事吗，你今天就回家好好休息吧。"

素素思考一会儿，就说："女儿在姥姥家呢，在哪里休息都一样的。"

"那你还是回去吧，我真的没事。"王用恳求的语气说。

素素又想了想，就笑着说："也好，反正我的电话都不关的，护士也在旁边。那我今天就回去休息了。"

素素走后，王心里就开始激动了。

他今晚要从这里潜回家，取出那些东西，然后去北京。等时间的人会感觉时间更慢。腕上的手表秒针，啪、啪、啪，跳得真慢，王躺在床上一秒一秒地等待着。他计划好了，凌晨两点开始行动。这个点，是他精心谋划好的，护士也都困了，街上的行人也少了，素素正在熟睡，这时行动是最安全的。

对于王这样的技侦刑警来说，逃离医院和悄然回家是件极轻松的事。

王打开自己的家门，直接进了厨房。他怕惊动了素素，要在她毫无察觉的情况下，取出自己藏在厨房操作台下的东西。

他把那包东西小心地揣在怀里，就准备立即出门。可走到门后时，他突然想推开卧室的门，再看素素一眼。他又折回来，慢慢地旋动卧室的门把手，推开一条缝。可让他意想不到的是，素素并没在床上。啊，

264

她不是说回来休息吗？

王又转身推开女儿的房间，也是空无一人的。

她去了哪里？也许她在外面真有了外遇？王一边想着，一边离开了家，他顾不上想这些事了，他现在必须立即去火车站，先离开这座城市。

四点多钟，火车上的人也都睡去了。王起身走到厕所里，关紧门，给素素拨通了电话。开始没有人接，第三次拨通的时候，素素才睡意蒙眬而吃惊地问："你在哪里，不舒服吗？"

王小声说："没事，我起来方便。你正在家里睡吧？"

素素那边停顿了几秒钟，才哈欠了一声说："嗯，我正在家里睡呢。"

王看了一眼窗外的黑夜，把手机卡取出，丢进了坐便器里。


王从此消失了，我在网上再也见不到他的音讯。我是十分焦急的，不知道他发生了什么事，就整天在网上搜索着，试图能找到他的踪迹。

接下来的两个月间，在网上搜到了三条消息，我认为这些消息与王一定有联系——

一是：河州市精神病院发出寻人启事，一位四十五岁左右的男病人，两个月前从医院走失……

二是：河州市委书记卞恒义，因涉嫌犯罪被双规调查……

三是：诗人冬蛹，跳楼自杀……

把这三条信息联系在一起，我心里产生了不祥的感觉。

我觉得，那个从医院出走的人也许是王，河州市委书记被查也许与王有关系，因为，两个月前王在网上告诉过我，他发现了领导的秘密。尤其是诗人冬蛹自杀，更让我感到可怕，也许王跳楼了，也许王就是这个冬蛹。

我心里真是乱极了，感觉网上真是虚幻，一切似乎都是真的，一切又都是虚拟，让我真假难辨。

　　大约又过了一个多月，一个深夜，我的交友软件里突然出现一个新人。从他跟我打招呼的语气，我的直觉他就是王！

　　我立即回复问他是不是王，这半年多为什么时隐时现，神秘莫测的。过了几分钟，这人才回复说："你认错人了，什么王啊！"

　　这时，我更坚定自己的直觉，就用哀求的语气说："我为你操碎了心，你就跟我说说究竟发生了什么吧。"

　　屏幕静止了足有五分钟，突然蹦出一个音频文件。我特别想知道他传过来的是什么，立即点开。

　　几秒钟后，电脑里音乐响起。我仔细听了听，这是台湾女歌手张艾嘉的《春望》：

　　　　无所事事地面对着窗外
　　　　寒风吹走了我们的记忆
　　　　冬天已去　冬天已去
　　　　春天在遥远里向我们招手
　　　　……

**图书在版编目（CIP）数据**

太平道／杨小凡著. -- 北京：中国文史出版社，
2023.3

ISBN 978-7-5205-3541-0

Ⅰ.①太… Ⅱ.①杨… Ⅲ.①中篇小说-作品集-中
国-当代 Ⅳ.①I247.5

中国版本图书馆 CIP 数据核字（2022）第 094228 号

责任编辑：牟国煜　　薛未未

出版发行：**中国文史出版社**

社　　址：北京市海淀区西八里庄路 69 号院　邮编：100142

电　　话：010-81136606　81136602　81136603（发行部）

传　　真：010-81136655

印　　装：北京温林源印刷有限公司

经　　销：全国新华书店

开　　本：720×1020　1/16

印　　张：17.25　　字数：223 千字

版　　次：2023 年 3 月第 1 版

印　　次：2023 年 3 月第 1 次印刷

定　　价：63.00 元